Mascha May
Das Schneekugel-Desaster
Und das alles nur für einen Kuss

Für Rainhard Gaßmann.
Deine Theater-AG war phänomenal.

Mascha May studierte Germanistik, Spanisch und Kunstgeschichte. Nach ihrem Abschluss las sie Berge von Kinder- und Jugendromanen und begann auch selbst zu schreiben. Inzwischen hat sie einige Bücher für verschiedene Altersstufen veröffentlicht. Wenn sie nicht gerade schreibt, arbeitet sie in einer Schulbibliothek und gibt Kurse im Kreativen Schreiben. Zusammen mit ihrer Familie lebt sie in ihrer Lieblingsstadt Berlin.

MASCHA MAY

DAS SCHNEEKUGEL-DESASTER

UND DAS ALLES NUR für einen Kuss

Arena

FSC
www.fsc.org
MIX
Papier aus verantwortungsvollen Quellen
FSC® C110508

1. Auflage 2018

Umschlaggestaltung: Maria Seidel, unter
Verwendung von Motiven von iStock (© jupiter55, NYS444)
Gesamtherstellung: Westermann Druck Zwickau GmbH
ISBN 978-3-401-60408-4

Besuche uns unter:
www.arena-verlag.de
www.twitter.com/arenaverlag
www.facebook.com/arenaverlagfans

1

»Hoppla.« Tinos Gesicht ist nur eine gefühlte Wimpernlänge von meinem entfernt. Ich traue mich kaum zu atmen.

Im Flur herrscht mal wieder dichtes Gedränge, und als Tino sich gerade an mir vorbeischieben wollte, wurde er von hinten angerempelt. Leider landete dabei nicht nur er, sondern auch der Inhalt seiner Trinkschokolade auf mir. Genauer gesagt, auf meiner linken Brust. Eine Schreckenssekunde lang denke ich, dass Tino auch noch seine Hand dort hinlegt, weil er sie reflexartig hebt. Doch dann hält er inne und kramt stattdessen ein Taschentuch aus seiner Jeans.

»Hier, nimm. Tut mir leid! Das wollte ich nicht.«

»Ähm, kein Problem«, krächze ich mit glühenden Wangen.

»Wirklich?« Seine Karamellaugen mustern mich skeptisch. Sie waren das Erste, was ich an ihm bemerkt habe, als er zum Halbjahresstart an unsere Schule kam. Jetzt, wo ich ihm zum ersten Mal so nahe bin, fällt mir auf, dass sich auf seiner braunen Iris gelbe Sprenkel befinden. Und seine Wimpern sind wahnsinnig lang.

Ich nicke. »Ja, wirklich.« Mein Herz klopft mir bis zum Hals.

»Komm schon, Tino, wir haben Mensadienst!«, ruft ihm

einer seiner Freunde zu, der bereits die Glastür am Ende des Ganges erreicht hat. Tino macht einen Schritt rückwärts, ohne den Blick von mir zu lösen.

»Der Pulli ist nigelnagelneu«, schaltet sich Lou ein und stemmt die Hände in die Hüften.

Ich zucke zusammen. Dass meine Cousine die ganze Zeit bei mir war, hatte ich völlig vergessen. Ihr strenger Ton zerstört die Magie zwischen uns endgültig. Entschuldigend hebt Tino die Hände und eilt davon.

»Hey!«, ruft Lou ihm hinterher, doch ich zerre sie rüber zu den Toiletten, bevor sie noch mehr sagen kann. Normalerweise mag ich ihre direkte Art, aber jetzt wünschte ich, sie würde die Klappe halten.

»Er kann doch nichts dafür«, zische ich ihr ins Ohr. Am liebsten möchte ich noch eine Weile in dem kribbeligen Gefühl baden, das Tinos Nähe gerade in mir ausgelöst hat. Leider ist Lou unerbittlich. Mit zusammengekniffenen Augen zupft sie an meinem vormals cremefarbigen Oberteil, das die braune Flüssigkeit aufsaugt wie ein vertrockneter Schwamm. »Mann, Marie, du hast null geschaltet.«

»Hm?« Keine Ahnung, was sie meint.

»Na, du hättest sagen können, dass dein Lieblingspulli jetzt ruiniert ist, weil man so einen Kackfleck nie wieder rauskriegt, und du ihn dir deshalb noch einmal kaufen oder zumindest in die Reinigung bringen musst. Dann hätte Tino dir vielleicht angeboten, dich zu begleiten. Oder er hätte dich als Entschädigung ins Café eingeladen.« Sie kratzt sich an der Nase. »Wenn du dann auch noch dein Schauspieltalent ausgepackt und eine dicke Krokodilsträne geweint hättest, dann hätte er dich getröstet und dir einen Entschuldigungskuss gegeben.«

»Jetzt geht die Fantasie mit dir durch.« Ich zupfe an meinem Pulli herum und kann dabei an nichts anderes denken als an Tinos Augen. Es ist, als hätte mir jemand eins über den Schädel gezogen, wodurch die meisten meiner Gehirnzellen ins Koma gefallen sind.

Meine Cousine nickt grinsend. Ihr ist klar, dass sie maßlos übertreibt, und sie weiß genau, dass ich nicht der Typ bin, der Leuten etwas vorspielt. Zumindest nicht außerhalb meines geliebten Theaterkurses. Trotzdem hat sie recht. Tino hat mich gerade zum ersten Mal wahrgenommen und ich habe lediglich zwei stotternde Sätze zustande gebracht.

Missmutig zwirbele ich an einer Strähne aus meinem Pferdeschwanz herum.

»Wieso warst du denn so kurz angebunden?«, meckert Lou weiter.

»Weil Tino plötzlich tierisch nah vor mir stand und noch dazu auf meine Brust gestarrt hat.« Ich seufze laut. »Das war irgendwie verwirrend.«

»Dich hat's wirklich erwischt.« Lou öffnet die Tür zu den Klos und verschwindet in einer Kabine. »Aber ich kann dich verstehen. Wenn ich nicht schon einen Freund hätte, fände ich Tino auch süß.«

»Schhhhhhhht, nicht so laut. Muss ja nicht gleich jeder mitkriegen, dass ich ihn mag.« Ich hoffe, dass niemand hier ist und sie gehört hat. Ganz besonders nicht Fenja. Meine Mitschülerin hat nämlich sofort Anspruch auf Tino erhoben, als er in der Sporthalle aufgetaucht ist, die sich meine Klasse seit dem Halbjahresstart mit seiner teilt. Normalerweise wird eine Zwischenwand runtergelassen, doch weil sie kaputt ist, können wir uns wunderbar gegenseitig beobachten.

»Der gehört mir«, hat Fenja selbstbewusst verkündet. Total lächerlich. Als könnte man jemandem einen unsichtbaren Bitte-Abstand-halten-der-ist-potenziell-vergeben-Stempel aufdrücken.

Ständig hat sie den Ball über die Bodentrennlinie zu den 10ern rübergeworfen. Dann ist sie hinterhergerannt, hat sich in Pose geschmissen und so getan, als hätte sie nur schlecht gezielt. Unser Sportlehrer Herr Trempke fand die Aktion gar nicht lustig. Irgendwann hat er mit dem Trommelfelltöter eingegriffen. So nennen wir seine Trillerpfeife. Sie kommt immer zum Einsatz, wenn es ihm stinkt, und hat einen dermaßen schrillen Ton, dass wir davon jedes Mal halb taub werden.

Jedenfalls hat Herr Trempke Fenja ausgewechselt. Doch die lässt sich von nichts unterkriegen. Dauernd entwickelt sie neue Strategien, um Tino aufzufallen. Vor zwei Tagen hat sie zum Beispiel im Flur einen Bücherstapel direkt vor seine Füße fallen lassen. Ich kam gerade um die Ecke und wurde Zeugin ihres Anmachversuchs. Tino hat ihr eilig geholfen und sich dann mit einem knappen »Sorry, ich muss weiter. Wir schreiben einen Test« in seine Klasse verabschiedet. Fenja tat mir fast ein bisschen leid, weil sie so traurig aus der Wäsche schaute. Deshalb habe ich ihr geholfen. Natürlich hat sie sich nicht mal dafür bedankt.

Später hat sie ihren Freundinnen erzählt, sie hätte eine prickelnde Begegnung mit Tino gehabt, bei der er heftig mit ihr geflirtet hätte. Entweder leidet sie unter akuten Wahrnehmungsstörungen oder sie ist eine eiskalte Lügnerin. Auf jeden Fall ist mit ihr nicht zu spaßen, wenn es um Tino geht.

Ich beuge mich runter und checke die Kabinen, vor denen ich immer noch stehe. Zum Glück sind Lou und ich alleine. Beruhigt gehe ich zum Waschbecken und versuche, das Desaster auf meinem Pulli zu beseitigen. Mit mäßigem Erfolg. Das Kackbraun verwandelt sich lediglich in einen pitschnassen Ockerton. Zum Glück muss ich heute nur noch zwei Stunden Kunst überstehen.

»Du solltest endlich aktiv werden, sonst wird das nix mit Tino«, sagt Lou, die neben mir auftaucht und sich die Hände wäscht. »Allerdings würde ich es nicht auf einen offenen Krieg mit Fenja anlegen. Die kämpft nicht fair.«

Nickend ziehe ich einen Stapel Papierhandtücher aus dem Spender, um damit, so gut es geht, den Fleck zu trocknen. »Das wäre mir sowieso zu kindisch.«

Lou prustet los. »Du bist ja sooooo erwachsen mit deinen fünfzehn Jahren.«

Ich strecke ihr die Zunge raus und lache mit.

Heute projizieren wir Porträtfotos von uns auf eine Papierrolle, die an der Wand hängt, und zeichnen die Umrisse ab. Danach teilen wir die skizzierten Gesichter in unterschiedlich große Flächen auf und malen diese bunt aus. So soll ein Pop-Art-Bild entstehen. Lou ist mit Feuereifer dabei. Ihre drei Sommersprossen auf der Stupsnase macht sie gelb, die braunen Augen grün, den breiten Mund pink und ihre kringeligen dunklen Haare orange. Das erinnert mich ein bisschen an ein Knallbonbon.

Ich achte gar nicht darauf, welche Farben ich benutze, weil meine Gedanken sich verselbstständigen. Wie soll ich mich gegenüber Tino nur verhalten? Bei meinem ersten Freund Cedrick ist alles so einfach gewesen. Er war derjenige, der auf mich zugekommen ist. Letzten Sommer hat er in Lous und meiner Lieblingseisdiele ausgeholfen. Irgendwann fragte er mich nach meiner Nummer. Weil ich ihn süß fand, gab ich sie ihm. Kurz darauf sind wir zusammen ins Kino gegangen und wurden ein Paar. Als die Sommerferien zu Ende gingen, ist Cedrick mit seinen Eltern weggezogen. Er lebt jetzt in Hamburg. Am Anfang war das ganz schön hart. Eigentlich wollten wir Kontakt halten, haben uns dann aber schnell aus den Augen verloren und das Ganze schließlich beendet.

Im Jungs-Anflirten habe ich also null Erfahrung. Fest steht nur, dass ich nicht der Typ für peinliche Völkerball- oder Bücherwerf-Aktionen à la Fenja bin. Und um einfach zu Tino zu gehen und ihn anzuquatschen, fehlt mir der Mumm.

Ich tunke den Pinsel in meinen Farbkasten auf dem Tisch. Dann tupfe ich vorsichtig den Bildhintergrund damit ab. Vielleicht sollte ich ihn doch noch mal wegen dem Pulli ansprechen? Das würde aber sicher komisch wirken, oder?

»Cool!« Lous begeisterte Stimme reißt mich aus meinen Gedanken. Sie tippt auf mein Papier. »Du siehst genauso schrill aus wie ich.«

Überrascht starre ich auf das Kunstwerk vor mir, das quasi von selbst entstanden ist. Meine normalerweise dunkelblonden Haare hängen in weißen Strähnen über meine Schultern. Die blauen Augen schimmern fliederfarben, meine Haut erstrahlt in verschiedenen hellblauen Nuancen und den Hintergrund habe ich mit türkisen Tupfen bedeckt.

Lou schiebt ihr Bild neben meins. »Wir sollten sie Opa schenken.«

Obwohl ich bezweifle, dass er mit zwei dermaßen schrägen Porträts seiner Enkelinnen etwas anfangen kann, nicke ich. Bestimmt freut er sich trotzdem.

Nach dem Unterricht machen wir uns auf den Weg nach Hause. Wir öffnen unsere Fahrradschlösser und schwingen uns auf die Sättel. Heute herrscht typisches Aprilwetter. Es nieselt und der Wind pfeift mir ordentlich um die Ohren. Ich freue mich schon auf den Mai, denn dann wird es endlich wärmer.

Zum Glück ist es nicht weit bis nach Hause. Auf der Straße vor unserem Haus parkt ein LKW und unsere Mütter schleppen mit hochroten Köpfen Kistenberge in den Spielzeugladen im Erdgeschoss. Ich hatte ganz vergessen, dass heute eine Großlieferung ansteht. Gut, dass Lou und ich nicht gebummelt haben. Mama und Tante Anna hätten es uns sicher übel genommen, wenn wir nicht gleich nach der Schule aufgetaucht wären.

»Hey, ihr zwei, packt bitte mal mit an!«, ruft uns meine Mutter auch schon zu. Wir stellen die Räder ab und schnappen uns ein paar kleinere Kisten. Opa ist auch da. Wegen seines Rückens kann er nichts mehr tragen, kontrolliert jedoch mit Argusaugen die Lieferung und hakt alles auf einer Liste ab.

Als der LKW schließlich leer ist, sieht der Laden aus wie eine Großbaustelle. Schon an normalen Tagen wimmelt es hier von Legokästen, Spielen, Puzzeln, Puppen und etlichen anderen Kinderträumen. Jetzt kann man aber kaum mehr einen Fuß vor den anderen setzen.

»Wo soll das ganze Zeug denn hin?«, erkundige ich mich. Ich habe mich erschöpft an eine Truhe mit einem rot-gelben Schnörkelmuster gelehnt. Lou hockt auf dem Tresen und trinkt gierig eine Flasche Wasser leer. Opa hat es sich in seinem Samtsessel gemütlich gemacht. Der steht vor dem Schaufenster, direkt neben dem Bücherregal, und sieht aus, als wäre er aus einem Märchen aus Tausendundeiner Nacht hergebeamt worden. Der blaue Samt an den Armlehnen ist allerdings leicht abgewetzt und das Gold am Rand blättert auch ab. Kein Wunder, denn Opa sitzt die meiste Zeit des Tages darin, liest den Kindern aus der Nachbarschaft etwas vor, berät die Kunden oder döst einfach vor sich hin.

»Ach.« Mama winkt ab. »Wenn alles ausgepackt ist, kriegen wir es schon unter. Da ist jede Menge Verpackungsmaterial dabei.«

Tante Anna nickt. »Astrid hat recht. Ansonsten kommt eben ein Teil davon in den Keller.« Die beiden sind meistens einer Meinung. Deshalb klappt es zwischen ihnen auch so gut. Lou und ich nennen sie heimlich das A-Team. Seit zwei Jahren führen sie das Geschäft zusammen. Sie haben es von Opa übernommen, als Oma gestorben ist. Ein richtiges Schwesternunternehmen also.

»Wer hat denn das Monstrum hier bestellt?« Mit leicht gerümpfter Nase zieht Tante Anna ein mindestens ein Meter großes Kuscheltiereinhorn aus einem Karton.

»Das war ich«, antwortet Opa. Er steht auf und tätschelt die bunte Stoffmähne. »In irgendeinem Karton muss auch noch eine Ladung mit kleineren Einhornvarianten stecken – den Socken, Postkarten, der Schokolade und so weiter. Ich dachte, ein großes Kuscheltier wäre ein Hingucker im Schaufenster. Immerhin wollen wir zeigen, dass wir mit dem Trend gehen.«

Mama und Tante Anna werfen sich einen skeptischen Blick zu. Derweil schnappt Lou sich das Riesenvieh, schwingt sich auf dessen plüschigen Rücken und tut so, als würde sie reiten. »Ich find's cool.«

»Ich auch«, bestätige ich. Bestimmt werden die kleinen

Kundinnen ausflippen und gleich darauf rumturnen wollen. »Wir sollten ihm einen Namen geben.« Grübelnd runzele ich die Stirn. »Wie wär's mit Horst?«

»Horst?«, quietscht Lou. »Was ist denn das für ein bescheuerter Name? Einhörner heißen doch eher Abendsonne, Dreamy, Glitzerschweif und Mondreiter oder so.«

»Mir egal. Das hier ist eindeutig ein Horst.« Natürlich ist mein Vorschlag kein bisschen ernst gemeint. Aber Opa gluckst und nickt zustimmend.

»Horst finde ich gut. Ein früherer Mitschüler von mir hieß auch so und der hatte dieselben großen Augen und wirren Haare wie unser Glitzerpferd hier.«

»Dann aber bitte wenigstens Magic Horst«, sagt Lou und tut so, als würde sie in einen wilden Galopp verfallen.

»Gute Idee«, kichert Mama, während sie die anderen Einhorn-Accessoires auspackt.

Tante Anna schiebt die Spielzeugeisenbahn an der Fensterfront beiseite. »Na gut, dann soll er Magic Horst heißen und hier oben stehen«, sagt sie seufzend.

Ich jubele, platziere zusammen mit Lou den neuen Ladenbewohner im Schaufenster und lege ein paar Einhornsocken, -bleistifte und -blöcke daneben, die Mama uns reicht. Danach fangen wir an, zu viert die restlichen Kartons auszupacken, während Opa oben in der Wohnung verschwindet.

»Zeit für eine Stärkung«, sagt Opa irgendwann. Er hat seinen Kopf durch die Tür gesteckt und wir folgen ihm im Entenmarsch in die Küche, wo ein duftender Eintopf auf uns wartet. Hungrig machen wir uns darüber her und genießen Opas Köstlichkeit.

Nachdem wir alle satt und zufrieden sind, werden Lou und ich entlassen. Wie so oft liefern wir uns auf dem Weg zu unseren Zimmern ein wildes Rennen. Leider ziehe ich den Kürzeren. Noch vor dem Dachgeschoss hängt Lou mich ab. Wir wohnen ganz oben und haben sogar ein eigenes kleines Bad. Die Küche, ein großes Bad und die Zimmer von Mama, Tante Anna und Opa liegen gleich unter uns im ersten Stock.

Als sich meine Eltern getrennt haben und Mama ins Spielzeuggeschäft eingestiegen ist, schlug sie mir vor, hier einzuziehen. Ich war sofort Feuer und Flamme. Lou und Tante Anna haben damals schon hier gewohnt. Seit ich denken kann, sind sie nur zu zweit. Im Gegensatz zu mir hat Lou nämlich keinen Vater. Also natürlich hat sie einen, aber sie kennt ihn nicht. Opa ist also der einzige Mann im Haus. Manchmal wäre er gerne der Chef, doch gegen unsere geballte Mädelspower hat er selten eine Chance.

»Ich muss dringend duschen!«, ruft Lou mir zu und verschwindet im Bad. Ein Grinsen macht sich in meinem Gesicht breit. Mir ist klar, wieso sie es eilig hat. Sie will mit Jason chatten. Es ist mindestens vier Stunden her, dass die beiden sich WhatsApp-Nachrichten geschickt haben. Eine halbe Ewigkeit!

Ich lege meine Tasche in die Ecke, ziehe meinen Pulli aus und streiche über den mittlerweile trockenen Ockerfleck. Natürlich muss ich dabei an Tino und seine Karamellaugen mit den gelben Sprenkeln und den langen Wimpern denken. Vielleicht sollte ich mal wieder einen Wunsch aufschreiben. Das hat mir bisher immer Glück gebracht.

Kurzerhand ziehe ich ein Papier aus meinem Zettelkästchen, setze mich an den Schreibtisch und notiere: »Ich wünsche mir einen wunderbaren Prickelkuss von Tino.« Dann falte ich den Zettel zusammen und hole meine Schneekugel von der Kommode, um ihn darin zu verstecken. Sie hat ein Geheimfach, das gut verborgen in dem großen blau-weißen Sockel liegt. Darauf steht eine Fee mit Zauberstab, über der sich wiederum ein mit Wasser und Glitzer gefülltes Glas wölbt.

Wahnsinnig kitschig, aber Oma hat sie mir vor ein paar Jahren geschenkt und seither ist sie mein Geheimversteck für Herzenswünsche aller Art. Ein bisschen wie ein Tagebuch, nur ohne viel Text. Mittlerweile haben sich schon einige Zettel angehäuft – zwischen zwanzig und dreißig sind es bestimmt. Und tatsächlich sind die meisten Wünsche wahr geworden.

Als mir zum Beispiel in der Grundschule beim Sport ein Basketball die Nase plattgemacht hat, habe ich mir gewünscht, dass sie wieder wie vorher wird. Ich wollte nicht für den Rest meines Lebens wie eine griechische Statue oder eine schrullige Hexe mit einem schiefen Zinken im Gesicht rumlaufen. Kurz darauf bekam ich einen Nasengips. Das sah absolut dämlich aus, hat aber gewirkt. Der Knochen wuchs einwandfrei zusammen. Nach der Trennung meiner Eltern habe ich mir dann gewünscht, bald wieder mit einer glücklichen Familie zusammenzuleben. Und das tue ich jetzt.

Auf dem letzten Wunschzettel, der sich noch nicht erfüllt hat, steht: »Ich würde gerne endlich mal wieder was richtig Aufregendes und Verrücktes erleben.« Das habe ich geschrieben, als Lou vor einem halben Jahr Jason kennengelernt und sich total in ihn verknallt hat. Er war einen Monat als Austauschschüler in unserer Parallelklasse. Kurz nachdem es zwischen den beiden gefunkt hat, ist er wieder zurück nach London gegangen. Lou war wochenlang am Boden zerstört. Seither tauschen sie sich ständig per WhatsApp aus. So teilen sie trotz der Entfernung ihren Alltag miteinander.

Eine Liebesbeziehung über einen Ozean hinweg. Genauer gesagt einen Kanal. Total verrückt und aufregend, finde ich. Mit Cedrick habe ich nicht mal die Entfernung Berlin-Hamburg geschafft. Demnächst sehen sie sich auch wieder live. In den Sommerferien will Lou ihren Jason zum ersten Mal besuchen. Tante Anna hat es erlaubt, nachdem sie mit seinen Eltern telefoniert hat.

Mein Leben dagegen wirkt wie ein Dornröschenschloss im Tiefschlaf. Vor allem mein Liebesleben. Da herrscht völlige Ebbe. Ich wünschte, es wäre auch bei mir endlich mal wieder etwas los. Mit Tino an meiner Seite würde sich das schlagartig ändern. Wenn wir ein Paar wären, würde ich auf Wolke sieben schweben. Ich hätte aufregende Dates, jede Menge Herzklopfen und Spaß. Doch dafür müsste ich Tino endlich näherkommen.

Seufzend stelle ich die Kugel zurück auf die Kommode und mache es mir auf meinem Bett gemütlich. Wenn ich nur wüsste, wie ich ihn besser kennenlernen könnte, ohne mich vor ihm zum Affen zu machen. In seiner Gegenwart traue ich mich ja kaum zu atmen. Aber wie soll ich das ändern? Im Moment fällt mir einfach keine gute Lösung ein. Das nervt mich gewaltig. Normalerweise bin ich nämlich nicht so eine Piepsmaus.

2

Am nächsten Morgen sind meine schweren Gedanken wie weggeblasen. Heute Nachmittag findet endlich wieder mein geliebter Theaterkurs statt. Ich freue mich schon riesig darauf.

Unten in der Küche begrüßt Opa mich fröhlich und ich gebe ihm ein Küsschen auf die Wange. Er hat Kakao gemacht und Cornflakes bereitgestellt. Gestern Abend haben Lou und ich ihm noch unsere Pop-Art-Porträts geschenkt. Zu unserer großen Belustigung hat er sie sofort über seinem Samtsessel im Laden aufgehängt, obwohl sie überhaupt nicht zur Einrichtung passen. Mama und Tante Anna haben fast so skeptische Gesichter gemacht wie bei Magic Horst, aber kein Veto eingelegt.

»Guten Morgen«, begrüßt er Lou lächelnd, als die mit hängendem Kopf zu uns stößt.

»Hmpf«, murmelt sie.

»Hmpf«, antwortet Opa im gleichen Tonfall und zwinkert mir zu.

Wir alle wissen, dass meine Cousine ein schlimmer Morgenmuffel ist. Und heute scheint sie ganz besonders müde zu sein. Sie schüttet die Milch für die Cornflakes in ihren Kakao, tunkt dann den Löffel hinein und runzelt die Stirn, als sie keine Flakes darin findet. Ich unterdrücke ein Glucksen und schiebe ihr wortlos die gefüllte Müslischüssel unter die Nase. Wahrscheinlich hat sie die halbe Nacht mit Jason gechattet.

Kurze Zeit später rauschen Mama und Tante Anna rein, machen sich zwei Espresso und unterhalten sich angeregt über todlangweilige Buchhaltungsthemen.

»Was hast du dir denn für heute Nachmittag überlegt?«, frage ich Opa mit vollem Mund. Seine regelmäßigen Vorlesestunden für interessierte Kunden und die Kinder aus der Nachbarschaft nimmt er sehr ernst. Immer sorgt er für passende Stimmung. »Backst du wieder?« Als er kürzlich einen Jugendreiseführer über Stockholm vorstellte, hat er vorher einen Riesenberg Zimtschnecken gemacht. Die sogenannten Kanelbullar waren dermaßen lecker, dass sie in Windeseile weggeputzt wurden.

Opa schüttelt den Kopf. »Ich bin mir noch nicht sicher. Vielleicht lese ich ein Märchen vor oder etwas aus dem Feenbuch, das gestern gekommen ist.«

»Du könntest dich ja als böser Zauberer verkleiden«, schlägt Tante Anna vor, die offenbar mit halbem Ohr zugehört hat. Sie macht einen Schritt auf ihn zu und tippt ihm auf die Nase. »Einen krummen Zinken hättest du schon mal.«

Gespielt empört schlägt Opa ihr auf die Finger und murrt etwas von *»Frecher Tochter«,* woraufhin Mama und sie anfangen zu glucksen wie kleine Mädchen.

»Also als Onkel Fester fand ich dich grandios«, werfe ich ein. Beim Vorlesen einer Monstergeschichte hat sich Opa neulich als Mitglied der Addams Family verkleidet. Er klebte sich eine Glatze auf und malte sich schwarze Ringe unter die Augen. Immer ist er für eine Überraschung gut. Das lieben wir alle so an ihm. Ganz bestimmt hat Lou ihre Verrücktheit von ihm geerbt. Ich komme da eher nach meiner Oma. Die war etwas zurückhaltender.

»Heute ist mir nicht so danach«, sagt er und trinkt einen Schluck aus seiner Kaffeetasse.

»Ach, dir fällt schon was ein.« Ich stehe auf, um ins Bad zu verschwinden und mich fertig zu machen. Lou kommt sicher gleich nach. Ihre Schüssel ist mittlerweile halb leer gefuttert und sie blinzelt ein paarmal, als ob sie langsam aus ihrem Tiefschlaf erwachen würde.

»Vielleicht könnte ich mir ja deine Schneekugel ausborgen, Marie?«, überlegt Opa, als ich die Küche gerade verlassen will. »Die würde zum Feenbuch passen.«

Ich zögere. Es ist ja nicht irgendein Spielzeug, auch wenn es vielleicht so aussieht. Andererseits weiß ich, dass sie bei Opa in guten Händen ist. Und wenn ich meine Wunschzettel vorher rausnehme, besteht kein Grund zur Sorge. Also nicke ich schließlich. »Klar.«

Er lächelt glücklich und ich freue mich, dass ich ihm eine Freude machen kann.

Ich bin noch nicht lange im Bad fertig, als es klingelt. Niemand außer mir scheint es zu hören, denn kurz darauf klingelt es wieder und dann noch einmal.

»Komme schon!«, brülle ich, schnappe meine Tasche und flitze runter an die Tür.

»Hallo, ich bin Frau Blum, die neue Putzhilfe.« Eine nett aussehende ältere Frau streckt mir ihre Hand entgegen.

»Ach, hallo«, begrüße ich sie. Mama und Tante Anna haben vor ein paar Wochen eine Anzeige geschaltet. Sie suchen jemanden, der regelmäßig sauber macht und ab und zu auch mal im Laden aushilft. Anscheinend hat Frau Blum das Rennen gemacht.

»Ich habe zuerst an der Ladentür geklopft. Da hat mir aber niemand geöffnet«, entschuldigt sie sich.

»Kein Problem, kommen Sie rein.« Ich lotse sie durch den Hausflur zur Hintertür des Ladens. Kaum haben wir diese erreicht, treten Mama, Tante Anna und Opa aus dem Keller. Kein Wunder, dass sie das Klopfen und Klingeln nicht gehört haben. Nach einem flüchtigen Blick auf die Uhr verabschiede ich mich. Es wird Zeit, sich auf den Weg zur Schule zu machen.

Lou wartet bereits vor dem Haus. Bevor es losgeht, muss ich aber erst einmal dafür sorgen, dass ihr Gesicht zahnpastafrei wird. Grinsend wische ich an ihrer Wange herum, um die weißen Kleckse zu beseitigen.

»Wie kommt das denn dahin?«, fragt sie verwundert. Endlich ist sie zu einem vollständigen Satz fähig, was mir signalisiert, dass ihre Gehirnzellen angesprungen sind und wir uns gefahrlos mit den Rädern in den Straßenverkehr werfen können.

»Ich habe mir was überlegt.« Schlapp tritt sie in die Pedale.

»Was denn?«, erkundige ich mich und ziehe den Reisverschluss meines Sweaters höher, weil der Fahrtwind ziemlich frisch ist.

»Tino ist doch in der Sport-AG.«

»Stimmt.« Ein paar unserer Klassenkameraden nehmen daran teil und haben neulich über das Team gesprochen.

»Also solltest du dich auch anmelden.«

Schwungvoll drehe ich den Kopf zu ihr nach hinten und verliere dabei fast das Gleichgewicht. Die Gruppe spielt meistens Basketball und Lou weiß ganz genau, dass ich mit Bällen auf dem Kriegsfuß stehe. »Nicht dein Ernst.«

»Mit Sicherheit würdest du ihm dort auffallen.«

»Ja super, als eine echte Oberniete.«

»Genau, vielleicht kriegst du den Ball wieder blöd an den Kopf, fällst in Ohnmacht und er fängt dich auf. Wäre das nicht romantisch?«

»Hmpf.« Also ehrlich. So doofe Vorschläge bringen mich kein Stück weiter.

»Ja, schon gut«, brummt Lou. »Dumme Idee.«

»Korrekt.« Den Rest des Weges ärgere ich mich darüber, dass ich so schlecht in Sport bin. Denn tatsächlich wäre eine gemeinsame AG die perfekte Gelegenheit, Tino näherzukommen. Wenn ich wie ein elegantes Reh in hübschen Trainingsshorts vor ihm herumhüpfen würde, könnte ich ganz bestimmt seine Aufmerksamkeit auf mich ziehen. Aber das kann ich mir abschminken, denn statt eines Rehs wäre ich eher eine bemitleidenswerte Watschelente.

Als ich am frühen Nachmittag in den Theaterraum gehe, kribbelt mein Bauch vor Vorfreude. Seit ich denken kann, liebe ich die Schauspielerei. Es gibt nichts Besseres, als in fremde Welten und Personen zu schlüpfen. Dabei entdeckt man immer wieder neue Seiten an sich und muss ständig über den eigenen Schatten springen. Manchmal ist das eine echte Herausforderung, aber gleichzeitig fühlt man sich unglaublich lebendig und erfüllt.

Im ersten Halbjahr haben wir mit dem Kurs Straßentheater gespielt. Zum Start des zweiten Halbjahres vor mehreren Wochen wollten wir mit einem neuen Stück beginnen. Leider ist unser Lehrer Tassi, eigentlich Herr Tassmann, ausgefallen. Er hatte einen Bandscheibenvorfall. Niemand wusste, wann er zurückkommt und ob der Kurs in diesem Schuljahr überhaupt noch stattfinden wird. Jetzt ist Tassi wieder fit. Letzte Woche habe ich seinen Aufruf für schauspielinteressierte Schüler am Schwarzen Brett gesehen.

Ich öffne die Tür und entdecke sofort ein paar bekannte Gesichter. Meine Freunde Miro, Fred, Jasper, Nina, Lilly und Elisabeth sitzen auf dem Boden und machen Atemübungen. Ich winke ihnen zu und schaue mich neugierig um. Mehrere Neulinge sind zu uns gestoßen. Drei von ihnen stehen unsicher am Rand nebeneinander und beobachten die anderen. In einer Ecke lehnt ein Junge an einem Tisch und hinter mir drückt sich ein Mädchen vorbei, das bestimmt erst in der siebten Klasse ist. Tassi wühlt neben dem Fenster in seiner Aktentasche herum und hat eine etwas gebückte Haltung, wahrscheinlich, um seinen Rücken noch zu schonen. Direkt neben ihm – mich trifft fast der Schlag – steht Tino. Mein Tino! Mir wird heiß und kalt zugleich. Ich wusste gar nicht, dass er sich für Schauspielerei interessiert. Wenn ich ehrlich bin, weiß ich aber ohnehin nicht viel über ihn.

Tassi zieht einen Stapel Blätter aus seiner Tasche und steuert in die Mitte des Raumes, wo er sich zu der Gruppe auf dem Boden setzt und die restlichen Schüler zu sich winkt. Ich stehe noch immer neben der Tür und versuche, meinen Puls in den Griff zu kriegen. Tino ist hier. In meiner AG. Ich muss also kein sportliches Reh sein, um ihm näherzukommen. Das ist absolut genial! Wenn Lou das erfährt, flippt sie aus.

»Marie, komm her, damit wir loslegen können«, fordert Tassi mich auf.

Mit klopfendem Herzen sinke ich neben Tino auf den Teppich. Er schenkt mir ein Lächeln. Ich lächle zurück.

»Wie schön, dass ihr alle da seid«, heißt Tassi uns willkommen. »Leider bin ich eine Weile ausgefallen, aber jetzt geht es mir wieder gut und wir können endlich ein richtiges Stück einüben. Ich dachte an einen Klassiker, und zwar an William Shakespeares *Romeo und Julia.«* Ein Raunen geht durch den Raum. »In einem kleinen Kino in der Nähe läuft gerade die Verfilmung mit Leonardo DiCaprio«, fährt Tassi fort und verteilt die Texte. »Wenn ihr wollt, schauen wir sie uns gemeinsam an und überlegen dann, wie wir das Stück umsetzen. Wir können das entweder modern machen oder streng nach Vorlage.«

Nachdem wir das Material durchgeblättert haben, klatscht Tassi in die Hände und steht auf. »Okay, lasst uns zunächst ein paar Aufwärm- und Kennlernübungen machen. Ihr könnt dabei schon mal überlegen, welche Rolle ihr haben wollt.«

Da brauche ich nicht lange nachzudenken. Natürlich wäre ich gerne die Julia. Das wäre ein richtig großer und aufregender Part im Stück. Und während wir durch den Raum laufen und jedes Mal in unserer Bewegung einfrieren müssen, wenn Tassi »Stopp!« ruft, wird mir auf einmal klar, dass mein sehnlichster Wunsch vielleicht schneller in Erfüllung geht als gedacht. Wenn Tino Romeo wird und ich Julia, dann spielen wir in Kürze das berühmteste Liebespaar der Weltliteratur. Wir hätten etliche romantische Szenen zusammen, würden sicher auch mal nur zu zweit proben und uns dabei zwangsläufig näherkommen. Als Romeo und Julia würden wir uns sogar küssen! Ein Schwall prickelnder Glücksgefühle überrollt mich und ein breites Grinsen schleicht sich in mein Gesicht.

»Entschuldigung«, trällert da eine Stimme, die mir ziemlich bekannt vorkommt. Gerade stehen wir im sogenannten Freeze. Ich balanciere auf einem Bein, das andere schwebt angewinkelt in der Luft. Nun schiele ich rüber zur Tür, um mich zu vergewissern, dass meine Ohren mir keinen Streich spielen. Das tun sie nicht. Fenja steht dort. Schlagartig verabschiedet sich mein seliges Grinsen.

»Du wirst es nicht glauben«, brumme ich, als Lou und ich unsere Räder vom Hof schieben. Wie bereits im letzten Halbjahr haben wir uns nach meinem Theaterkurs und ihrer Chorprobe verabredet, um zusammen nach Hause zu fahren. »Tino macht in der AG mit.«

»Was?«, kreischt Lou viel zu schrill. Wenn sie vom Chor kommt, sind ihre Stimmbänder jedes Mal mehrere Dezibel lauter als sonst. »Das ist ja der Hammer!«

»Nee, der kommt erst noch. Wir üben jetzt *Romeo und Julia* von Shakespeare ein und …«

»Wie romaaaantisch«, trällert sie. »Ich sehe schon die Balkonszene vor mir. Du als Julia, die verliebt zu ihrem Romeo alias Tino runterschaut. Er betet dich an, macht dir eine herzzerreißende Liebeserklärung, klettert an der Rosenranke hoch und …«

»Küsst Fenja«, beende ich ihre Schwärmerei. Am liebsten würde ich aus Frust gegen mein Fahrrad treten, obwohl das nichts dafür kann.

Ruckartig bleibt Lou stehen und ich halte direkt neben ihr. Eine Spaziergängerin mit einem Rauhaardackel schiebt sich an uns vorbei und beschwert sich lauthals, weil wir den gesamten Gehweg blockieren. Doch auf solche Befindlichkeiten können wir im Moment keine Rücksicht nehmen.

»Ich habe die Rolle nicht gekriegt«, bringe ich meine Cousine auf den neusten Stand. »Tino ist Romeo und Fenja ist Julia. Sie ist wieder in der AG.« Fenja war schon früher dabei. Zu Beginn des neuen Schuljahres ist sie aber ausgestiegen, weil sie keine Lust auf Straßentheater hatte. Und nun hat sie Tassis Aushang am Schwarzen Brett gesehen. »Nach dem Aufwärmen mussten wir eine Szene zu unseren Wunschrollen improvisieren. Tino ist ein echtes Naturtalent und Fenja hat eine super Figur neben ihm gemacht. Ganz im Gegensatz zu mir. Ich war total gehemmt in seiner Nähe.« Jetzt trete ich doch gegen mein Vorderrad. Die beiden werden sich küssen. Und das nicht nur einmal, sondern gleich mehrfach. Und ich muss ihnen dabei zuschauen.

Mitleidig tätschelt Lou mir den Arm. »Und wen spielst du stattdessen? Gräfin Capulet?«

Ich schüttele den Kopf.

»Den verräterischen Priester?«

Wieder schüttele ich den Kopf.

Ungeduldig pikt Lou mir in die Seite. »Was denn nun, einen Baum im Wald, die Rosenranke am Balkon?«

»Die Amme.«

»Die Amme?«, wiederholt Lou und ich nicke gequält. Endlich hätte ich mal eine richtig große Rolle spielen können. Ich hätte alles gegeben, damit ich das gut hinkriege. Stattdessen bin ich nur das Kindermädchen.

»Die Amme ist doch total unterbelichtet.«

»Stimmt.« Ich steige auf den Sattel und knirsche mit den Zähnen. So hatte ich mir das nicht vorgestellt, als ich Tino im Theaterraum entdeckt habe. Wirklich nicht.

Nach einem Zwischenstopp im Café, wo ich eine heiße Trostschokolade mit einer Extraportion Sahne schlürfe, geht es mir schon etwas besser. Tassi hat schließlich offengelassen, wie wir das Stück umsetzen werden. Wenn wir uns nicht streng an die Ursprungsfassung halten müssen, kann ich die Amme vielleicht zu einer sympathischeren und schlaueren Figur machen. Das tröstet mich natürlich nicht darüber hinweg, dass Fenja mich um meinen Bühnenkuss mit Tino gebracht hat. Aber ich gebe die Hoffnung nicht auf. Mein Wunsch wird sich erfüllen. Irgendwann. Irgendwie.

Zu Hause angekommen, fängt Tante Anna uns im Flur ab. »Könnt ihr vielleicht schnell in den Kreativmarkt fahren und bunte Stoffe besorgen?«

»Klar, wofür denn?«, erkundige ich mich, als sie mir ein paar Geldscheine zusteckt.

»Für Magic Horst. Astrid hat sich überlegt, dass man eine Art Regenbogen andeuten könnte, auf dem er reitet. Wir hängen die Stoffbahnen dann quer ins Schaufenster.«

»Super Idee. Welche Farben sollen es denn sein?«

»Ich bin für die Kombi in seinem Horn: gelb-blau-lila-pink«, schlägt Lou vor und Tante Anna nickt zufrieden. Also machen wir uns auf den Weg.

Im Kreativmarkt werden wir schnell bei den Tüllstoffen fündig. Sie haben einen seidenen Glanz und schimmern bestimmt ganz toll unter den Schaufensterlampen. Außerdem kaufen wir noch ein bisschen Glitzerpulver, das wir verteilen können. Uns ist klar, dass das alles total kitschig ist, aber wenn wir etwas machen, dann richtig. Das haben wir von Opa gelernt.

Vor dem Haus geben wir unsere Einkäufe bei Tante Anna ab, die mitten auf dem Gehweg steht und sich mit der Nachbarin unterhält. Dann steigen wir die Treppen zu unseren Zimmern hoch. Als ich meine Tasche in die Ecke werfe und die Chucks von den Füßen streife, fällt mein Blick auf die leere Kommodenablage neben meinem Schreibtisch. Oh, nein! Frau Blums Klingeln hat mich heute Morgen völlig aus dem Konzept gebracht. Und jetzt hat Opa sich die Schneekugel ausgeliehen, ohne dass ich die Zettel vorher rausgenommen habe. Wie blöd ist das denn?

Ich atme tief durch. Eigentlich besteht kein Grund zur Panik. Mein Geheimfach lässt sich nicht so einfach öffnen. Man muss die Schneekugel einmal um 180 Grad im Uhrzeigersinn drehen, damit sich der Mechanismus löst und man den Deckel aufschieben kann. Falls ein neugieriges Kind sie sich nach Opas Vorlesestunde angeschaut hat, wird es das Fach sicher nicht gefunden haben. Allerdings wundere ich mich, dass Opa die Schneekugel nicht wieder zurück auf meine Kommode gestellt hat. Das sieht ihm gar nicht ähnlich. Eilig flitze ich runter in den Laden, wo Frau Blum gerade einen Putzlappen auf den Tresen legt, um einem Kunden ein Puzzle zu verkaufen. Mama und Tante Anna haben sie offenbar schon eingelernt.

»Hallo, Schatz.« Meine Mutter steht vor einem Regal und räumt ein paar Holzfiguren hinein. »Die Tüllstoffe sind super. Hilfst du mir in den nächsten Tagen, sie aufzuhängen?«

»Hi. Ja, klar. Sag mal, hast du Opa gesehen?« Ich schaue mich um. Eigentlich sitzt er um diese Zeit immer in seinem Sessel.

»Er hat sich hingelegt.« Eine Sorgenfalte bildet sich auf ihrer Stirn. »Nach der Lesung war er plötzlich wahnsinnig erschöpft und hat auch ein bisschen gehustet.«

»Oje. Ist er krank?«

Sie winkt ab. »Mach dir keine Sorgen. Er braucht nur ein bisschen Ruhe. Er ist eben nicht mehr der Jüngste.«

Das erklärt natürlich, weshalb er meine Schneekugel nicht zurückgebracht hat. Aber wo steckt die nur? Ich gehe rüber zum Samtsessel. Auf dem Tischchen daneben stehen nur eine Vase mit Blumen und die Leselampe. Gründlich kontrolliere ich das Bücherregal und lasse meinen Blick einmal durch den ganzen Laden schweifen.

»Suchst du etwas?«, erkundigt sich Frau Blum bei mir. Der Kunde mit dem Puzzle hat sich verabschiedet und Mama ist verschwunden. Wahrscheinlich will sie im Keller weitere Kisten auspacken.

»Ja, ähm, eine Schneekugel.« Es ist mir ein bisschen peinlich, einer Fremden davon zu erzählen.

»Ach.« Frau Blum streicht sich eine Haarsträhne aus der Stirn. »Etwa die mit der niedlichen Glitzerfee?«

Ich nicke und sehe sie mit großen Augen an. Wenn sie die Schneekugel vorhin gesehen hat, weiß sie vielleicht, wo sie ist!

»Die habe ich verkauft.«

»Wie bitte?« Ich glaube, mich trifft der Schlag. Zum zweiten Mal heute. Nur ist es dieses Mal kein guter, kribbeliger, hoffnungsvoller Schlag wie der von vorhin, als ich Tino im Theaterraum neben Tassi entdeckt habe. Dieser Schlag zieht mir den Boden unter den Füßen weg. »Verkauft?« Meine Stimme ist dünn wie Seidenpapier. Ich halte mich an der Lehne des Sessels fest und sinke langsam hinein.

»Ja, ein Junge hat nach einer besonderen Schneekugel gesucht und die kleinen Modelle im Regal bei den Aufklebern haben ihm nicht gefallen. Irgendwann fand er die Fee auf dem Tisch und wollte sie unbedingt haben.«

»Aber ...«, japse ich. Einen Augenblick lang fehlt mir die Luft zum Sprechen. »Die war nicht verkäuflich!«

»Oh, du liebe Güte, das tut mir leid. Jetzt wird mir klar, warum ich kein Preisschild finden konnte.« Die Türglocke klingelt. Ich höre das Geräusch nur aus der Ferne. So als hätte ich Watte in den Ohren oder eine dicke Wintermütze an.

»Ich bin davon ausgegangen, dass es sich um ein Ausstellungsstück handelt. Deine Mutter und Tante waren gerade nicht da, also habe ich den Preis der anderen Kugeln berechnet und 15% Rabatt darauf gegeben.« Sie macht einen Schritt auf den Kunden zu und begrüßt ihn freundlich, als würde gerade nicht meine Welt untergehen.

In meinem Kopf dreht sich alles. Das. Ist. Eine. Absolute. Katastrophe! Ich schließe einen Moment lang die Augen. Jemand hat meine Schneekugel gekauft. Mein liebstes Lieblingsstück, das noch dazu meine geheimsten Wünsche bewahrt. Das darf nicht wahr sein. Ich blinzele und fange Frau Blums besorgten Blick von der Seite auf. Wir müssen das irgendwie rückgängig machen, den Käufer aufstöbern, die Schneekugel finden und zurückholen. Schwungvoll stehe ich auf, aber meine Beine sind noch immer ganz wackelig. Jetzt muss ich erst einmal mit Lou reden. Sie wird mich verstehen und mir helfen. Auf meine Cousine und ihre Ideen ist immer Verlass.

3

»Was ist denn mit dir los? Du siehst aus wie Hui Buh, das Schlossgespenst: blutleer, flatterig und irgendwie halb tot.« Lou sieht mich fragend an, nachdem ich mich die Treppe hochgeschleppt und ihr Zimmer betreten habe.

»So fühle ich mich auch.« Ich plumpse neben meine Cousine aufs Bett.

»Du, ich muss aufhören, Notfall«, sagt sie eilig zu Jason, der per Skype vor ihr liegt und mich neugierig mustert. Sie wirft ihm eine Kusshand zu und schließt den Laptop. »Also, Hui Buh, sprich!«

Ich lasse meinen Oberkörper in ihre weichen Kissen sinken und starre an die Decke, wo noch ein paar alte Leuchtsterne von früher kleben.

»Meine Schneekugel ist weg. Sie wurde verkauft.«

»Sie wurde WAS?!«, kreischt Lou.

Wieder mal bin ich davon überzeugt, dass sie eine Riesenkarriere als Opern-, Operetten- oder sonst irgendein Gesangsstar machen könnte, wenn sie das will. Mit dem richtigen Ton lässt sie bestimmt problemlos Gläser zerspringen.

Traurig nicke ich. »Die neue Aushilfe hat sie vorhin verkauft. Sie hat sogar einen Rabatt darauf gegeben.« Es macht eigentlich keinen Unterschied, ob mit Rabatt oder ohne. Weg ist schließlich weg. Trotzdem fühlt es sich doppelt doof an, dass meine Schneekugel auch noch verramscht wurde wie irgendein Zweite-Wahl-Artikel im Outlet-Store.

Lou steht auf. »Los, komm mit. Dieses olle Miss Blümchen da unten ist so gut wie gekündigt.«

»Warte! Sie kann eigentlich nichts dafür. Frau Blum ist immerhin neu und wusste es nicht besser. Es tut ihr leid, und wenn sie geht, bringt mir das auch nichts. Viel wichtiger ist doch, was ich machen kann, um die Kugel wieder zurückzukriegen.«

Lou setzt sich neben mich und schaut mich mitleidig an. Sie weiß, wie viel mir die Schneekugel bedeutet, obwohl wir längst aus dem Alter raus sind, in dem wir tanzende Feen mit Zauberstäben in Glitzerwasser toll fanden.

»Was sagt Opa dazu?«, will sie wissen. »Immerhin hat er sich die Kugel ausgeliehen.«

»Er weiß nichts davon. Und so soll es auch bleiben. Es geht ihm nicht gut. Er musste sich hinlegen. Bestimmt würde er sich total aufregen, wenn er es erfährt.«

Wir schweigen eine Weile. Dann kommt mir plötzlich eine Idee. Ich stemme mich hoch. »Wenn der Typ mit Karte gezahlt hat, wissen wir, wie er heißt, und können herausfinden, wo er wohnt!«

Lou nickt begeistert. Sofort flitzen wir runter in den Laden. Mein Einfall hat mir neuen Schwung gegeben. Jetzt fühle ich mich nicht mehr wie Hui Buh.

Frau Blum steht draußen und schrubbt die Fenster. Tante Anna berät eine Kundin, die in der Kiste mit den Slacklines wühlt. Die Kasse ist nicht besetzt, also eilen Lou und ich hinter die Theke. Leider liegt dort nur ein einziger Bon und der ist von vor einer halben Stunde. Mist! Frustriert zupfe ich an dem weißen Papier herum. Das war wohl nichts.

»Vielleicht kann Miss Blümchen den Typen ja beschreiben?«, überlegt Lou und schnappt sich einen Stift und ein Papier. »Los, wir fragen sie und machen ein Phantombild.«

Klar, weil wir ja auch so super zeichnen können, denke ich mit Blick auf unsere verrückten Pop-Art-Werke. »Und was machen wir dann mit dem Bild? Hängen wir Zettel an die Bäume in der Umgebung mit der Aufschrift: ›Wer kennt diesen Jungen? Bitte im Spielzeugladen melden. Zur Belohnung gibt es einen Lutscher‹?«

Lou prustet los und auch ich muss kichern. Trotz meiner Skepsis folge ich ihr nach draußen.

Als sie uns sieht, hält die neue Putzhilfe inne und lächelt uns an. Vom Fensterschrubben haben sich ein paar Schweißperlen auf ihrer Stirn gebildet. Die wischt sie mit ihrem Ärmel weg. »Hallo, ihr zwei.«

»Hi. Sie haben vorhin doch diese Schneekugel verkauft.« In Lous Stimme schwingt deutliches Missfallen mit. Außerdem stützt sie ungeduldig die Hände in die Hüften. Fehlt nur noch, dass sie mit dem Fuß auf den Boden tippt und brüllt: »Gestehen Sie endlich!«

Frau Blum macht ein schuldbewusstes Gesicht. »Ja, tut mir leid, ich weiß, dass das ein Fehler war, weil es sich um ein Ausstellungsstück gehandelt hat.«

Lou öffnet den Mund, doch ich gehe dazwischen, bevor sie rausposaunt, dass die Kugel eigentlich mir gehört. »Genau so ist es und deshalb würden wir sie gerne zurückholen«, sage ich eilig. »Können Sie uns den Käufer beschreiben? Vielleicht wohnt er ja in der Nähe oder kommt sogar öfter in den Laden. Dann erklären wir ihm die Sache und tauschen die Schneekugel gegen eine andere um.«

»Hm.« Frau Blum beugt sich zum Wassereimer runter und

tunkt ihren Lappen hinein. Die Brühe ist bereits schwarz wie die Nacht. Ich wusste gar nicht, dass unsere Fenster dermaßen dreckig sind. Magic Horst schaut mit strahlenden Augen zu uns raus und irgendwie sieht er so aus, als würde er grinsen und sich über mein Unglück amüsieren. Am liebsten würde ich ihm die Zunge rausstrecken.

»Er heißt Finn«, sagt Frau Blum dann ganz selbstverständlich und wringt den Lappen aus.

»Sie kennen ihn?« Mein Herz klopft ein paar Takte schneller. Das ist ja großartig. Vielleicht wird es doch einfacher als gedacht.

»Nein, aber er hat sich mit Namen vorgestellt. Sehr freundlich, der Junge.«

»Und weiter?«, drängt Lou.

Frau Blum wischt sich noch einmal über ihre Stirn und schrubbt dann den Abdruck einer fettigen Kinderhand von der Scheibe. »Nichts weiter. Ich habe ihn noch nie zuvor gesehen.«

Grmpf! Blöder Mist!

Lou gibt nicht so leicht auf. Sie hat ihren Block gezückt und den Stift angesetzt, bereit, eine Zeichnung anzufertigen. »Okay, also wie sieht er genau aus? Groß, klein, dick, dünn, jung, alt, pickelig, mit Nickelbrille oder ohne, eher ein Nerd oder ein Coolio oder …«

»Warte«, unterbricht Frau Blum sie und wedelt mit ihrem Lappen vor Lous Nase herum. Dabei spritzt das Wasser durch die Gegend, woraufhin Lou einen Schritt zurücktritt und in Deckung geht. »Du machst mich ganz wuschig.« Frau Blum seufzt und sinkt auf den Holzstuhl, der immer neben einem Tischchen vor dem Schaufenster steht. »Also, er war ungefähr so alt wie ihr, würde ich schätzen. Hatte helle Haare, mittellang. Hm, eine Brille trug er nicht, und Pickel ...«, sie kratzt sich an der Nase, »keine Ahnung, darauf habe ich wirklich nicht geachtet.«

Wie eine Verrückte kritzelt Lou ihren Block voll, doch was dabei herauskommt, erinnert eher an eine misslungene Comicfigur oder eine sehr ausgefallene Karikatur als an ein Porträt. Die Augen sind enorm groß, die Nase total breit – sie sieht aus wie eine saure Gurke – und der Mund ist einfach nur ein Strich. Damit können wir definitiv nichts anfangen.

»Die Haare stimmen einigermaßen«, sagt Frau Blum diplomatisch. »Und er hatte so einen Kapuzenpulli an, auf dem ein großes Flugzeug abgebildet war.«

Lou hält inne und schaut Frau Blum überrascht an. »Äh, war der Hoodie grau und der Flieger gelb?«

Frau Blum nickt nachdenklich und steht wieder auf, um weiterzuputzen. »Ja, ich glaube schon.«

»Okay, danke.« Lou dreht sich um und zieht mich mit sich zurück in den Laden.

»He, was hast du denn plötzlich?«

»Ich weiß, wer die Schneekugel hat.«

Ruckartig bleibe ich stehen. »Echt?«

»Yep. Es ist Finn!«

»Ja klar, das hat Frau Blum doch gerade gesagt.«

»Finn aus der Zehnten.«

»Äh, okay? Muss ich den Typ kennen?«

Lou rollt mit den Augen. »Mensch, Marie! Du siehst im Moment echt nur deinen Tino, oder? Finn ist in Tinos Klasse. Er hat helle, wuschelige Haare und gestern genau diesen Hoodie getragen. Er war dabei, als Tino dich im Gang angerempelt hat.«

Ich schlucke. »Er ist ein Kumpel von Tino?! Ach du Scheiße. Das hat mir gerade noch gefehlt.«

»Wieso?«, will Lou wissen.

»Na ja, weil ich mir auf dem letzten Zettel in der Kugel gewünscht habe, dass Tino mich küsst.«

Lou reißt die Augen auf und grinst dann. »Ups.«

»Genau, ups!«, wiederhole ich leicht genervt und stoße ihr meinen Ellenbogen in die Seite. »Das ist nicht lustig.«

Sie räuspert sich. »Natürlich nicht.«

Mit flatterigen Händen fahre ich mir durch die Haare. Dieser Finn darf den Zettel auf keinen Fall finden. Er darf nicht wissen, dass ich ihn geschrieben habe, und er darf Tino nichts davon erzählen!

Nach dem Abendessen, bei dem Opa nicht dabei war, weil er tief und fest geschlafen hat, halten Lou und ich Kriegsrat in meinem Zimmer. Dieses Mal liegen wir auf meinem Bett und starren an die Decke. Dort kleben keine alten Leuchtsterne. Mein Bett steht aber direkt unter einem großen Fenster, durch das wir die echten Sterne sehen können.

»Du musst ihn in der Schule erwischen und ihn ansprechen«, sagt Lou.

Ich nicke, obwohl mir der Gedanke Bauchschmerzen bereitet, einfach zu einem Schüler aus der Zehnten zu latschen und ihn anzuquatschen. »Und was soll ich sagen?«

»Hm, erklär ihm doch, dass deine Mutter die Ladenbesitzerin ist und es sich um ein versehentlich verkauftes Ausstellungsstück handelt.«

»Okay, dann hole ich gleich noch eine schöne Ersatzschneekugel von unten und biete sie ihm zum Tausch an. Vielleicht ist ja was Neues bei der Lieferung dabei gewesen.«

»Perfekt«, sagt Lou und gähnt. »So wird's gemacht. Und schon ist das Problem erledigt.«

Ich schließe die Augen. Hoffentlich hat sie recht.

Am nächsten Tag kostet es Lou und mich die ganze Pause, um einen günstigen Moment zu erwischen. Zuerst beobachten wir, wie dieser Finn ins Sekretariat geht. Wir verstecken uns hinter einer Reihe Schließfächer und warten, bis er wieder rauskommt. Dann trifft er sich mit seinen Freunden auf dem Hof. Sie spielen Fußball. Auch Tino ist dabei. Er sieht gnadenlos gut aus, hechtet wie ein Profi hinter dem Ball her und trickst seine Gegner gekonnt aus. Ich könnte ihm stundenlang zusehen. Dummerweise haben wir eine Mission, und als Finn zu einer Bank geht, um einen Schluck zu trinken, rempelt Lou mich mit der Schulter an. »Jetzt ist er alleine. Mach schon.«

Unser unverfänglicher Beobachtungsposten – eine andere Sitzbank – steht ganz in der Nähe. Meine Augen fliegen rüber zu den Fußballjungs. »Aber die sehen doch, wenn ich zu Finn gehe und ihn anspreche. Das ist viel zu auffällig. Und was passiert, wenn einer von ihnen dazukommt, weil er auch Durst hat?«

Lou zieht eine Schnute. »Stimmt.« Sie steht auf. »Dann lauern wir ihm eben nach der Schule auf.«

Oh Mann, wie das klingt. Als wären wir Hardcore-Fans und er irgendein Superstar. Dabei will ich ihm nur diese blöde Schneekugel aus meinem Rucksack in die Hand drücken und meine eigene zurückverlangen, und das möglichst, ohne Aufsehen zu erregen. Kann doch nicht so schwer sein, oder?

Unerwartet tut sich vor dem Unterrichtsstart doch noch eine gute Gelegenheit auf. Lou und ich sind gerade an unseren Spinden angekommen, da betreten die Jungs laut grölend das Gebäude. Man hört ihre Stimmen schon von Weitem. Als Finn gleich darauf alleine an uns vorbeischlendert, flitzt Lou ein paar Schritte den Gang entlang und sieht um die Ecke in Richtung Eingangstür.

»Die sind alle kollektiv aufs Klo gegangen – von wegen, nur Mädchen gehen zusammen pinkeln«, zischt sie und nickt rüber zu Finn, der auf der anderen Gangseite an einem Spind stehen geblieben ist. »Das ist deine Chance. Ich halte die Stellung und melde mich, wenn der Pinkeltrupp aus dem Klo kommt.«

Ich schlucke einmal, straffe die Schultern und mache mich auf den Weg zu ihm. »Hi.« Meine Stimme klingt ein bisschen piepsig.

Finn schaut überrascht zu mir hoch. Er ist gerade dabei, ein paar Bücher in seinen Rucksack zu packen. »Hi.«

»Sag mal, hast du gestern zufällig eine, äh, Schneekugel in einem Spielzeuggeschäft gekauft?«

Finn runzelt die Stirn. »Ja?!«

Nervös schiele ich rüber zu Lou, die mitten im Gang steht und die Klotüren im Auge behält. »Tja, also, meine Mutter und meine Tante führen den Laden«, rattere ich meinen Text runter. »Deine Schneekugel war ein Ausstellungsstück. Sie ist unverkäuflich.«

»Ich habe sie aber doch gekauft.«

»Das war ein Versehen. Du musst sie zurückgeben.«

»Wie bitte? Was heißt denn, ich muss?«

»Natürlich kriegst du einen Ersatz.« Ich ziehe die mitgebrachte Kugel aus meiner Tasche. Sie ist etwas kleiner als meine und hat eine tanzende Ballerina unter dem Glas. Gestern Abend habe ich noch gefühlte Stunden in den Kartons im Keller gekramt und war froh, als ich endlich eine fand, die meiner zumindest im Ansatz ähnlich sieht. Dummerweise ist sie knallrosa und somit extrem kitschig.

Skeptisch mustert Finn das Teil in meiner Hand und verzieht den Mund. »Ich möchte keinen Ersatz. Ich habe lange gesucht und die Schneekugel, die ich gekauft habe, ist genau richtig für meine Schwester. Ich will sie ihr zum Geburtstag schenken.«

»Aber das darfst du nicht«, bricht es aus mir heraus. Ich drücke ihm die pinke Ballerina-Schneekugel gegen die Brust. »Nimm diese hier.«

Jetzt kneift Finn die Augen zusammen. »Hey, mal langsam, ja? Ich habe die Kugel gekauft und bezahlt. Sie gehört mir. Und seit wann wird man von den Töchtern der Ladenbesitzer bedrängt, wenn sie einen Fehler im Verkauf gemacht haben?«

Mein Hals kribbelt und meine Wangen werden heiß. Was bildet der Typ sich eigentlich ein? Vorne im Gang fängt Lou plötzlich lauthals an zu husten. Mist, die anderen Jungs kommen vom Klo. Finn schwingt sich seinen Rucksack über die Schulter und dreht sich um. Wie bestellt und nicht abgeholt lässt er mich stehen und geht seinen Freunden entgegen.

»Vollidiot«, murre ich.

»Er wollte wohl nicht«, schlussfolgert Lou richtig, als die Jungs verschwunden sind.

»Der Typ ist stur wie ein Esel. Und ich habe ein echtes Problem.« Was, wenn er meine Zettel findet? Jetzt, wo ich ihn angequatscht habe, ist ihm doch sofort klar, dass die

Geschichte mit dem Ausstellungsstück Quatsch ist und ich den Kusswunsch aufgeschrieben habe. Das würde er Tino bestimmt brühwarm erzählen und ich könnte mir ein Loch graben und darin verschwinden. Für immer!

Wieso ist das nur so schiefgelaufen? Vielleicht hätte ich nicht gleich pampig werden sollen. Vielleicht wäre es besser gewesen, auf die Tränendrüse zu drücken und Finn vorzuschwindeln, dass ich furchtbaren Ärger zu Hause kriege, wenn ich die Schneekugel nicht zurückbringe. Hätte zwar nicht gestimmt, wäre aber trotzdem eine gute Notlüge gewesen. Das ist mir in dem Moment einfach nicht eingefallen und jetzt habe ich meine Chance verspielt. Verdammter Mist!

Mein Schneekugel-Geheimnis darf nicht auffliegen. Und abgesehen davon muss ich das Geschenk meiner Oma unbedingt wiederhaben, weil es mir wichtig ist. Ich brauche also einen neuen Plan. Einen guten, sicheren und absolut wasserdichten Plan.

4

Als wir nach Hause kommen, steht Opa in der Küche und kocht Pellkartoffeln. Einen Kräuterquark hat er bereits angerührt und bunter Salat steht auch auf dem Tisch. Wir drücken ihm von beiden Seiten ein Küsschen auf die Wange.

»Bist du wieder fit?«, erkundige ich mich und er nickt.

»Na klar. Ich war nur etwas müde. Aber Unkraut vergeht nicht.«

Erleichtert setzen Lou und ich uns an den Tisch, nachdem wir noch Saft und Gläser geholt und hingestellt haben.

»Anna und Astrid wollen erst später essen, also wartet nicht und schlagt zu«, fordert Opa uns auf. Er bringt das Essen rüber und schaufelt sich eine große Portion Salat auf den Teller. »Ich habe mir überlegt, Ukulelen-Unterricht zu nehmen.«

Wir schauen Opa fragend an und er grinst. »Dann kann ich meine Lesungen mit Musik untermalen. Das wird ein Spaß. Die Mutter eines kleinen Mädchens gestern hatte eine Ukulele dabei und nach der Lesung haben wir noch alle zusammen gesungen.«

»Gute Idee«, sagt Lou schmatzend. »Beim nächsten Mal mache ich mit.«

»Ach, apropos gestern.« Opa schält eine dampfende Kartoffel und reicht sie mir, weil ich meine erste schon aufgefuttert habe. Dankbar nehme ich sie ihm ab und klatsche einen Löffel Quark darüber. »Hast du dir deine Schneekugel von unten zurückgeholt? Ich war so erschöpft, dass ich in dem Moment gar nicht mehr dran gedacht habe, und heute war sie nicht mehr auf dem Tisch.«

»Äh.« Ich kaue betont lange an dem Kartoffelstück herum, das ich mir gerade in den Mund geschoben habe. Wieso fragt er das bloß? Ich möchte Opa nicht anlügen, aber die Wahrheit will ich ihm auch nicht sagen, damit er kein schlechtes Gewissen kriegt.

»Miss Blümchen hat sie verkauft«, sagt Lou kurzerhand und ich werfe ihr einen Feuerfunkenblick zu, den sie natürlich ignoriert. Kann sie nicht einmal die Klappe halten, wenn sie es soll?

»Oh, nein!« Opa wird ganz blass um die Nase. »Das ist ja schrecklich. Oma hat sie dir doch geschenkt. Du meine Güte. Das ist meine Schuld.«

Beruhigend winke ich ab. »Quatsch! Lou und ich werden sie wieder zurückholen. Wir kennen den Jungen, der sie gekauft hat. Alles halb so wild. Wirklich.«

»Ja, stimmt«, bestätigt Lou, der Opas fehlende Gesichtsfarbe wohl auch aufgefallen ist. »Mach dir keine Sorgen.«

»Hast du denn schon jemanden gefunden, der dir Ukulelen-Unterricht gibt?«, wechsele ich schnell das Thema und bin froh, dass Opa sich so leicht ablenken lässt und uns begeistert erzählt, wie er diese Mutter von gestern als Lehrerin engagieren konnte. Ich hoffe, dass er die abhandengekommene Kugel schnell vergisst. Zwar fühlt es sich doof an, ihn anzulügen und so zu tun, als wäre alles paletti, aber er soll sich nicht weiter damit belasten. Es reicht, wenn ich mir Sorgen mache und mein Gehirn zermartere.

»Mann, Lou, musste das sein?«, meckere ich meine Cousine an, als wir uns wenig später um das Geschirr kümmern. Opa ist wieder runter in den Laden gegangen, um sich in seinen Sessel zu setzen.

»Sorry, ist mir so rausgerutscht. Mir war nicht klar, wie sensibel Opa ist.«

Mir schon. »Er wirkt immer so tough, aber in letzter Zeit ist er oft müde, und dass er gestern so plötzlich schlafen musste, beunruhigt mich.« Ich klappe die Spülmaschine zu und schalte das Programm an, während Lou den Tisch sauber wischt.

»Stimmt, wir sollten ihn mehr schonen«, bestätigt sie und hält dann den Lappen unter den Hahn.

Bevor ich hoch in mein Zimmer gehe, helfe ich Mama noch wie versprochen, den Regenbogen im Schaufenster zu dekorieren. Es ist gar nicht so einfach, die Stoffe schön zu drapieren. Mama geht irgendwann vor die Tür, um sich das Ganze von draußen anzusehen. Per Handzeichen gibt sie mir Anweisungen: Mehr nach rechts, weiter nach links, nein, nicht so weit ... Ich zuppele, knote, hänge auf und wieder ab und bin froh, als Mama endlich den Daumen in die Höhe hält und zufrieden nickt.

»Jetzt noch ein bisschen Glitzer«, murmele ich und verteile das schimmernde Pulver über den Tüllbahnen, damit wir einen wirklich zauberhaften Effekt hinkriegen. Mama hält mir die Handfläche hin, als sie wieder neben mir steht, und ich schlage mit ihr ein.

»Gut gemacht«, sagt sie.

Endlich ziehe ich mich in mein Zimmer zurück, mache ein paar Hausaufgaben und lege mich danach erschöpft auf mein Bett.

»Ich hab ihn.«

Erschrocken blinzele ich. Eigentlich wollte ich nur kurz die Augen zumachen und bin dabei wohl eingeschlafen. Lou steht vor mir und zupft an meinem Zeh.

»Wen hast du?« Ich schiebe mir eine Haarsträhne aus dem Gesicht und klopfe auf meine Wangen, um richtig wach zu werden. Draußen ist es bereits dunkel geworden. Ein Blick auf die Uhr verrät mir, dass es schon halb acht ist.

»Na, einen perfekten Rückholplan für die Schneekugel«, erklärt Lou selbstzufrieden. »Ich habe gerade mit Mila gequatscht. Du weißt schon, sie geht mit mir in den Chor.«

Ich nicke. Mila ist neu dazugekommen und scheint ziemlich nett zu sein.

»Ich habe sie gefragt, ob sie am Wochenende Zeit hat, und da hat sie mir erzählt, dass sie auf eine Party will. Noch ist sie nicht eingeladen, aber eine Freundin von ihr geht hin und sie versucht, sich da dranzuhängen. Es ist DIE Party, von der gerade alle reden.«

»Stimmt, in der Schule haben ein paar Mädchen auf dem Gang von einer 1. Mai-Party geredet.« Ich trinke einen großen Schluck aus der Wasserflasche auf meinem Nachttisch und wische mir den Mund mit dem Handrücken ab.

»Es ist eine Kostümparty. Dreimal darfst du raten, bei wem sie stattfindet.« Lou grinst so breit, dass ihre Mundwinkel fast die Ohren berühren. »Finn.« Jetzt plumpst sie neben mich.

»Hm, keine schlechte Gelegenheit, um in sein Haus zu kommen«, überlege ich laut. »Aber woher kriegen wir eine Einladung? Wir kennen niemanden aus seiner Truppe.« Und wir können ja schlecht einfach so dort auflaufen und mitfeiern.

»Ich finde, wir laufen da einfach auf und feiern mit«, sagt Lou und ich rolle mit den Augen. Hätte ich mir gleich denken können, dass sie das sagt. Doch sie hat recht. Diese Chance dürfen wir uns nicht entgehen lassen.

Am Samstagmittag machen Lou, Opa und ich uns auf den Weg zum Friedhof. Regelmäßig gehen wir Oma dort besuchen. Opa hält sie immer auf dem Laufenden und erzählt ihr, was so los ist in unserem Leben. Vorher besorgen wir jedes Mal einen schönen Strauß in Rosies Blumenladen, der sich ganz in der Nähe des Friedhofs befindet. Weil die Besitzerin schon etwas älter und wahnsinnig sympathisch ist, haben Lou und ich vor einiger Zeit überlegt, Opa mit ihr zu verkuppeln. Uns ist aber schnell klar geworden, dass er keine neue Frau haben will. Er liebt Oma immer noch über alles, auch wenn sie längst nicht mehr da ist.

»Hallo, zusammen«, heißt Rosie uns willkommen, als wir die Ladentür öffnen. Ein leises Glöckchen klingelt über unseren Köpfen. Sie bietet uns eine Tasse frischen Kräutertee an, den wir gerne annehmen. »Schaut mal, ich habe heute frische Ranunkeln bekommen.«

Opas Augen beginnen zu leuchten. »Die mochte mein Lieschen besonders.«

»Na wunderbar. Soll ich einen hübschen Feldblumenstrauß mit blauen Kornblumen und weißen Margeriten binden?«

Opa nickt und trinkt einen Schluck. »Ja, gerne.«

»Ranunkeln stehen für Schönheit und prachtvollen Charme«, erzählt Rosie im Plauderton. »Und die blaue Kornblume zeigt Naturverbundenheit und Treue.«

Mit verträumtem Blick streicht Opa über die länglichen

Blütenblätter. »So zart und zierlich«, murmelt er. »Genau wie Lieschens Hände.«

Lou und ich lächeln uns an. Immer wenn Opa über Oma spricht, schwingt so viel Liebe in seiner Stimme mit. Davon werden unsere Herzen jedes Mal ganz warm. Nachdem auch ich einen Schluck aus meiner Tasse genommen habe, beuge ich mich über ein Gesteck aus roten Rosen und weißen Lilien und schnuppere daran. Der süße Duft zieht mir sofort in den Kopf. Er ist stark und erfrischend. Ich wünsche mir, irgendwann auch mal so ein Glück zu finden, wie es meine Großeltern miteinander hatten.

»Die gefällt mir«, reißt Lou mich aus meinen Gedanken.

»Das ist eine Chrysantheme. Sie steht für Frische und Fröhlichkeit«, erklärt Rosie, während sie den bunten Kornblumenstrauß zusammenbindet.

»Ha, das passt zu mir.« Lou zupft eine Blume aus dem Eimer neben sich. »Ich nehme eine mit.«

»Und was sagt man über die hier?«, erkundige ich mich und zeige auf eine orangefarbene Blume, die ich zwar vom Sehen, nicht aber mit Namen kenne.

Rosie legt den fertigen Kornblumenstrauß ab und kommt hinter der Theke hervor. »Das ist eine Gerbera. Sie wächst dort, wo es sonnig und warm ist. Das spiegelt sich auch in ihrer Bedeutung wider. Es heißt, durch sie wird alles schöner.«

»Perfekt, dann hätte ich gerne so eine.« Ich will sie neben den Kornblumenstrauß auf Omas Grab legen.

Genau das mache ich wenig später auch, als wir auf dem Friedhof angekommen sind. Während Opa und Lou eine Gießkanne mit Wasser holen, verspreche ich Oma stumm, dass ich alles tun werde, um ihr Schneekugel-Geschenk wieder zurückzukriegen. Und um mein Vorhaben zu untermauern, lege ich ihr die Blume hin, die jede Menge Zuversicht versprüht.

»Oh. Mein. Gott!« Erstarrt schaue ich in den Spiegel und betrachte die Katastrophe, die Lou aus mir gemacht hat. Was soll das sein? Ein geistesgestörter Alien? Ein Monster-Zombie mit Pippi-Langstrumpf-Faible? Meine Haare sind wild durcheinandertoupiert und an den Seiten mit gelben Schleifen zu Zöpfen gebunden. Ein Haarreif mit zwei abstehenden Antennen, an deren Enden schwarz-gelbe Bommel wackeln, klemmt hinter meinen Ohren. Um meine Augen kringeln sich dunkle Ränder, die jedem Waschbären Konkurrenz machen, und meine Wangen sind gelb gepudert. Ich sehe aus, als wäre mir übel. Das ist es mir gerade auch ein bisschen. Nur mein gelber Hoodie gibt mir Halt. Den liebe ich nämlich.

Unterhalb meiner schwarzen Leggins geht das Grauen weiter, denn meine Füße stecken MITSAMT quietschgelben Socken in Lous schwarzen Ballerinas. Wenn das Motto der Party »Bad Taste« wäre, hätte ich große Chancen, die Königin des Events zu werden.

Es ist Sonntagabend und wir haben tatsächlich keine Einladung für die Party bekommen, werden aber trotzdem hingehen. Eventuell hätten wir uns an Lous Freundin Mila hängen können, aber leider ist sie krank geworden und bleibt heute zu Hause.

»Na, was sagst du?« Grinsend streckt Lou ihren Kopf aus dem Bad. Sie trägt ein knallrotes, kurzes Nachthemd, blaue Strumpfhosen und ein blau schimmerndes Tuch um den

Hals. Ihr Gesicht glitzert in derselben Farbe, ähnlich wie bei den Avataren im gleichnamigen Film. Sie gluckst und legt mir zufrieden einen Arm um die Schulter. »There we are: Supergirl and Maya the Bee.«

»So können wir nicht gehen«, protestiere ich.

»Na klar können wir. Und wir werden.« Sie schnappt sich ihre Tasche. »Was meinst du, wie die anderen Leute da rumrennen?«

Ich zucke mit den Schultern. Keine Ahnung. Ich war noch nie auf einer Kostümparty.

»Die sind sicherlich mindestens genauso kreativ angezogen«, fährt Lou fort.

»Und was ist, wenn Tino mich so sieht? Dann habe ich doch nie eine Chance bei ihm.«

Lou winkt ab. »Ach Quatsch. Glaub mir, wir werden kein bisschen auffallen. Und wir müssen uns schließlich anpassen, damit wir inkognito bleiben. Also reiß dich zusammen und fokussiere das Ziel.«

Seufzend werfe ich einen letzten Blick in den Spiegel. Lou hat recht. Die Party ist unsere Eintrittskarte in Finns Haus. Und wenn ich dafür als durchgeknallte Honigbiene rumlaufen muss, ist das wohl der nötige Preis.

Bevor wir verschwinden, verabschieden wir uns im Laden von Mama und Tante Anna. Sie starren uns mit offenen Mündern an.

»Wie seht ihr denn aus?« Tante Anna umrundet uns einmal.

»Kostümparty«, erklärt Lou knapp.

»Das sieht man.« Mama lächelt. »Sehr einfallsreich.«

»Großartig«, bestätigt auch Opa. Er sitzt in seinem Sessel und betrachtet uns ebenfalls lächelnd. »Habt viel Spaß.«

»Und seid um zehn wieder zu Hause«, fügt Tante Anna hinzu.

»Echt jetzt?« Lou legt eine bittende Miene auf. »Wir sind fünfzehn und keine Babys mehr.«

»Na gut, um halb elf.«

»Das klingt schon besser. Bis später.« Lou beugt sich zu mir rüber. »Schnell weg, bevor sie es sich anders überlegen.«

Glücklicherweise hat uns Mila die Adresse verraten und so finden wir die Straße, in der Finn wohnt, ohne Probleme. Schon aus hundert Meter Entfernung dröhnt uns laute Musik entgegen. Lou drückt meine Hand und mein Puls erhöht sich schlagartig.

Tu einfach so, als würdest du ganz selbstverständlich dazugehören, sage ich mir ein paarmal.

Als wir die Stufen zur Haustür hochgehen, kommt uns ein Panther entgegen. Sein Gesicht ist schwarz geschminkt und seine Augen so knallgrün, dass es sich um Kontaktlinsen handeln muss. Auf dem Kopf hat er zwei spitze Ohren.

Lou rammt mir den Ellenbogen in die Seite. »Siehst du. Der sieht genauso schräg aus wie wir.« Sie nickt dem Panther zu, als würde sie ihn kennen.

Im Flur stehen zwei undefinierbare Wesen in Tapezieranzügen. Sie unterhalten sich mit einem Pinguin und schauen uns ganz komisch an, als wir an ihnen vorbeilaufen. Mein Bauch kribbelt nervös. Auch wenn wir vielleicht inkognito sind, fühle ich mich wie ein Eindringling. Und genau das bin ich ja auch.

Vorsichtig spähen wir ins Wohnzimmer. Neben der Terrassentür entdecke ich Tino. Mein Herz pumpt noch wilder. Er sieht umwerfend aus in seinem Rabenkostüm. Unter den Armen hat er lange Federn und über Nase und Mund eine spitz zulaufende Maske. Gerade begrüßt er eine seiner Mitschülerinnen. Er zieht sie in eine lässige Umarmung und ich wünschte, ich wäre an ihrer Stelle.

Ob Fenja wohl auch hier ist? Neugierig schaue ich mich um, kann sie aber nirgends entdecken. Wenn ich mich unauffällig in seine Nähe schieben würde, könnte ich ihn vielleicht ansprechen. *»Hey, du auch hier?«*, zum Beispiel. So viel Text kriege ich in seiner Gegenwart sicher hin. Und wenn er sich nicht an mich erinnert, zupfe ich vielsagend an meinem Hoodie, um auf den Kakaofleck von neulich hinzuweisen.

Ich schiele an mir runter. Hm, vielleicht lasse ich das in meinem bekloppten Outfit doch lieber sein.

»Komm weiter«, fordert Lou mich auf. Während wir uns ins Zimmer schieben, lasse ich meinen Blick weiter über den Rest der Besucher schweifen. Es ist rappelvoll hier. Die meisten stehen eng zusammen und unterhalten sich. Ein paar Leute tanzen. Alle sind wahnsinnig einfallsreich angezogen. Lou hatte also recht. Gerade trippelt ein schneeweißer Schwan an uns vorbei, gefolgt von einem Jungen mit einer Guy-Fawkes-Maske aus dem »V wie Vendetta«-Comic.

Moment mal! Ich stocke. Die Erkenntnis trifft mich wie ein Blitz.

»Lou!«, brülle ich und halte meine Cousine fest, damit sie stehen bleibt. Die Musik wummert so laut, dass man sein eigenes Wort nicht versteht. »Keiner von denen ist bunt angezogen.«

Endlich hält sie an und scannt die Umgebung. »Oha.«

Ich nicke gequält. Das war's dann wohl mit unserem Plan, möglichst unauffällig zu bleiben.

Lou macht eine wegwerfende Handbewegung. »Ist doch egal. Niemand achtet darauf.«

Leider stimmt das nicht so ganz. Immerhin habe ich schon mehrere seltsame Blicke in unsere Richtung bemerkt. »Lass uns besser in den oberen Zimmern suchen«, schlage ich vor. Da fallen wir nicht so auf. Und sicher sind die Schlafzimmer oben.

»Okay.«

Wir machen kehrt und gehen zurück in den Flur in Richtung Treppe. Ein Mädchen mit hüftlangen blonden Haaren schwebt wie eine Wolke in einem Tüll- und Watteoutfit die Stufen herunter. Es fängt an zu grinsen, als es uns sieht. Meine Ohren beginnen zu glühen. Je schneller wir die Schneekugel finden, desto schneller können wir wieder verschwinden.

Zum Glück ist nicht viel los im ersten Stock. Lediglich aus der halb offenen Badezimmertür dringen ein paar Stimmen zu uns raus. Wir eilen vorbei und wollen gerade ins erstbeste Zimmer schleichen, da taucht ein Mädchen auf, das sich als Snoopy verkleidet hat.

»Hey, das Motto ist ›Black and White‹«, sagt sie.

Am liebsten würde ich meinen Kopf in den Hoodie stecken und nie wieder rausholen. »Ja, ähm«, krächze ich. Mein Hals ist ganz trocken. »Da haben wir wohl was missverstanden.«

Geistesgegenwärtig setzt Lou ein Lächeln auf. »Wir wollten nun mal so wahnsinnig gerne Biene Maja und Supergirl sein.«

Innerlich stöhne ich auf. Das klingt total bescheuert. Offensichtlich findet das Mädchen das auch, denn es runzelt die Stirn.

Zu allem Übel kommt in dem Moment auch noch Batman

die Treppe hoch. Es ist Finn. Er schaut uns überrascht an, scheint uns aber nicht sofort zu erkennen. Das muss auch so bleiben, denn wenn er sich an mich erinnert, wird er sicher misstrauisch.

Im ersten Moment falle ich in eine Art Schockstarre. Ich fühle ich mich wie Biene Maja, die in Theklas Spinnennetz festhängt. Doch dann meldet sich glücklicherweise ein Fluchtreflex, der in meinen Beinen kribbelt.

»Wir gehen dann besser wieder. Viel Spaß noch«, murmele ich und greife nach Lous Hand, um sie mit mir mitzuziehen. Eilig flitzen wir an Batman vorbei ins Erdgeschoss und raus auf die Straße.

»Mist«, murrt meine Cousine, nachdem wir im Laufschritt ein paar Blocks hinter uns gelassen haben. »Wäre ich als Catwoman gegangen und du als Engel oder weiß betuchte Kameltreiberin, wären wir überhaupt nicht aufgefallen und hätten problemlos in den Zimmern stöbern können.«

Ich brumme verdrossen. Im Gegensatz zu Lou will ich jetzt wirklich nicht mehr über irgendwelche Kostüme nachdenken, sondern mich nur noch in meinem Bett verkriechen. Die Aktion war ein totaler Reinfall. Wir sind der Schneekugel kein Stück näher gekommen und haben uns vor den Leuten auch noch vollkommen lächerlich gemacht. Das muss ich jetzt erst mal verdauen, bevor ich mir dann über einen neuen Plan Gedanken machen kann.

5

Am Dienstag nach dem Feiertag habe ich vor der Schule ein bisschen Bauchschmerzen. Ob Finn mich vielleicht doch erkannt hat und nun zur Rede stellen wird? Gestern haben Lou und ich uns mit Pizza und Eis von dem missglückten Rückholplan erholt. Natürlich fand Lou die Aktion gar nicht so schlimm. Ganz im Gegensatz zu mir.

Doch immerhin erwartet mich heute Abend ein echter Lichtblick. Die Theatergruppe geht zusammen in ein altes Kino, um sich den Film *Romeo & Julia* mit Leonardo DiCaprio anzuschauen. Als Inspiration für unsere Inszenierung. Darauf freue ich mich schon sehr. Ich werde versuchen, einen Platz neben Tino zu ergattern. Und dann teile ich meine Popcorntüte mit ihm. Vielleicht berühren sich dabei ja rein zufällig unsere Hände und vielleicht spürt er dann das Knistern zwischen uns. Bei diesen Gedanken lösen sich meine Sorgen wegen der Party ganz schnell in Luft auf und machen ein paar wild gewordenen Schmetterlingen Platz.

»Okay, also wie kommst du unauffällig in Finns Haus?«, überlegt Lou laut, als wir durch den Schulflur schlendern. »Vielleicht ein Einbruch?« Sie nickt bekräftigend, nachdem sie einem Schüler ausgewichen ist, der einen Stapel Bücher im Arm balanciert. »Ja genau, wir könnten einfach bei ihm einsteigen.«

Ich tippe mir an die Stirn. »Auf keinen Fall! Ich werde doch nicht zur Verbrecherin.«

»Hm, oder wir legen uns auf die Lauer und klingeln bei ihm, sobald er das Haus verlassen hat. Dann erzählen wir seiner Mutter oder seinem Vater irgendwas von Stromzählerkontrolle oder Heizungscheck. Ich gehe mit ihnen in den Keller und du stöberst derweil herum.«

»Klar, weil die uns natürlich abkaufen, dass wir für die Stadtwerke arbeiten.« Manchmal hat mein Cousinchen echt supertolle Schnapsideen.

»Hast du vielleicht 'nen besseren Vorschlag?« Sie sieht mich grimmig an und wickelt dabei eine ihrer Locken um den Finger. Bevor mir etwas einfällt, plappert sie schon weiter. »Du könntest auch klingeln und sagen, dass du Finn aus der Schule kennst, er eins deiner Bücher ausgeliehen hat und du es dringend wieder brauchst. Dann bittest du darum, es schnell aus seinem Zimmer holen zu dürfen, und schon bist du in der Höhle des Löwen.« Zufrieden grinst sie mich an.

»Da muss ich noch mal drüber nachdenken«, wiegele ich ab. Bestimmt findet sich ein besserer Plan. Nur wie könnte der aussehen?

Die ganze Deutschstunde über zermartere ich mir deswegen das Hirn. Zweimal ermahnt mich unsere Lehrerin, weil ich total abwesend bin. Beim Pausengong schnappe ich mir sofort meine Sachen und verschwinde, bevor ich noch ans Pult zitiert werde, um zu erklären, was mit mir los ist.

»Ich gehe mir 'ne Cola holen«, informiere ich Lou, als sie endlich auf den Flur kommt. Das Koffein regt sicher meine grauen Zellen an und vielleicht kommt mir dann ja ein erlösender Einfall.

Lou nickt. »Okay, ich gehe solange aufs Klo. Dann bis gleich in Bio.«

Kurz vor dem Mensaeingang biegt Finn plötzlich um die Ecke und läuft mir entgegen. Auch das noch. Schnell drehe ich ihm den Rücken zu und tue so, als würde ich die Aushänge am Schwarzen Brett studieren. Zum Glück schlurft Finn an mir vorbei, ohne mich zu bemerken. Ich schiele hinter ihm her und atme tief durch.

Gerade will ich weitergehen, da bleibt mein Blick an einem angetackerten Zettel hängen, der mir vorher nicht aufgefallen ist: *Nachhilfe gesucht. Ich, Annika K., 11 Jahre alt, Klasse 5, suche dringend Mathenachhilfe für einmal die Woche.*

Darunter stehen dieselbe Straße und Hausnummer wie von Finn. Ich glaube, ich habe an einer Tür im Obergeschoss ein Schildchen mit dem Namen Anni gesehen, als wir da waren. Ob das seine Schwester ist? Das wäre ja super. Dann käme ich nämlich absolut legal in sein Haus, und das auch noch regelmäßig. Dass ich nicht gerade ein Mathegenie bin, muss ich ignorieren und das Beste draus machen.

Kurzerhand wähle ich die angegebene Nummer, bevor mir doch noch eine Lücke in meinem neuen Plan auffällt. Es dauert auch nicht lange, bis eine Frau abnimmt. Es ist Annikas Mutter. Nach einem kurzen Gespräch gibt sie mir die Handynummer ihrer Tochter, damit wir ein Kennenlerntreffen vereinbaren können. Ich mache auf dem Absatz kehrt und eile zu Lou, um ihr davon zu berichten. Eine Cola brauche ich jetzt nicht mehr. Das Koffein würde meinen Puls nur noch weiter hochjagen.

»Perfekt!«, jubelt Lou, und nachdem ich Annika eine Textnachricht geschrieben und prompt eine Antwort von ihr erhalten habe mit dem Vorschlag, uns gleich morgen in der Bibliothek zu treffen, kann ich meiner Cousine nur zustimmen. Das ist absolut perfekt!

Zusammen mit einem Großteil der Theatergruppe stehe ich am späten Nachmittag auf dem Gehweg vor dem Kino. Winkend kommt Tino über die Straße zu uns rübergelaufen. Er trägt ein gestreiftes Shirt und lässige, tief sitzende Jeans mit Rissen an den Knien. Bei seinem Anblick könnte ich glatt dahinschmelzen. Extra für ihn habe ich mich ein bisschen aufgebrezelt. Lou hat mir dafür ihre blaue Wimperntusche geliehen und meine Haare zu einem lockeren Zopf geflochten. Und dann habe ich mich für eine blau-weiß gepunktete Bluse entschieden, obwohl ich normalerweise eher der Shirt-und-Hoodie-Typ bin.

»Hi«, sagt Tino und lächelt in die Runde.

»Hi«, krächze ich zurück.

Zum Glück fällt niemandem meine spontane Heiserkeit auf, denn alle plappern wild durcheinander. Tassi holt gerade die vorbestellten Karten am Schalter ab und Fenja ist noch nicht da. Vielleicht habe ich ja Glück und sie hat plötzlich eine Erkältung oder so was.

»Wir warten noch auf ein paar Nachzügler, bevor wir reingehen«, sagt Tassi, als er zurückkommt und die Tickets verteilt. Ein Blick auf meine Karte verrät, dass es keine festen Sitzplätze gibt. Sehr gut. Dann kann ich dicht hinter Tino bleiben und mich neben ihn schieben. Und natürlich brauche ich unbedingt noch eine Packung Popcorn. Familienpackung, versteht sich.

»Hallo, Leute.« Fenja kommt mit dem Rad angerauscht. Sie trägt ein hübsches rotes Kleid, das luftig um ihre Strumpfhosenbeine flattert. Und ihre langen Haare duften nach Obst, als sie den Kopf einmal locker schüttelt. Pfirsich, vermute ich. *Vielleicht sollte ich auch mal wieder in die Drogerie gehen,* überlege ich ein bisschen grimmig, weil Tinos Blick besonders lange an Fenja hängen bleibt. Ihre Geruchsattacke zeigt eindeutig mehr Wirkung als meine Kleiderwahl.

»Tut mir leid, Leute, ich musste noch mit meiner todkranken Oma telefonieren«, entschuldigt Fenja ihre Verspätung. »Es geht ihr so schlecht und ich wollte sie ein bisschen aufheitern.« Natürlich hat sie damit die Aufmerksamkeit der gesamten Gruppe.

»Oh, was hat deine Oma denn?«, fragt Lilly.

»Eine gebrochene Hüfte.« Fenja schnieft. »Sie kann im Moment nicht laufen.«

»Meine Oma ist auch krank. Sie hat Krebs im Endstadium«, murmelt Fred, woraufhin Fenja die Mundwinkel nach unten zieht und wissend nickt.

»Das ist genauso schlimm.«

Na ja, ob man eine gebrochene Hüfte mit dem Endstadium von Krebs vergleichen kann, wage ich zu bezweifeln. Fred denkt offenbar das Gleiche, denn er macht ein komisches Gesicht.

»Dann weißt du ja, wie ich mich fühle«, jammert Fenja weiter. Wenn sie sich nicht eine halbe Sekunde später freudestrahlend neben Tino drängen würde, um ihn zu fragen, ob er den Film schon kennt, hätte ich ihr den Trübsinn fast abgekauft. Jetzt bin ich mir aber nicht mehr so sicher, ob es sich vielleicht nur um eine kleine Theaterszene handelt. Selbst ausgedacht und perfekt dargeboten.

Eilig schleiche ich hinter ihr und Tino her und sage Fred im Vorbeigehen, dass mir das mit seiner Oma leidtut. Er nickt und ich flitze weiter. Ich darf mich nicht abhängen lassen, sonst schnappt sie mir noch den Platz neben Tino weg. Als er an der Theke eine große Packung Popcorn bestellt, vereitelt er meinen Plan, ihn von meiner Packung mitessen zu lassen. Also entscheide ich mich kurzerhand für Eis. Ich wähle extra eine Packung mit vielen kleinen Eisschokoladenwürfeln, damit ich Tino welche anbieten kann. Eigentlich schmeckt mir das gar nicht so, aber ein Magnum lässt sich schlecht teilen.

Im Kinosaal lasse ich mich zufrieden in den Sessel sinken. Ich habe es geschafft, neben Tino zu sitzen. Eigentlich wollte Jasper dorthin, aber ich war schneller. Auf der anderen Seite macht es sich Fenja gemütlich. Die Reihen sind eng und die Stühle aus rotem Samt bezogen, weich, aber nicht wirklich gemütlich. An der Decke hängt ein Kronleuchter und gleich über uns befindet sich die Empore mit weiß-gold geschwungenem Schnörkelmuster. Alt und romantisch wirkt das alles.

»Viel Spaß«, wünscht Tassi in die Runde, als die Werbung eingespielt wird. Wenige Minuten später startet schon der Film. Zunächst bin ich etwas verwundert, weil das Geschehen in die Gegenwart katapultiert wurde, die Schauspieler aber in Shakespeares 400 Jahre alter gestelzter Sprache sprechen. Ein seltsamer Bruch zwischen Moderne und Vergangenheit, der eigenartig, überdreht und gleichzeitig ziemlich cool wirkt. Es dauert eine Weile, bis sich das erste Erstaunen bei mir gelegt hat.

Meine kalten Fingerspitzen, in denen sich die Eispackung befindet, erinnern mich schließlich an meine Mission und so zupfe ich den Karton auf und starte einen vorsichtigen Annäherungsversuch. Dass ich Tino einen schokoüberzogenen Würfel anbiete, merkt er erst gar nicht. Er starrt so gebannt auf die Leinwand, dass ich ihn anstupsen muss.

Ich lächle und er lächelt zurück und schnappt sich ein Eisstück. Seine Karamellaugen glänzen im Schein der Leinwand. Augenblicklich wird mir ganz warm. Es ist aufregend, ihm wieder so nahe zu sein. Genau wie neulich, als er meinen Pulli ruiniert hat. Während er runterschluckt, bietet er mir etwas von seinem Popcorn an. Natürlich lasse ich mich nicht lange bitten, greife hinein und picke mehrere Maisflocken heraus. »Danke.«

»Nimm ruhig mehr, wenn du magst«, flüstert er mir zu und ich fühle seinen warmen Atem an meinem Ohr. Ein Schauer rieselt meinen Rücken runter.

Ich blicke wieder nach vorne und höre das Rascheln der Tüte neben mir. Schnell greife ich ein weiteres Mal hinein, fixiere aber weiter die Leinwand, damit die Berührung unserer Hände nicht geplant wirkt. Tatsächlich stoße ich zwischen den Popcörnern auf warme Finger. Sofort kribbelt meine Hand. Doch dann wird sie barsch beiseitegeschoben, und als ich den Kopf drehe, verschwindet jegliches Romantikgefühl.

Fenja linst an Tinos Schulter vorbei zu mir rüber. »Oh, sorry«, sagt sie. Das Lächeln auf ihren Lippen erreicht ihre Augen nicht. Die funkeln ziemlich biestig, als hätte ich soeben vermintes Sperrgebiet betreten. Besitzergreifend lässt sie weiterhin ihre Hand in der Packung und ich ziehe meine leise seufzend zurück.

»Es ist genug für alle da«, sagt Tino und bietet nun auch Lilly, Nina, Fred und Miro etwas an, die in der Reihe vor uns sitzen. Sie nehmen die Tüte fröhlich entgegen und rücken sie erst mal nicht wieder raus.

Damit ergibt sich also keine weitere Gelegenheit, rein zufällig Tinos Hand zu streifen. Doch diesen Annäherungsplan vergesse ich bald ohnehin, weil der Film mich mehr und mehr in seinen Bann zieht. Zum Schluss verfolge ich mit angehaltenem Atem, wie Leonardo DiCaprio in der Gruft der Capulets das Gift trinkt, Claire Danes im selben Moment aus ihrem Totenschlaf erwacht und mit ansehen muss, wie ihr geliebter Romeo stirbt. Der Knall aus ihrer Pistole, mit der sie sich erschießt, ist so ohrenbetäubend, dass ich kräftig zusammenzucke und danach erst mal durchatmen muss.

Das ist einer dieser Filmmomente, in denen man sich wünscht, das tragische Ende wäre nicht so unabwendbar und irgendwie würde sich doch noch alles zum Guten wenden. Genau wie bei *Titanic*. Die Geschichte ist so fesselnd, dass man die meiste Zeit verdrängt, wie schrecklich und brutal die Liebe von Rose und Jack endet. Zu sehr wünscht man sich, dieser bescheuerte Eisberg würde rechtzeitig von der Crew entdeckt, bevor das Schiff auffährt. *Titanic* ist übrigens Lous Lieblingsfilm. Immer wenn sie ihn sieht – und das passiert recht häufig –, heult sie mindestens eine Packung Taschentücher weg und ist untröstlich. Und ehrlich gesagt habe auch ich jedes Mal einen fetten Kloß im Hals.

Ein lautes Schluchzen durchbricht meine Gedanken. Zwei Sitze weiter schnieft Fenja ganz fürchterlich und starrt mit glasigen Augen auf den Abspann. Mitfühlend bietet Tino ihr etwas von seiner Cola an, die sie dankend entgegennimmt.

»So genial werden wir das auf der Bühne auch machen«, sagt er zu ihr und sie nickt, nachdem sie einen Schluck genommen hat.

»Ja, ganz bestimmt kriegen wir das so toll hin wie Leonardo DiCaprio und Claire Danes.«

Ich schlucke. Wieso muss ich bloß die doofe Amme spielen? Wenn ich Julia wäre, könnten Tino und ich jetzt die Vorfreude auf unsere Hauptrollen teilen. Das Schicksal kann so fies sein.

»Das war echt klasse.« Tino läuft neben mir her und redet aufgeregt über den Film. Dabei knabbert er die letzten Reste Popcorn aus seiner Tüte, die Lilly, Nina, Fred und Miro irgendwann wieder nach hinten gereicht haben. »Der war so bunt, knallig, voller Action.«

»Und ein bisschen kitschig«, füge ich hinzu und bin froh, dass ich einen halbwegs sinnvollen Satz in seiner Gegenwart rausbringe.

Er lacht. »Extrem kitschig, wenn du mich fragst.«

»Stimmt.« Das Schicksal hat mir doch noch die Hand gereicht, denn als wir uns alle vor dem Kino verabschiedet haben, stellte sich heraus, dass Tino in die gleiche Richtung musste wie ich. Claudette, das junge Mädchen, das neu im Kurs ist und die Souffleuse sein wird, hat uns noch einen Häuserblock begleitet, ist dann aber abgebogen. Fenja hat es gar nicht gepasst, dass wir mit Tino davongeschlendert sind. Sie musste in die entgegengesetzte Richtung und hat Claudette und mir giftige Blicke hinterhergeworfen.

Jetzt laufe ich also gerade alleine mit meinem Traumtypen durch die abendlichen Straßen. Wenn ich nur nicht so angespannt wäre. Unauffällig versuche ich, meine Schultern zu lockern, indem ich sie ein paarmal kreisen lasse.

»Ich fänd's cool, wenn wir das Stück genauso aufziehen«, redet Tino weiter. »Ein Mix aus modern und altmodisch. Das packt die Zuschauer bestimmt.«

»Denke ich auch«, pflichte ich ihm bei und freue mich

über seine Begeisterungsfähigkeit. Er sprüht regelrecht vor Energie. »Wir müssen natürlich kürzen. Ich habe den Originaltext schon mal durchgeblättert. Wenn wir sämtliche Akte und Szenen spielen, dann wird das viel zu lang.« Gedankenverloren greife ich in die Popcorntüte, die er in meine Richtung hält, und als ich meine Hand rausziehe, fasst er selbst hinein. Dabei streifen sich unsere Hände. Seine Finger sind warm und weich. »Oh.« Eine Hitzewelle kriecht meinen Hals entlang mitten ins Gesicht. Es glüht daraufhin so sehr, als hätte ich einen ordentlichen Sonnenbrand.

Grinsend überreicht er mir die Packung. »Nimm du den Rest. Mir ist eh schon ganz schlecht von dem Zeug.« Er fasst sich an den Magen. »Mein Fußballtrainer würde mich hundert Liegestütze extra machen lassen, wenn er wüsste, was da alles drin ist.«

Ich werfe einen schüchternen Blick auf seinen durchtrainierten Bauch. »Die paar Popcörner wird er dir schon nicht übel nehmen.« Schnell schaue ich wieder geradeaus, weil mir klar wird, dass ich Tino regelrecht anstarre.

»Nee, da täuschst du dich«, widerspricht er und wackelt mit dem Zeigerfinger in der Luft herum. »Erstens kennst du meinen Trainer nicht. Der ist ein echter Menschenquäler. Und zweitens weißt du nicht, was ich heute schon alles gefuttert habe. Drei Burger waren es auf jeden Fall und eine große Portion Pommes. Außerdem eine Packung Gummibärchen und noch mehr solchen Kram.« Er trommelt ein paarmal auf seinem Magen herum.

»Oha, na, da kannst du froh sein, dass ich schweigen kann wie ein Grab und deinem Trainer nichts verrate.« Ich zwinkere ihm zu und wundere mich im nächsten Augenblick über mich selbst. Flirte ich etwa gerade mit ihm?

»Zu gnädig von dir.« Tino lacht und ich lache mit.

Seine lockere Art ist ansteckend, sodass sich meine Anspannung endlich löst und ich mich etwas wohler in meiner Haut fühle.

»Du, ich müsste jetzt da rüber.« Er zeigt auf eine Haltestelle. »Mein Bus kommt gleich. Hast du es noch weit?«

»Nö, sind nur noch zwei Straßen bis zu meinem Haus.«

»Sehr gut, sonst hätte ich dich noch begleitet.«

Innerlich seufze ich. Er kann also ein echter Gentleman sein. Wenn ich das gewusst hätte, hätte ich mich natürlich bis zur Tür bringen lassen und vorher extra mehrere Kilometer Umweg eingebaut.

»Okay, dann bis demnächst«, sagt er und sprintet los, weil sein Bus um die Ecke biegt.

»Ja, bis dann«, presse ich hervor. Und während er in den Bus steigt, stehe ich mitten auf dem Gehweg und schaue ihm mit heftigem Herzklopfen und dieser überdimensionalen Popcornpackung im Arm hinterher.

6

Am nächsten Tag mache ich mich in der großen Pause auf den Weg in die Bibliothek, um mich dort mit Annika zu treffen. Als ich den Raum betrete, sitzt bereits ein Mädchen am vereinbarten Tisch. Sie hat Ähnlichkeit mit Finn: dieselben hellen Wuschelhaare, dieselben blauen Augen. Allerdings trägt sie im Gegensatz zu ihm eine große, breitrahmige Brille, die ihr einen intelligenten Touch verleiht. Ich winke ihr zu und sie winkt zurück.

»Hi, ich bin Annika, nenn mich Anni«, sagt sie. Ihr strahlendes Lächeln ist offen und freundlich.

»Hi«, antworte ich und setze mich zu ihr. »Ich bin Marie.«

»Du bist also gut in Mathe? Ich bin eine absolute Niete und sehe auch nicht ein, wofür ich den ganzen Mist brauche.«

Jetzt muss ich lachen. »Ja, ich weiß, was du meinst. Leider interessiert es die Lehrer nicht, was wir von ihrem Stoff halten. Wir müssen ihn können und fertig.«

»Echt ungerecht«, murrt Anni. »Ich bin für mehr Demokratie in der Schule.«

Da kann ich ihr nur beipflichten. »Absolut. Man sollte Sport abschaffen und Theater als Hauptfach wählen können.«

»Theater?« Anni kratzt sich an der Nase und ich nicke.

»Das wäre mein Traumfach! Ich liebe Theater.«

»Na, meinetwegen. Dann muss es aber auch Kochen und Backen als Fach geben.«

»Gebongt.« Ich hebe die Faust und Anni drückt ihre dagegen.

»Pst«, macht ein Junge, der in einer Ecke auf dem Boden sitzt und in einem GEOlino-Heft blättert.

»Ist ja schon gut«, flüstere ich ihm zu.

Anni rollt die Augen, senkt aber ihre Stimme. »Wäre es okay für dich, wenn du am Montagnachmittag mal zu einer Probestunde zu mir kommst, um mich mit dem unnötigsten Fach der Welt zu quälen?«

»Gerne.« Ich mag ihre direkte Art auf Anhieb. Zum Glück ist sie nicht so ein Biest wie Fenja, denn dann wären meine Schneekugel-Rückholpläne noch mühseliger als ohnehin schon. Nachdem wir noch eine Weile weitergeplaudert und den GEOlino-Leser genervt haben, gibt Anni mir ihre Adresse, die ich ja bereits kenne, und eine Liste mit Themen, die sie in diesem Jahr im Unterricht durchnimmt. Dazu werde ich ein paar passende Übungen raussuchen.

Später herrscht in der Theater-AG große Aufregung. Alle sind noch ganz ergriffen von dem Film. Tassi gelingt es erst mit ein paar Improvisationsübungen, etwas Ruhe und Konzentration in die Gruppe zu bringen. Wir setzen uns in einen großen Kreis und besprechen, wie wir weiter vorgehen wollen. Schnell steht fest, dass wir laute Popmusik einspielen wollen, den Originaltext verwenden, moderne Klamotten anziehen und ziemlich viel kürzen werden. Jeder hat nun die Aufgabe, sich den Text seiner Figur vorzunehmen und zu schauen, was er für wichtig hält. Tassi will die Textstücke dann sammeln und sinnvoll zusammenstellen.

Den Rest der Stunde beschäftigen wir uns also mit unseren Sprechpassagen. Tino und Fenja gehen schon mal einige gemeinsame Szenen durch. Als sie die erste Begegnung zwischen Romeo und Julia anspielen, würde ich vor Frust am liebsten in mein Buch beißen. Sie schauen sich so verliebt an, dass mir ganz schlecht wird.

Am Samstag helfen Lou und ich zu Hause dabei, weitere Kisten im Keller auszupacken. Dabei durchforste ich auch noch einmal die neu gelieferten Schneekugeln. Und tatsächlich entdecke ich eine, die meiner recht ähnlich sieht. Unter dem Glas steht eine kleine Fee. Der Sockel ist schlicht in Weiß gehalten und nicht so rosa wie bei der Kugel, die ich Finn neulich angeboten habe.

Zum Glück erlaubt Mama mir, sie mitzunehmen, und so landet sie anschließend in meinem Zimmer, damit ich eine gute Tauschvariante in petto habe, die Finn hoffentlich doch noch überzeugt.

Weil Mama uns als Dank für die Hilfe ein bisschen Geld zusteckt, beschließen Lou und ich, einen Mädelsnachmittag einzulegen. Den kann ich auch wirklich gut gebrauchen. Neben dem üblichen Schulkram habe ich in den letzten Tagen nämlich nicht nur fleißig meinen Text für das Theaterstück gelernt, sondern auch noch die Nachhilfestunde mit Anni vorbereitet. Eine Pause kommt mir deshalb wie gerufen.

»Lass uns shoppen gehen«, schlägt meine Cousine vor und ich bin sofort dabei.

Zuerst trinken wir im Eiscafé eine heiße Schokolade, um uns zu stärken. Danach kaufen wir in der Drogerie Gesichtsmasken für später und entern dann den H&M.

»Ich brauche ’nen neuen BH. Immerhin besuche ich Jason bald. Da will ich auch drunter hübsch aussehen.« Lou grinst breit, steuert zielgenau auf die Unterwäscheabteilung zu und hält gleich darauf einen BH in der Hand, der aussieht wie ein aufgepusteter Luftballon. »Was ist das denn?«

Ich schaue mir das Ding genauer an. *»Super Maximizer Push Up«*, lese ich vor, was auf einem Schildchen steht, und halte ihn ihr gegen die Brust. Dann nicke ich bestätigend. »Yep, wirkt so, als hättest du Größe Doppel D. Jason wird Augen machen.«

Tatsächlich scheint Lou einen Moment lang in Versuchung zu geraten. Sie dreht das BH-Monstrum ein paar Mal in der Hand hin und her. »Meinst du?«

»Quatsch! Damit siehst du aus, als hättest du ’nen spontanen Oberweiten-Wachstumsschub gehabt oder eine Luftpumpe angesetzt.« Ich nehme ihr das Teil weg und zeige auf einen hübschen blauen Bandeau-BH. »Der ist doch viel besser.«

Zum Glück findet Lou das auch und sucht sich die passende Größe raus. Derweil entdecke ich ein weißes Nachthemd mit Sternen drauf, das mir sofort gefällt und deshalb unbedingt mitmuss. Weiter hinten bei den Accessoires schlagen wir ebenfalls zu und nehmen jede Menge Haargummis mit. Davon kann man schließlich nie genug haben.

»Schau mal«, sagt Lou und zupft eine Spange mit einem Einhorn von der Halterung. »Das könnte der kleine Bruder von Magic Horst sein.«

Ich nicke. »Die bringen wir ihm mit und klemmen sie an seine bunte Mähne.«

An der Kasse kramen wir noch in einem Wühltisch mit Socken herum und finden zwei bunte Paare mit Punkten.

Dann zahlen wir schnell und machen, dass wir nach Hause kommen, bevor wir unser Budget total überziehen.

Dort bekommt Magic Horst erst einmal seinen kleinen Bruder in die Zotteln und dann pinseln wir uns mit den Gesichtsmasken ein.

Als Opa uns so sieht, kriegt er einen Schreck. Wir treffen ihn in der Küche, wo wir uns mit einer Handvoll Obst eindecken wollen. »Ihr seht ja aus wie dieses grüne Comic-Monster.«

»Meinst du etwa Hulk?«, erkundige ich mich und beiße vorsichtig in einen Apfel.

Opa nickt.

»Das ist eine Tonerde-Creme aus der Serie ›Chi – Pure Elements‹«, erklärt Lou mit gespielter Empörung. »Sie stärkt also unsere Energie. Das stand zumindest auf der Packung.«

Opa zieht grinsend die Augenbrauen hoch. »Oh, na dann könnte ich auch was davon gebrauchen.«

Lou und ich werfen uns einen kurzen Blick zu und springen dann zusammen auf Opa los, um ihm etwas von unserer Creme ins Gesicht zu schmieren. Glucksend wehrt er uns ab und kurze Zeit später hat er überall grüne Flecken auf den Wangen, der Nase und sogar am Ohr. Die vorher gleichmäßig aufgetragene Maske in Lous Gesicht erinnert nun an einen Unfall mit explodiertem Spinat. Und wahrscheinlich sehe ich selbst nicht viel besser aus. Vor Lachen können wir uns kaum halten.

»Ihr frechen Biester«, beschwert sich Opa schwer keuchend.

»Du wolltest doch was vom Chi abhaben«, erwidert Lou und ich werfe noch ein »Selbst Schuld« hinterher, bevor wir aus der Küche flüchten und es uns im Obergeschoss mit einem Film gemütlich machen.

Am Montag gehe ich direkt nach der Schule zu Finns Haus. Schon wenige Sekunden, nachdem ich die Klingel gedrückt habe, öffnet Anni die Tür und zieht mich mit einem fröhlichen »Hallo« herein.

»Hoppla, nicht so schwungvoll!«, lache ich, weil ich geradezu in den Flur stolpere. Sie lässt mich los und führt mich zum Wohnzimmer, auf dessen linker Seite sich eine offene Küche befindet. Die konnte ich beim letzten Mal nicht sehen, weil Lou und ich schon vorher umgedreht und nach oben gegangen sind.

Eine Kochinsel mit Herd, Arbeitsplatte und einem hohen Tisch mit Barhockern trennt den Küchenbereich vom Wohnzimmer ab. Wirkt alles ziemlich amerikanisch. Anni lotst mich zu einem großen Tisch an einer Fensterfront hinter der Theke, wo bereits ein paar Bücher liegen und ein Riesenberg Muffins bereitsteht.

»Habe ich für uns gebacken«, erklärt sie grinsend und bietet mir welche an.

»Wow, danke.« Genüsslich beiße ich in einen rein. Er ist absolut köstlich. »Hast du die echt selbst gemacht?«, erkundige ich mich schmatzend.

Sie nickt. »Ich backe total gerne. Will mal Konditorin werden.«

Ach, deswegen hätte sie Kochen und Backen gerne als Hauptfach in der Schule. »Respekt, dass du das jetzt schon weißt. Du bist doch gerade mal in der Fünften.«

Jetzt seufzt sie. »Leider. Das bedeutet nämlich Geometrie und Winkelrechnung und so was.«

Ich nicke mitleidig und setze mich zu ihr. Ehrlich gesagt konnte ich das auch nie leiden. Und mir das jetzt noch einmal anzutun, nur um in Finns Haus zu kommen, ist schon ein echtes Opfer. Wobei? Ich schiele rüber zu dem Muffinhaufen. Bisher kann ich mich nicht beklagen. Ich werde mit superleckerem Kuchen versorgt und Anni ist sympathisch. »Wann, äh, hast du denn Geburtstag?«, frage ich Anni beiläufig. Immerhin bin ich auf Mission hier und muss wissen, wann Finn meine Schneekugel verschenken will. Auch wenn ich das vielleicht etwas geschickter hätte anstellen können.

»Ende Juni, wieso?«

Puh, das ist ja zum Glück noch ein bisschen hin. »Weil, äh ...« Ich hätte mir vielleicht vorher eine Erklärung zurechtlegen sollen. »Na, weil ich dich kennenlernen will. Ich muss schließlich ein bisschen was über meine Nachhilfeschülerin wissen.« Das ist das Erstbeste, was mir einfällt.

Sie lächelt. »Wie nett von dir. Und wann hast du?«

»Erst im November.« Schlagartig plagt mich ein schlechtes Gewissen. Ich habe sie angeschwindelt, nur weil ich rauskriegen wollte, wie viel Zeit mir noch bleibt, um die Schneekugel zurückzubekommen. Dass Anni lediglich ein Mittel zum Zweck ist, ist gemein von mir. Verhalte ich mich gerade nicht genau so hinterhältig wie Fenja, die immer und überall Theater spielt und den Leuten etwas vormacht?

»Okay, ich habe mal ein paar Übungen zur Winkelberechnung, Geometrie, Maß- und Größeneinheiten zusammengestellt«, sage ich schnell und suche meine Unterlagen raus, um mich nicht weiter in das miese Gefühl reinzusteigern. Vielleicht kann ich Anni wirklich helfen und damit nicht nur meinen eigenen Nutzen aus der Situation ziehen.

Annis Strahlen weicht einem grimmigen Blick. Seufzend schiebt sie sich ein Muffinstück in den Mund. Auch mir fehlt die Lust auf Mathe, aber das darf ich mir natürlich nicht anmerken lassen.

»Also los«, versuche ich, sie mit einem fröhlichen Gesicht zu motivieren.

»Okay«, nuschelt sie, schluckt runter und liest die erste Aufgabe durch. Dann macht sie sich an die Lösung beziehungsweise sie versucht es. Leider hat sie wirklich keinen Durchblick. Die Übungen ziehen sich wie ein Endloskaugummi. Vergeblich versuche ich, ihr mehrere Formeln einzubläuen, aber sie blockt völlig ab und ihre Laune sinkt immer mehr in den Keller. Genau wie meine. Irgendwann ist Anni so frustriert, dass sie anfängt, kleine Kuchen und Torten an den Seitenrand ihres Blockes zu malen. Nach mehreren vergeblichen Versuchen, sie zum Weitermachen zu animieren, kommt mir eine Idee.

»Wie viel Mehl hast du für die Muffins genommen?«, erkundige ich mich.

Ruckartig hebt sie den Kopf. »Ein halbes Kilo. Das habe ich mit vier Eiern vermischt, 400 Millilitern Milch und dann ...«

Ich hebe die Hand, damit sie mir nicht den kompletten Backprozess erklärt, und frage: »Ein halbes Kilo sind wie viel Gramm?«

»Äh, 500?«

»Stimmt, und wie viel Liter sind 400 Milliliter?«

»Hä?« Verwirrt runzelt sie die Stirn.

»Na, 1.000 Milliliter sind ein Liter, oder?«, helfe ich ihr auf die Sprünge.

Sie nickt vorsichtig.

»Dann wären 400 Milliliter?«

Bevor Anni eine Antwort findet, hören wir die Haustür klappern.

»Hey, Schwesterherz, ich bin da.«

Mist. Das ist Finns Stimme. Jetzt hatte ich gar keine Gelegenheit, nach der Schneekugel zu suchen. Das war eigentlich anders geplant. Hoffentlich erkennt Finn mich nicht wieder. Sonst erhalte ich vielleicht keine zweite Chance dafür.

»Hast du schon Nachhilfe?«, ruft er durch den Flur und Anni schreit zurück.

»Ja, komm mal kurz, ich will dir meine Lehrerin vorstellen.«

Nein, bitte nicht! Schon guckt Finn um die Ecke, und als er mich sieht, setzt er die gleiche grimmige Miene auf, wie Anni sie noch vor ein paar Minuten hatte. »Du?«

Ich lächle gequält. »Hi!«

»Sag mal, stalkst du mich, oder was?«

Hä, spinnt der?

»Sei doch nicht so unfreundlich«, meckert Anni. »Das ist Marie. Sie ist wegen mir hier und sie ist spitze.«

Genau, denke ich, auch wenn sich schon wieder das schlechte Gewissen meldet, weil das streng genommen ja nicht stimmt.

Anni bietet ihrem Bruder einen Muffin an. »Wie viel Liter sind 400 Milliliter?«, fragt sie ihn.

»Nerv mich nicht«, murrt er und wuschelt ihr durch die Haare.

»0,4«, antworte ich und stehe auf. Die Probestunde ist längst um und ich habe keine Lust, mich noch länger Finns mies gelaunter Miene auszusetzen. »Wollen wir denn demnächst zusammen weitermachen?«, erkundige ich mich bei Anni und sie nickt.

»Auf jeden Fall.«

»Gut, dann versuch mal, die Übungsblätter fertig zu kriegen. Wir reden nächstes Mal drüber, okay?« Ich hebe die Hand zum Abschied und dränge mich an Finn vorbei.

»Jetzt hast du sie verjagt«, höre ich Anni noch meckern, als ich durch den Flur gehe. »Dabei habe ich gerade mal was in Mathe geblickt. Ein Liter sind nämlich 1.000 Milliliter. Das sieht man auf dem Maßbecher.« Irgendetwas klappert. »Deshalb sind 400 Milliliter ganz klar 0,4 Liter. Ha!«

Ich muss lächeln. Anni lernt schnell, wenn man es richtig anpackt. Finn antwortet mit einem Murren und ich öffne die Tür und trete nach draußen. Dort biegt gerade das Mädchen mit den tollen Haaren, das neulich bei der Party als Wolke die Treppe runtergeschwebt ist, in die Einfahrt ein. Sie springt die Stufen zum Hauseingang hoch und mustert mich neugierig. »Hey, kennen wir uns?«

Ich schüttele den Kopf. »Ich glaube nicht.« Am besten weise ich sie nicht darauf hin, dass ich die farbenfrohe Biene Maja war. »Ich bin die neue Nachhilfelehrerin von Anni.«

»Ah, alles klar. Ich bin Felicitas.«

»Marie«, antworte ich und schon schiebt sie sich an mir vorbei durch die noch angelehnte Tür. Auf dem Heimweg denke ich darüber nach, wie ich an die Schneekugel kommen soll. Jetzt bin ich zwar öfter in Finns Haus, aber letztlich ja nie alleine. Bei einer passenden Gelegenheit muss ich sie finden und dann am besten gegen die austauschen, die ich zu Hause im Keller entdeckt habe. Hoffentlich gelingt mir das!

In der nächsten Theaterstunde üben wir in kleinen Grüppchen unsere Szenen. Tino und ich spielen ein Treffen zwischen Romeo und der Amme, in dem die beiden die Hochzeit zwischen ihm und Julia arrangieren. Tassi sitzt neben Fenja auf dem Boden, um sich das Ganze anzuschauen.

»Ihr müsst näher beieinanderstehen«, fordert er uns auf.

»Es ist ja eine geheime Verabredung. Ihr wollt nicht entdeckt und schon gar nicht von fremden Ohren belauscht werden.«

Vorsichtig rücke ich ein Stück näher an Tino heran.

Er beugt sich zu mir runter. »Sag deiner Herrin, sie mög' ein Mittel doch ersinnen, zur Beichte diesen Nachmittag zu gehn. Dort in Lorenzos Zelle soll alsdann, wenn sie gebeichtet, unsre Trauung sein.«

Seine Nasenspitze berührt fast meine. Ein paar Sekunden lang herrscht Leere in meinem Kopf. Watte, Vakuum, absolute Ödnis. Mein Text ist weg. Ich vergesse, wo wir sind, spüre nur Tinos Nähe, seine Wärme und seinen Herzschlag. Vielleicht ist es aber auch mein eigener, denn der rast wie ein Pferd im Galopp.

Lächelnd stupst Tino mich an. »Du bist dran.«

Ich räuspere mich und wühle in meinem Gedächtnis nach meinem Text. »Herr, meine Herrschaft ist ein allerliebstes Fräulein. Ojemine, als sie noch so ein kleines Dingelchen war – oh, da ist ein Edelmann in der Stadt, einer, der Paris heißt, der gern einhaken möchte; aber das gute Herz mag ebenso lieb eine Kröte sehn, eine rechte Kröte, als ihn. Ich ärg're sie zuweilen und sag ihr: Paris wär doch der hübscheste; aber Ihr könnt es mir glauben, wenn ich das sage, so wird sie so blass wie ein Tischtuch. Fängt nicht Rosmarin und Romeo mit demselben Buchstaben an?«

Tinos Karamellaugen schimmern amüsiert. »Fürwahr.«

»Verzeiht, ich hab nur Grütz im Kopf«, sage ich und fahre mir durch die Haare. Oh, Gott, kann mein Text vielleicht noch erniedrigender sein?

Tino alias Romeo tritt einen Schritt zurück. »Leb wohl! Empfiehl mich deinem Fräulein!«

Ich nicke. »Jawohl, viel tausendmal!«

Er verschwindet hinter einer Stellwand, die ein Haus darstellen soll, und ich gehe in die andere Richtung davon.

»Gut so weit«, lobt Tassi. »Allerdings bist du noch nicht richtig in deiner Rolle, Marie.«

Ich nicke unglücklich. Da hat er recht. Ich fühle mich absolut unwohl und kann das schlecht überspielen.

»Versetz dich ein bisschen mehr in sie hinein«, fordert er mich auf. »Die Amme ist eine lockere und schwatzhafte Person.«

Und albern und dumm und andere machen sich über sie lustig, füge ich in Gedanken hinzu. Ich frage mich, ob ich so eine Rolle jemals gut werde spielen können.

Fenja steht auf. Sie wirkt höchst konzentriert. »Ich würde jetzt gerne die fünfte Szene im ersten Akt durchgehen. Da treffen Romeo und Julia sich zum ersten Mal. Und sollte unser erster Kuss eigentlich wild und ungestüm sein oder noch vorsichtig?«

Oh Mann! Ich rolle mit den Augen. Fenja ist mal wieder so plump wie ein Walross.

Tino kommt hinter der Stellwand hervor. »Hm, vielleicht erst mal zurückhaltend.«

Eilig wende ich mich einer Gruppe zu, die die Dienstboten der verfeindeten Häuser Montague und Capulet spielt und das erste feindliche Aufeinandertreffen einübt. Weder will ich mir irgendwelche Kussübungen zwischen Tino und Fenja anschauen noch weiter über meine Horrorrolle nachdenken.

Als ich abends neben Lou in meinem Zimmer auf dem Bett liege, bin ich immer noch todunglücklich.

»Ich glaube, ich schmeiße hin«, sage ich. »Ich steige aus der Theatergruppe aus. Zumindest für den Rest dieses Schuljahres.«

Lou hält überrascht im Kauen inne und ich muss grinsen, weil sie sich gerade eine riesige Handvoll Chips in den Mund gestopft hat und jetzt aussieht wie ein Feldhamster, der seine Tagesration an Futter nach Hause schleppt. »Daf kannft du nift machn.«

»Kann ich wohl.« Nachdenklich knuspere ich an einem Kartoffelchip herum. »Während Fenja mit Tino die richtige Kussintensität und Leidenschaft probt, sage ich Dinge wie: ›Ich hab nur Grütz im Kopf.‹ Oder ich frage, ob Rosmarin und Romeo mit demselben Buchstaben anfangen. Furchtbar!«

Lou kriegt einen Lachanfall, und weil sie den Mund noch immer voll hat, verschluckt sie sich und spuckt den Inhalt ihrer Hamsterbacken quer über meine Decke.

»Das ist nicht witzig«, knurre ich, während ich den Chipsbrei mit einem Taschentuch beseitige.

»Doch, das ist es«, giggelt sie. »Sehr sogar.«

»Für dich vielleicht. Für mich ist es bitter. Bitter, hart und absolut unerträglich.«

Jetzt macht Lou ein mitfühlendes Gesicht. »Weißt du, was du machen solltest?«

»Ja, mir das nicht länger antun.«

»Falsch: es mit Humor nehmen. Lass dich auf diese dumme Rolle ein und spiel sie voller Inbrunst. Du kannst super schauspielen, und wenn du erst richtig loslegst, werde nicht nur ich mich schieflachen, sondern auch die anderen Zuschauer. Mach die Amme zu etwas ganz Besonderem und schäm dich nicht für sie.«

»Sie ist aber zum Schämen!«

»Sieh es als Komödientraining. Außerdem hast du selbst gesagt, dass du Tino nähergekommen bist. Und du musst noch viele Szenen mit ihm üben.«

»Ja, das stimmt. Und das ist toll. Ich glaube, er mag mich.«

»Na also. Das kannst du doch nicht aufgeben. Das Schicksal will, dass du eine unterbelichtete Amme bist? So what! Stell dich der Herausforderung!« Lou ist immer lauter geworden und steht mittlerweile auf meinem Bett.

Ich stopfe mir eine Handvoll Chips in den Mund und denke kurz über Lous Rat nach. »Du meinft: Wenn daf Leben dir eine Fitrone gipt, mach Limonade drauf?«

»Genau!«

Wie immer sieht meine Cousine alles erst einmal positiv. Vielleicht sollte ich mir ein Beispiel an ihr nehmen.

7

Für die nächste Nachhilfestunde habe ich mir ein paar kreative Matheaufgaben aus dem Internet gesucht, um Anni zu motivieren. Ich bin schon sehr gespannt, ob sie darauf anspringt.

»Hi«, sage ich, als sie die Tür öffnet, aber statt reinzugehen, zeige ich mit dem Finger auf die Fußmatte unter mir. »Mit welcher Formel würdest du diese Fläche berechnen?«

»Hä?« Anni sieht mich an, als würde ein pinkes Nilpferd vor ihr stehen.

»Na, das ist ein Rechteck. Wie kann man seine Fläche berechnen?«, formuliere ich es anders.

Anni zuckt mit den Schultern und ich warte ab, ob ihr vielleicht doch noch ein Einfall kommt. »Länge mal Breite, glaube ich«, sagt sie schließlich etwas unsicher.

»Genau. Und was heißt das in Formelsprache?«

»Weiß nicht.«

»Nenn eine Seite a ...«, bringe ich sie auf die richtige Spur und tatsächlich erhellt sich gleich darauf ihr Gesicht.

»Ach so, dann wäre die andere Seite b. Also a mal b.«

»Perfekt.« Zufrieden trete ich in den Flur. Geht doch!

Wieder stehen Muffins auf dem Tisch im Essbereich neben dem Wohnzimmer bereit. Dieses Mal hat Anni süße Smileygesichter draufgemalt. Sie ist echt eine kleine Meisterbäckerin. Ich lasse mir die Küchlein schmecken, die so wahnsinnig lecker sind, dass ich am liebsten alle auf einmal essen würde.

Der Unterricht läuft besser als gedacht. Ich hatte schon Angst, Anni nicht genug motivieren zu können, aber sie gibt sich große Mühe und hat auch die Übungsblätter ausgefüllt, die ich ihr dagelassen habe. Ganz in Ruhe schauen wir sie uns an, und weil Anni sich immer so freut, wenn sie etwas versteht, macht es mir richtig Spaß. Eine Zeit lang vergesse ich sogar, dass ich nur wegen meiner Mission hier bin. Zwischendurch falten wir dann noch verrückte Figuren aus Origamipapier. Damit versuche ich, Anni die Winkelmessungen näherzubringen.

»Hast du noch Zeit? Wir könnten ein Spiel zusammen spielen«, erkundigt sie sich nach der Stunde und ich nicke.

»Sicher, zeigst du mir dein Zimmer?« Auf diese Weise komme ich ins Obergeschoss und kann herausfinden, welches Zimmer Finns ist.

»Klar, komm mit.« Sie klemmt sich die Mathesachen unter den Arm und steht auf. Im ersten Stock angekommen, biegt sie nach links ab und führt mich am Bad vorbei, dessen Tür weit offen steht. Gleich an der nächsten Tür befindet sich ein Schild mit ihrem Namen, das ich neulich schon gesehen habe. Wir gehen hinein, sodass ich nicht herausfinden kann, ob Finns Zimmer das daneben ist oder doch eines der beiden auf der anderen Seite vom Bad.

»Schön hast du es hier«, sage ich und schaue mich neugierig in Annis Reich um. Es ist groß, gemütlich eingerichtet und in warmen Gelbtönen gestrichen. Auf dem Bett liegt ein Berg von bunten Kuschelkissen. Neben dem Fenster nehme ich eine Kommode ins Visier. Auf ihr befindet sich ein großer Spiegel mit verschnörkeltem Rahmen, in dem etliche Bilder mit Feen stecken.

»Viele habe ich selbst gezeichnet«, erzählt Anni mit Stolz in der Stimme, als sie meinem Blick folgt. Ich trete ein bisschen näher und nehme ein Bild in die Hand. Die Fee hat große Ähnlichkeit mit der aus meiner Schneekugel. Sie hat lange blonde Haare, ein bauschiges weißblaues Kleid an und einen Zauberstab in der Hand. Vielleicht hat sich Finn ja deshalb genau mein Modell ausgesucht und es unbedingt behalten wollen.

»Wow«, bemerke ich beeindruckt. »Du bist echt eine Künstlerin.«

»Ach, na ja«, winkt Anni ab. »Ich mag Zauberwesen und ganz besonders Feen.« Ein zarter Roséton legt sich auf ihre Wangen. »Auch wenn ich eigentlich schon fast zu alt dafür bin.«

Ich grinse und finde Anni gleich noch ein bisschen sympathischer. »Das kenne ich. Manche Dinge gefallen einem nun mal, ob sie zum Alter passen oder nicht.« Bei dem Gedanken daran, dass meine Schneekugel sich ganz in der Nähe befinden muss und trotzdem so unerreichbar ist, packt mich ein bisschen Wehmut. »Ich geh mal schnell aufs Klo«, sage ich kurzerhand und drehe mich um.

»Alles klar.«

Anni setzt sich auf den Boden. Während sie einen Faden an ihre Origamifiguren bindet, um sie aufhängen zu können, husche ich in den Flur. Das Bad lasse ich links liegen und schleiche zum angrenzenden Zimmer weiter. Die Tür ist geschlossen. Vorsichtig drücke ich die Klinke runter. Sie quietscht ein bisschen und ich schiebe mit angehaltenem Atem meinen Kopf durch den schmalen Spalt. Leider befindet sich dahinter nicht Finns Zimmer, sondern lediglich ein Büro mit einem riesigen Bücherregal voller Aktenordner und einem Schreibtisch. Nachdem ich die Tür zugemacht habe, halte ich kurz inne, entscheide dann aber, noch weiter zu suchen. Kurz bevor ich den nächsten Raum erreiche, erkundigt sich Anni brüllend, ob ich mehr Lust auf Monopoly oder Scrabble habe. Für einen Moment rutscht mir das Herz in die Hose.

»Scrabble!«, rufe ich, drehe mich um und flitze ins Bad. Dort wasche ich mir meine schweißnassen Hände. Puh, ich bin definitiv nicht zur Schnüfflerin geboren. Das schlechte Gewissen und die Angst, entdeckt zu werden und in Erklärungsnot zu kommen, hängen wie ein fünfzig Kilo Wanderrucksack in meinem Genick.

Tatsächlich höre ich Annis Stimme gleich darauf direkt vor der Badtür. »Ich hab das Spiel, lass uns unten an den Tisch gehen.«

»Okay«, murmele ich und bin froh, rechtzeitig umgekehrt zu sein. Als ich zu ihr raustrete, schließt jemand die Haustür auf. Es ist Finn. Mit großen Schritten spurtet er die Treppe hoch.

»Hey, Bruderherz.« Anni begrüßt ihn mit einem Küsschen. »Marie und ich spielen Scrabble, machst du mit?«

»Keine Lust.« Finns Gesicht verfinstert sich bei meinem Anblick und ich zwinge mir ein möglichst gelassenes Lächeln auf.

Anni pikt ihn in den Bauch. »Och, biiiiiiiittte.«

Er schüttelt den Kopf.

»Soll ich Papa verraten, dass du neulich Mittag seinen Gemüseauflaufrest weggeschmissen und dir stattdessen eine Fertigpizza in den Ofen geschoben hast?«

»Das wirst du nicht tun, du kleine Erpresserin.« Er nimmt seine Schwester in den Schwitzkasten. Die zappelt wie verrückt, hat aber keine Chance gegen seine starken Arme.

Mein aufgesetztes Lächeln entkrampft sich ein bisschen. Die beiden sind echt süß zusammen.

»Na gut. Eine Runde bin ich dabei. Ich bringe nur kurz meinen Rucksack weg«, gibt er nach und lockert seinen Griff.

»Super!« Fröhlich hüpft Anni die Treppenstufen runter.

Ich hingegen bleibe noch einen Augenblick stehen und tue so, als würde ich eine Nachricht auf meinem Handy checken. Meine Fingerspitzen wischen planlos auf dem Display herum, dabei schiele ich Finn hinterher, der das Zimmer neben dem von Anni ansteuert. Perfekt, jetzt weiß ich wenigstens, wo ich bei der nächsten Gelegenheit nach der Schneekugel suchen muss.

Zunächst ist es komisch, mit Finn am gleichen Tisch zu sitzen, Saft zu trinken, Muffins zu essen und Scrabble zu spielen. Doch nach und nach legt sich meine Anspannung. Auch Finn wird mir gegenüber etwas lockerer. Zumindest scheint es so. Sein verkniffenes Gesicht weicht einem Lächeln, als ich laut grunze, weil Anni mir einen Legeplatz verbaut. Und als ich wenig später das Wort *Brüllaffe* setze und damit glatte dreißig Punkte hole, nickt er mir beeindruckt zu. Kurz darauf wird es dann sogar richtig lustig, als Finn das Wort *hatch* legt.

»He, das ist doch Englisch, also gilt es nicht«, meckert Anni und verschränkt die Arme vor der Brust.

»Das ist gängiges Fliegervokabular und bedeutet Ausstieg oder Luke«, übergeht er ihren Einwand und notiert mit einem zufriedenen Grinsen seine Punkte auf dem Zettel.

»Oh Mann, du immer.« Ihre Miene wird noch grimmiger, als er in der nächsten Runde mit einem weiteren seltsamen Begriff weitermacht: *abeam.*

»Und was soll das sein?«, will dieses Mal ich wissen. »Etwa das Begrüßungswort eines uralten, marokkanischen Volkes?« Ich hebe die Hand und sage: »Abeam Salam!«

»Abeam aleikum«, antwortet Anni mir und dann prusten wir beide los.

Auch Finn fängt an zu grinsen. »Kann sein, dass ihr recht habt, aber ich meinte eigentlich ein Wort aus der Luftfahrt, das so viel bedeutet wie ›querab‹.«

»Aha.« Ich zucke mit den Schultern. Woher kennt er denn so komische Fachausdrücke?

Anni scheint meine stumme Frage gehört zu haben, denn sie wischt sich die Lachtränen aus den Augen und macht eine abfällige Handbewegung. »Finn und sein Fliegertick. Das nervt manchmal echt.« Sie schaut auf unsere Punktzahlen. »Und vor allem hat er damit gerade den Jackpot geknackt und haushoch gewonnen.«

»Och nee«, murre ich, während Anni ihn mit zusammengekniffenen Augen anfunkelt.

»Mit dir spiele ich niiiiieeeeee wieder.«

»Ha, sehr gut.« Er klatscht in die Hände. »Dann habe ich mein Ziel ja erreicht. Nennt mich ab sofort Scrabble-Meister.«

»Das hättest du wohl gerne«, beschwert sich Anni und ich muss schon wieder lachen. Wer hätte gedacht, dass Finn nicht nur abweisend und ruppig, sondern auch ganz witzig sein kann? Vielleicht ist er ja doch netter, als ich zunächst dachte.

Zu Hause schwingen leise Gitarrentöne durch den Flur. Ich folge ihnen in den Laden und da sitzt Opa in seinem Sessel und hält eine Ukulele im Arm, vor ihm ein aufgeschlagenes Notenbuch.

»Hallo, Marie«, begrüßt er mich und zupft weiter an den Saiten herum. Es klingt ein bisschen schief und definitiv außer Takt, aber ich lobe ihn trotzdem. »Cool, du übst ja schon.«

»Na klar, in meinem Alter hat man keine Zeit zu verlieren. Setz dich und mach mit. Da hinten ist ein Tamburin.«

»Lieber nicht«, winke ich ab. Ich will nicht dafür verantwortlich sein, dass die Kunden Ohrenschmerzen kriegen.

»Was macht die Schneekugel?«, erkundigt er sich zwischen zwei Akkorden.

»Nicht viel. Ich habe sie noch nicht zurück, aber das ist in Arbeit.«

»Wenn ich irgendetwas tun kann, dann sag es mir bitte, schließlich ist es meine Schuld.«

»Nein, schon gut, Opa.«

Er lächelt, legt die Ukulele beiseite und steht auf. Dann keucht er plötzlich, wird mit einem Schlag ganz blass und stützt sich auf die Rückenlehne. Erschrocken springe ich zu ihm.

»Alles okay?« Ich greife seinen Arm und er schließt die Augen und schluckt.

»Ja, mir ist nur etwas schwindelig geworden. Gibst du mir mal das Wasser da?« Er zeigt auf den Tresen. Eilig flitze ich rüber, lasse Opa aber nicht aus den Augen. Ich habe Angst, dass er zusammenklappt und auf den Boden fällt. Nachdem er einen Schluck genommen hat, kehrt langsam wieder Farbe auf seine Wangen zurück.

»So, besser.« Seine Stimme flattert ein bisschen und seine Finger sind ganz kalt, als ich nach ihnen greife. »Ich glaube, ich lege mich hin und ruhe mich ein bisschen aus«, sagt er und macht sich auf den Weg in den Flur.

Langsam führe ich ihn zur Treppe und helfe ihm in den ersten Stock. Als er auf seinem Bett sitzt, rufe ich Mama, die mal wieder irgendwo im Keller gewesen ist. Sie klopft mir beruhigend auf die Schulter. »Ich mach das schon.«

Opa schließt die Augen und lehnt sich zurück. Als ich wenig später noch einmal nach ihm schaue, hat er seinen Schlafanzug an, die Decke bis zu den Hüften hochgezogen, und schläft tief und fest.

Obwohl Opa in den nächsten beiden Tagen wieder ganz der Alte ist, mache ich mir Sorgen um ihn. Das war jetzt schon das zweite Mal innerhalb kurzer Zeit, dass er einen Schwächeanfall hatte. Was, wenn er in so einem Moment auf der Treppe steht und niemand dabei ist, um ihn zu stützen?

Auch Mama und Tante Anna sind beunruhigt. Ihre angespannten Mienen sprechen Bände. Sie versuchen, Opa dazu zu bringen, zum Arzt zu gehen, aber er weigert sich vehement.

»Hoffentlich muss er nicht bald in ein Heim«, sagt Lou unvermittelt, als wir beide am Küchentisch sitzen und Mittag essen.

Mir bleibt fast eine Nudel im Hals stecken, die ich mir gerade in den Mund geschoben habe. »Wie kommst du denn auf so was?«

»Bei meiner Chorfreundin Mila war es so. Eigentlich war ihre Oma ganz fit, aber dann wurde sie plötzlich immer vergesslicher. Der Arzt diagnostizierte einen schweren Fall von Alzheimer und – zack – konnte sie nicht mehr alleine leben und musste in ein Heim.«

»Opa hat kein Alzheimer. Sein Verstand ist gestochen scharf.«

»Schon, aber er könnte etwas anderes Schlimmes haben.«

Ich schiebe mein Essen weg, weil ich Bauchweh kriege. »Unkraut vergeht nicht, hat er doch mal gesagt.«

Lou nickt und damit lassen wir das Thema sein. Der Gedanke daran, Opa nicht mehr bei uns zu haben, ist einfach zu schmerzhaft.

8

Guten Mutes gehe ich in die nächste Theaterstunde. Ich habe mir Lous Rat zu Herzen genommen und beschlossen, in der Gruppe zu bleiben und mich meiner Rolle zu stellen. Erstens will ich an Tino dranbleiben. Und zweitens ist es eine gute Herausforderung, jemanden zu spielen, der mir unsympathisch ist. Falls ich später mal Schauspielerin werde, kriege ich sicher auch nicht immer den Part, den ich gerne hätte. Abgesehen davon ist die Amme zwar oft unbeholfen und fehl am Platz, aber eben auch witzig.

»Lasst uns gleich starten«, legt Tassi los und wartet gar nicht ab, bis sich alle hingesetzt haben. Wir beginnen erst einmal mit Sprechübungen. Während wir durch den Raum laufen, müssen wir Sätze wie »Ziemlich zickige Ziegen schielten schlimm« oder »Wiedebimm und Wiedebitz haben einen Geistesblitz« aufsagen. Die neuen Kursteilnehmer werfen sich dabei verunsicherte Blicke zu und ich weiß ganz genau, wie sie sich fühlen. Als ich neu in der Theatergruppe war, kam ich mir auch reichlich blöd beim Training vor.

Nachdem wir mehrere Pantomime-Übungen gemacht haben, verkündet Tassi, dass wir uns heute den Gefühlen widmen werden, denn je besser wir uns in unterschiedliche Emotionen hineinversetzen, desto überzeugender werden wir sie auch darstellen können. Tassi verteilt kleine Kärtchen, auf denen jeweils ein Gefühl steht. Danach sollen wir wieder durch den Raum gehen und es den Mitspielern, die unseren Weg kreuzen, ohne Worte präsentieren.

Ich ziehe den Begriff »traurig«. Sofort lasse ich den Kopf hängen und schlurfe los. Claudette kommt an mir vorbei. Wir bleiben stehen, und während ich mit dem Kinn zittere und den Blick gesenkt halte, hüpft sie wie ein Flummi vor mir herum und grinst, so breit es nur geht. Offenbar ist sie *aufgeregt* oder *fröhlich,* vielleicht auch *ungeduldig.* So ganz kann ich das nicht sagen. Tassi sicherlich schon. Er sitzt am Rand, beobachtet uns konzentriert und macht sich dabei Notizen.

Langsam laufe ich weiter. Fenja stolziert mit herausgestreckter Brust durch die Gegend. *Arrogant* oder *selbstbewusst,* vermute ich. Jedenfalls lässt sich bei ihr kein großer Unterschied zu sonst feststellen. Ich lasse die Schulten noch ein wenig tiefer hängen. Meine Haare fallen mir wie ein Vorhang über die Stirn. Bei jedem Schritt sehe ich meine Fußspitzen an, die über den Teppich rutschen.

Plötzlich knalle ich gegen eine Brust. Tinos Brust. Mal wieder. Zum Glück hat er dieses Mal keine Trinkschokolade in der Hand. Ich blinzele zu ihm hoch, fest entschlossen, mich nicht aus meinem Gefühl reißen zu lassen. Doch Tinos Karamellaugen fixieren mich eindringlich. Er lächelt mich liebevoll an. Ist er *zufrieden* oder *glücklich?*

Mein Puls beschleunigt sich. Und dann – oh, mein Gott – nimmt er meine Hand und streicht mit dem Daumen über meine Finger. Ich schlucke. Meine Mundwinkel ziehen sich von ganz alleine nach oben. Ich versuche krampfhaft, sie da zu lassen, wo sie sind, um mein trauriges Gesicht nicht zu verlieren. Vergeblich! Wahrscheinlich würde es sogar der besten Schauspielerin der Welt schwerfallen, wenn ihr Schwarm so nah vor ihr stünde und plötzlich dermaßen zärtlich wäre. Zu allem Übel hebt Tino auch noch die andere Hand und streicht mir eine Haarsträhne hinters Ohr, die mir quer über die Augen hängt.

Verliebt, schwirrt es mir durch den Kopf. Er ist *verliebt.* Also der Begriff von Tassi lautet *verliebt.* Aber Tino spielt die Emotion so dermaßen echt und gefühlvoll, dass ich ihm jede Geste glaube. Ob er wirklich etwas für mich empfindet? Ob er mich mag, mich hübsch findet? Ob er den anderen Mädchen im Kurs auch so nett eine Strähne aus dem Gesicht streicht? Ich habe bisher nicht darauf geachtet, weil ich so mit meiner Traurigkeit beschäftigt war.

Während meine Gedanken sich überschlagen, mein Atem sich anfühlt, als hätte ich einen Hundertmeterlauf hinter mir und mein Körper von den Haar- bis zu den Fußspitzen kribbelt, stehe ich da wie festgefroren. Vollkommen unfähig, mich zu rühren. Sogar als Tino meine Hand wieder loslässt und langsam weitergeht, bin ich komplett lahmgelegt. Weil ich Tassis Blick aus den Augenwinkeln sehe, versuche ich, eine erstarrte Traurigkeit zu vermitteln, und bibbere ein bisschen mit dem Mund. Doch das bedrückende Gefühl von vorhin lässt sich einfach nicht mehr zurückholen und somit auch nicht darstellen. Ich fühle mich, als würde ich über den Boden schweben. Und das Grinsen, das sich in meinem Gesicht breitgemacht hat, will einfach nicht wieder verschwinden.

Im Theaterkurs zu bleiben und nicht einfach aufzugeben, war eine gute Entscheidung. Eine sehr gute sogar, denke ich, während ich immer noch wie berauscht von Tinos Nähe bin.

Ich muss Lou nachher unbedingt einen gigantischen Eisbecher ausgeben. Den hat sie sich verdient. Zum Glück kommt im nächsten Moment Nina vorbei und boxt mich mit grimmiger Miene gegen die Schulter. Der dumpfe Schmerz, den sie damit verursacht, holt mich in die Wirklichkeit zurück.

»Autsch!«, beschwere ich mich leise, obwohl wir nicht reden dürfen.

»Sorry, sollte nicht so fest sein«, entschuldigt sie sich und streicht mir so nett über die Schulter, dass wir beide grinsen müssen. »Mist, ich soll eigentlich *frustriert* sein«, murmelt sie und geht schnell weiter, bevor Tassi uns noch zurechtweist, weil wir Quatsch machen.

»Das ist ja so romaaaaantisch«, quiekt Lou später im Eiscafé. Sie futtert einen riesigen Früchtebecher und kämpft gerade mit einem zu großen Ananasstück, das sie kaum in den Mund kriegt. »Das muss ich gleich Jason erzählen«, nuschelt sie, nachdem sie es endlich geschafft hat, sich das Obststück in den Mund zu stopfen. »Der wollte auch nicht, dass du den Kurs aufgibst.«

Ich setze den Strohhalm meines Vanilleshakes ab. »Jason hat eine Meinung dazu?«

Lou nickt. »Natürlich, was denkst du denn?«

Ja, was denke ich denn? Es müsste mir eigentlich klar sein, dass er bestens über alles Bescheid weiß, immerhin wollen die stundenlangen Gespräche zwischen den beiden mit Inhalt gefüllt werden. Wie ich es finden soll, dass dabei meine Probleme diskutiert werden, weiß ich nicht so recht. Ich kenne Jason ja kaum. Damals habe ich ihn nur kurz kennengelernt. Deshalb ist er für mich irgendwie nur ein Phantom, das ich nicht richtig greifen kann.

»Er findet es übrigens super, dass du dir die Schneekugel zurückholen willst«, reißt Lou mich aus meinen Gedanken.

»Ach ja?« Jetzt merke ich doch, dass mein Unbehagen wächst. »Aber du hast ihm hoffentlich nichts von meinen Wünschen erzählt.«

Energisch schüttelt Lou den Kopf. »Natürlich nicht. Das ist geheim. Obergeheim.« Mit zusammengedrückter Daumen- und Zeigefingerspitze fährt sie sich von rechts nach links über ihren Mund. »Meine Lippen sind versiegelt, ist doch klar.«

Beruhigt trinke ich meinen Shake weiter. Auf Lous Verschwiegenheit ist eben doch Verlass. Als mein Handy klingelt, schaue ich gar nicht auf das Display, sondern hebe einfach ab. »Ja?«

»Hey, Maus.«

Meine Augen fallen mir fast aus dem Kopf, als ich die Stimme erkenne. Damit hätte ich jetzt nicht gerechnet. Wie lange ist es her? Ein paar Monate auf jeden Fall.

»Hallo, Papa«, sage ich mit rauer Stimme. Sofort hält Lou inne und beugt sich rüber, um mitzuhören.

»Wie geht es dir?«, erkundigt sich mein Vater auf der anderen Seite der Leitung.

»Gut.«

»Das ist schön.«

Eine gefühlte Minute lang herrscht Schweigen zwischen uns.

»Tut mir leid, dass ich mich so lange nicht gemeldet habe. Aber ich hatte viel um die Ohren«, fährt Papa endlich fort.

Weil ich nicht weiß, was ich erwidern soll, belasse ich es bei einem knappen: »Klar.«

»Wie geht es den anderen?« Damit meint er wahrscheinlich hauptsächlich Mama.

»Super. Und dir?«

»Auch gut. Ich habe umgesattelt und es läuft toll.«

Mal wieder. Papa sattelt seit Jahren um. Irgendwann war er von heute auf morgen todunglücklich mit seinem Leben. Er hat bis dahin als Bürokaufmann gearbeitet und fand den Job plötzlich öde und fad. Also warf er alles hin, begann eine Weiterbildung als Kommunikationscoach und versuchte, sich damit selbstständig zu machen. Weil das nicht genug Geld abwarf, überlegte er, in den Marketingbereich zu wechseln, startete in einer Firma, wurde aber gefeuert. Dann fand er Tourismus spannend und noch vieles mehr.

Das war so was von anstrengend. Ständig gab es Streit zu Hause. Schließlich trennten sich meine Eltern und wir zogen bei Opa, Tante Anna und Lou ein. Papa meldete sich kaum noch. Er wollte erst wieder Stabilität in sein Leben bringen. Das war heftig für mich. Von heute auf morgen war er weg. Als hätte jemand einen Radierer genommen und ihn aus meinem Alltag gelöscht. Er hat mir ziemlich gefehlt.

»Es ist schön, mal wieder deine Stimme zu hören, Maus.« Offensichtlich fällt es ihm auch schwer, ein Gespräch in Gang zu bringen.

»Ebenfalls. Ich bin gerade mit Lou in einem Café.«

»Ah, grüß sie und die anderen von mir. Okay, dann will ich dich nicht länger stören. Mach's gut. Bis bald.«

»Ja, bis bald. Tschüss, Papa.« Stumm schiebe ich das Handy in meine Tasche und trinke erst einmal einen Schluck.

»Wow, er weiß noch, dass er eine Tochter hat«, brummt Lou. Sie rutscht zurück auf ihren Stuhl und kämpft weiter mit der restlichen Ananas.

Ich nicke gedankenverloren. Offensichtlich hat er sich daran erinnert, dass es mich gibt. Es war seltsam, nach so langer Zeit seine Stimme wieder zu hören. Ich habe ihn ganz weit aus meinen Gedanken verbannt und tatsächlich nicht mehr so viel an ihn gedacht in der letzten Zeit. Keine Ahnung, was ich davon halten soll, dass er sich gemeldet hat. Jedenfalls bin ich gespannt darauf, wie Mama reagiert, wenn ich ihr davon erzähle. Zwischen den beiden herrscht seit Monaten absolute Funkstille.

9

Am nächsten Tag geistert Papa ständig in meinen Gedanken herum, was mich ziemlich verwirrt. Seine Stimme am Telefon hat irgendetwas in mir ausgelöst. Plötzlich finde ich es schade, dass er so wenig von mir weiß. Und obwohl ich mir mal gewünscht habe, endlich von seinem Hin und Her verschont zu werden, würde ich doch gerne wissen, was er den lieben langen Tag so tut und wie es ihm in der letzten Zeit ergangen ist.

Als ich gestern beim Abendessen von seinem Anruf erzählt habe, ist Mama erst einmal fast die Gabel aus der Hand gefallen. Sie hat aber lediglich »Ach« gesagt und dann mürrisch in ihrem Salat rumgestochert. Deshalb haben wir nicht weiter drüber geredet.

»Ob es ihm wirklich gut geht?«, frage ich eigentlich mehr mich selbst als Lou, als wir uns nach der Schule auf den Heimweg machen.

»Wem denn?« Sie fährt mit dem Rad vor mir her und winkt Mila aus ihrem Chor zu, die auch gerade das Schulgelände verlässt.

»Na, Papa.«

»Ach, bestimmt. Der ist ein Stehaufmännchen, das immer wieder auf die Füße kommt.«

»Wir haben so wenig Kontakt. Eigentlich schade.«

Sie wirft mir einen skeptischen Blick über die Schulter zu. »Überleg mal, wie es dir ging, als deine Eltern noch zusammen waren. Du hast total gelitten.«

»Stimmt, aber das war ja nicht immer so.«

Lou lässt mein Argument nicht gelten. »Aber lange genug. Erst als ihr zu uns gezogen seid, ging's wieder bergauf. Und mal ehrlich, du hast ihn in den letzten Monaten nicht sonderlich vermisst.«

Na ja, zumindest dachte ich das.

Lou schwenkt aus und bremst leicht ab, sodass sie neben mir herfährt. Zum Glück ist gerade kein Auto in der Nähe, sonst wäre sie eine echte Verkehrsgefährdung. »Hör mal, ich verstehe, dass dich der Anruf aus dem Konzept gebracht hat. Aber mach dir nicht so viele Gedanken. Ohne Vater bist du super klargekommen. Genau wie ich.«

Ich nicke, obwohl ich noch nicht ganz überzeugt bin, und sie tritt wieder in die Pedale, um nach vorne zu fahren. Den Rest des Weges radeln wir schweigend durch die Straßen. *Lou versteht mich nicht,* denke ich ein wenig trübsinnig. Wie auch? Sie hatte nie einen Vater. Sie kennt weder seinen Namen noch weiß sie, wie er aussieht, noch hat sie je seine Stimme gehört. Sie kann gar nicht nachvollziehen, wie es ist, wenn er plötzlich wieder ein Lebenszeichen von sich gibt.

Die ganze restliche Woche quäle ich mich weiter mit Gedanken an meinen Vater und der Frage, wie ich auf seinen Anruf reagieren soll. Wäre es gut, ihn demnächst zurückzurufen? Vielleicht können wir uns auch mal treffen? Aber über was reden wir dann? Womöglich fällt uns nichts ein und wir sitzen uns stumm und steif gegenüber. Ich will nicht, dass wir uns anschweigen, weil wir nicht wissen, was wir sagen sollen. Vielleicht warte ich also doch lieber ab.

Am Wochenende ist Lou auf einem Chorausflug, sodass ich nichts mit ihr unternehmen und mich ablenken kann. Deshalb stürze ich mich in Arbeit, helfe im Laden aus, pflanze mit Opa neue Blümchen im Garten und bereite die nächste Nachhilfestunde mit Anni vor.

Tatsächlich treffe ich am Montagnachmittag mit meinen Übungen voll ins Schwarze. Anni und ich haben jede Menge Spaß. Zum Schluss klebt sie mir als Dankeschön ein verschnörkeltes goldenes Tattoo aufs Handgelenk. Das ist wohl der letzte Schrei bei ihr und ihren Freundinnen. Annis Hände sind voll davon. Dummerweise ist Finn heute auch zu Hause. Er sitzt die ganze Zeit mit einem Kumpel in seinem Zimmer und bereitet irgendein Referat vor, sodass ich keine Möglichkeit finde, nach meiner Schneekugel zu suchen. Zum Glück sind es noch knapp vier Wochen bis zu Annis Geburtstag. Bis dahin ergibt sich sicher eine Gelegenheit.

Die Theaterstunde am Mittwoch ist eine echte Zerreißprobe für meine Nerven. In Dauerschleife muss ich mir Tinos und Fenjas Kuss ansehen und heftig gegen einen Würgereflex ankämpfen. Die beiden sind dermaßen zärtlich miteinander, dass einem fast die Tränen vor Rührung kommen, oder aber auch vor Frust, wie in meinem Fall.

Erst als ich nach Hause komme, reißt mich eine Nachricht von Anni aus meiner Wehmut: *Mathetest zurückgekriegt. Ich habe eine 3+! Dank dir. Du bist die weltbeste Lehrerin! XOXO*

Wahnsinn! So lange habe ich ihr noch gar keine Nachhilfe gegeben und schon zeigt sich ein Erfolg. Irgendwie ist bei Anni wohl ein Knoten geplatzt. In der letzten Stunde hatte sie bei der Winkelmessung und der Geometrie ein paar echte Aha-Momente. Ich freue mich riesig für sie.

Wenig später erhalte ich eine weitere Nachricht von ihr: *Hast du am Samstagabend Zeit?*

Ja, wieso?, erkundige ich mich.

*Überraschung. Komm um sieben zu mir. :-**

Alles klar.

Als ich Lou davon erzähle, ist sie ganz aus dem Häuschen. »Das ist ja genial. Zum Glück hast du diesen Aushang entdeckt und gleich reagiert.« Wir haben es uns draußen im Garten mit einer Kanne Eistee gemütlich gemacht.

Ich nicke. »Ein bisschen schlecht fühle ich mich aber trotzdem, weil ich Anni ja irgendwie ausnutze.«

»Na ja.« Lou schnappt mit dem Mund nach dem Strohhalm in ihrem Glas und lispelt dann: »Ich würde sagen, ihr habt beide was davon. Du kommst ins Haus und sie kriegt bessere Noten.«

»Stimmt, das relativiert es ein bisschen«, kichere ich, fummle mit dem Daumen eine ertrinkende Eintagsfliege aus meinem Tee, trinke auch einen Schluck und lasse mir noch einmal ausführlich erzählen, wie das Chorwochenende war, um mich von meinen Problemen namens Papa, Tino und Fenja abzulenken.

Neugierig gehe ich am Samstag zu Annis Haus. Kaum hat sie die Tür geöffnet, da fliegt sie mir schon entgegen und umarmt mich. »Meine Mathelehrerin hat so was von blöd geschaut, als sie mir den Test zurückgegeben hat. Du hättest ihr Gesicht sehen sollen. Wahrscheinlich dachte sie, ich bin ein hoffnungsloser Fall mit Mathelegasthenie.«

»Bist du ja auch«, kommentiert Finn, der gerade die Treppe runterspaziert und zu uns heraustritt. Er schließt die Tür hinter sich und würdigt mich keines Blickes.

»Ähm, was hast du vor?«, erkundige ich mich bei Anni, woraufhin sie nur geheimnisvoll grinst.

»Lass dich überraschen. Wir gehen aus.«

Etwas überrumpelt folge ich ihr die Stufen runter. Ich habe gedacht, dass sie vielleicht einen Kuchen gebacken hat und wir den Abend mit einem Spiel verbringen. Sie ist 11 Jahre alt. Wohin kann sie denn um diese Zeit gehen? Erst jetzt fällt mir auf, dass Finn und sie sich ein bisschen herausgeputzt haben. Er trägt ein schwarzes Hemd über seiner Jeans und Anni steckt in einem gepunkteten Kleid.

»Bin ich vielleicht zu underdressed?«, erkundige ich mich und linse auf meinen schlichten Pulli, die Jeans mit dem Loch am Knie und die abgetragenen Sneakers.

»Quatsch«, sagt Anni. Summend hakt sie sich bei mir unter und führt mich zur nächsten U-Bahn-Station. *Vielleicht gehen wir in einen Kinofilm, der erst ab 12 Jahren ist, und Finn muss als Familienangehöriger dafür sorgen, dass sie reinkommt,* grübele ich weiter.

»Jetzt rück schon damit raus, du Menschenquälerin«, murre ich, weil ich es nicht mehr aushalte, so auf die Folter gespannt zu werden. Ich lege einen bittenden Hundeblick auf und blinzele Anni an. Sogar bei Finn versuche ich es. Doch die beiden lassen sich nicht erweichen. Blöder Geschwisterzusammenhalt.

Die ganze Fahrt über ignoriert Anni meine Versuche herauszufinden, was sie vorhat. Stattdessen plappert sie ununterbrochen vom Goldhamster ihrer besten Freundin. Und Finn schweigt ohnehin.

Irgendwann steigen wir aus und stehen, nachdem wir die Treppen hochgegangen sind, vor einem Theater. Mein Herz schlägt sofort höher. Es ist das Theater des Westens direkt beim Zoologischen Garten. Das Gebäude ist wirklich eindrucksvoll. Der helle Steinbau mit der breiten Balkonterrasse über den Eingangstüren, den hohen halbrunden Fenstern und vier spitzen Türmchen an jeder der vier Seiten strahlt eine geradezu einschüchternde Erhabenheit aus. Ein bisschen wie ein Miniaturschloss. Hinter den Fenstern schimmern gläserne Kronleuchter in sämtlichen Farben des Regenbogens und der rote Teppich, der im Eingangsbereich ausgelegt ist, macht den royalen Touch vollkommen.

Vor den Türen drängen sich schon jede Menge Leute, doch Finn und Anni führen mich um das Gebäude herum zu einem unspektakulären Hintereingang. Sie begrüßen den Mann, der dort Wache hält, per Handschlag und spazieren dann hinein, als würde ihnen der Laden gehören.

»Was ist hier los?«, zische ich Anni zu, aber die grinst nur verschmitzt. Eine schmale Treppe führt uns in die erste Etage. Dann geht es durch einen Gang, vorbei an mehreren Räumen, in denen Schauspieler Perücken aufsetzen, geschminkt werden, ihre Stimme mit lustigen Sprechübungen lockern oder sich zu einem Schwätzchen zusammengestellt haben. Was für eine besondere Atmosphäre. So was habe ich noch nie erlebt.

»Da seid ihr ja«, begrüßt uns eine Frau, als wir einen schmalen Raum erreicht haben, der an einen Friseursalon aus den sechziger Jahren erinnert. Vier rote Lederstühle stehen vor mit Glühbirnen umrahmten Wandspiegeln.

Die Frau strahlt mich an. »Hallo, ich bin Susanne, die Mutter von Anni und Finn. Schön, dass wir uns endlich mal persönlich kennenlernen.« Sie schüttelt meine Hand und die Ähnlichkeit mit ihren Kindern ist sofort erkennbar. Die Haar- und die Augenfarbe ist dieselbe. Sie ist ganz in Schwarz gekleidet und trägt einen breiten Gürtel um die Hüfte. Daran hängt eine Tasche, aus der eine Haarbürste, ein Fön, mehrere Pinsel und Dosen rausschauen.

»Hallo, freut mich auch«, antworte ich ein bisschen eingeschüchtert.

Susanne macht sich an einem Mann zu schaffen, der auf einem Stuhl vor ihr sitzt und dessen rechtes Auge schwarz umrundet ist. Das linke ist noch völlig ungeschminkt.

»Mama ist hier Visagistin«, klärt Anni mich auf und ich bin froh, dass sie endlich mal mit einer Information herausrückt.

»Anni hat erzählt, dass du ganz theatervernarrt bist, Marie«, sagt Susanne, über den Mann gebeugt.

»Ja, ich spiele in unserer Schulgruppe.« Irgendwie hört sich das inmitten lauter Profis ein bisschen doof an.

Eine Frau in einem weißen Tüllkleid quetscht sich an uns vorbei. Das Kleid besitzt so dermaßen viel Stoff, dass die Frau aussieht wie eine explodierte Schneeflocke.

»Susanne, legst du mir noch mal Rouge nach?«, schnauft sie außer Atem.

»Klar doch.« Mit einer routinierten Bewegung zupft Susanne einen dicken Pinsel aus ihrer Gürteltasche, tupft ihn ein paarmal in einen rotpulvrigen Kasten auf der Ablage und wischt der explodierten Schneeflocke über die Wangen, bis diese einem überreifen Apfel ähneln. In der anderen Hand hält sie noch immer den Pinsel mit der schwarzen

Farbe, die das linke Auge des Mannes mittlerweile fast ganz abgedeckt hat.

Anni springt an die Seite ihrer Mutter, schnappt sich eine Dose und sprüht die Frau damit ein. Millionen von Glitzerpunkten rieseln auf das Kleid nieder, bis es schimmert wie frischer Schnee in der Sonne. »So, jetzt bist du eine richtige Fee«, sagt sie zufrieden. Das Wort Fee hallt in meinem Kopf nach. Eine schimmernde Fee. Fast so schön wie meine in der Kugel.

»Ich helfe Mama hier oft, fülle irgendwas nach, räume auf oder mache sauber«, erklärt Anni mir und fügt mit gedämpfter Stimme hinzu: »Damit bessere ich mein Taschengeld auf.«

»Wir sind alle mächtig stolz, dass Anni so eine gute Note nach Hause gebracht hat«, wendet sich Susanne an mich. Zeitgleich malt sie dem Mann schwarze Lippen und pudert dann seine Wangen weiß ein. Er sieht ein bisschen aus wie ein Pandabär. Nur deutlich gruseliger. »Deshalb haben wir uns ein Dankeschön für dich ausgedacht. Ich hoffe, dir wird der Abend gefallen.«

»Wahnsinn, danke!« Ich strahle übers ganze Gesicht und spüre, wie ein Gemisch aus Freude und Aufregung sich bis in die letzten Winkel meines Körpers ausbreiten. Sogar meine kleinen Zehen fangen an zu kribbeln.

Anni schruppt mit einem Tuch die Dose ab, die sie gerade gebraucht hat, und dreht sich zu Finn um. Er lehnt lässig im Türrahmen und tippt auf seinem Handy herum. »Gehst du schon mal mit Marie vor? Ich komme nach der Pause zu euch.«

Er nickt stumm und tippt weiter. Wahrscheinlich ist er nicht sonderlich begeistert darüber, sich um mich kümmern zu müssen. Ich finde es auch nicht sonderlich prickelnd, gleich mit ihm alleine zu sein.

»Los, komm«, fordert er mich auf, nachdem er sein Handy in seiner Hosentasche verstaut hat. Und weil ich unschlüssig stehen bleibe, zieht er mich einfach mit sich.

»Bist du für heute Abend zu einer Art Babysitter abgestellt worden?«, erkundige ich mich ernster, als es gemeint ist.

»Korrekt.«

Ich schlucke eine patzige Antwort runter und besinne mich darauf, diplomatisch zu sein. Außerdem will ich mir die Laune nicht verderben lassen. »Das tut mir leid.«

»Schon okay.«

Wir steigen weitere Etagen hoch und kommen an zwei schnaufenden Kabelträgern, einer Schneiderin – ein Maßband hängt um ihren Hals und sie betrachtet kritisch ein riesiges Loch in einer Hose, die sie in der Hand hält – und mehreren Schauspielern vorbei, die konzentrierte Gesichter machen.

Hier herrscht eine ganz eigene und ziemlich umwerfende Atmosphäre. Das Knistern, das in der Luft liegt, kenne ich von den Stücken aus unserer Theatergruppe. Kurz vor den Auftritten ist die Stimmung immer zum Platzen angespannt, geschäftig, unruhig und gleichzeitig professionell. Während ich das bisher aber nur aus der kleinen Schüler-Crew kannte, erscheint es mir hier zwischen all den echten Schauspielern und Leuten, die hinter den Kulissen schalten und walten, viel intensiver.

Finn öffnet eine Holztür in der Wand, die so unscheinbar ist, dass man sie fast übersehen könnte. Dahinter schlängelt sich eine eiserne Treppe nach oben. Meinem Gefühl nach müssten wir langsam die Spitze eines der Türmchen erreicht haben, so lange geht es schon aufwärts. Doch wir kommen nicht über dem Theaterdach an, sondern direkt darunter, und zwar auf einem kleinen Plateau, umrahmt von einem Holzgeländer. Das Plateau befindet sich direkt an der Stelle, an der unten die Bühne anfängt. Wir schweben unmittelbar über dem Vorhang und können auf der einen Seite in den Zuschauerraum, auf der anderen Seite die noch verhängte Bühne sehen.

»Wahnsinn!«, rufe ich.

Finns Mundwinkel zucken. »Du bist ja ganz geflasht.«

»Klar. Schließlich sehe ich so was nicht jeden Tag«, brumme ich unfreundlich. Er braucht sich gar nicht lustig über mich zu machen.

Jetzt nickt Finn. »Wenn du mich fragst, ist das der beste Platz im ganzen Theater.«

Wir setzen uns auf zwei von vier Stühlen, die hier oben bereitstehen. Dann rückt er einen Hocker zurecht, zieht zwei Flaschen Cola, eine große Schale und eine kleine Dose aus seinem Rucksack und stellt sie drauf. Ein Riesenberg Tortilla-Chips kommt zum Vorschein, als er den Deckel der Schale öffnet. In der Dose hingegen befindet sich ein cremiger Avocadodip. Als Finn meinen fragenden Blick sieht, grinst er nur. »Das haben Paps und Anni für dich gemacht.«

»Ist euer Vater Koch?« Das würde Annis Leidenschaft fürs Backen erklären.

»Nee, er arbeitet bei Lufthansa in der Technikabteilung.« Seine Augen fangen an zu leuchten.

»Deshalb kennst du dich also so gut mit Flugzeugen aus«, kombiniere ich. »Ich sage nur ›Scrabble‹ und ›abeam‹ oder wie dieses Wort hieß.«

Er lacht. »Ja genau, Paps hat mich früher ein paarmal mit zur Arbeit genommen. Ist schon echt beeindruckend, wenn du vor dem Triebwerk einer Boeing 747 stehst, das so groß wie ein Kleinlaster ist. Jedenfalls kocht Paps sehr gerne, wenn er frei hat, und Anni ist unsere Familienbäckerin.«

Das habe ich schon festgestellt. Nachdem Finn einen Tortilla-Chip in die Soße getunkt und genüsslich reingebissen hat, greife auch ich in die Schale und schnappe mir eine Handvoll Chips. Sie sind superlecker, salzig und ein kleines bisschen scharf. Für den nächsten *Titanic*-Abend mit Lou muss ich mir unbedingt das Rezept geben lassen.

Gleich darauf heißt eine Stimme aus dem Off die Besucher willkommen, und als das Licht ausgeht und der Vorhang aufgezogen wird, verstummt das Gemurmel im Raum unter uns. Wir stellen die Knabbereien beiseite und spähen auf die Bühne. Die Schneeflockenfee tritt auf und bietet sich bald einen erbitterten Kampf mit dem schwarzäugigen Mann, der so eine Art Totengestalt verkörpert.

Gebannt beobachte ich das Geschehen und tauche voll und ganz in die Show ein. Nur einmal bemerke ich, wie Finn mich von der Seite mustert. Als die Spannung den höchsten Punkt erreicht hat, wird die Pause eingeläutet. Der Vorhang fällt und ich atme einmal tief durch.

Gerade will ich mich abwenden, da legt Finn seine Hand auf meinen Arm. »Warte noch und schau dir das an.«

Seine Berührung irritiert mich, aber dann sehe ich, was er mir zeigen will. Die Schauspieler bleiben, verborgen von den Blicken der Besucher, auf der Bühne stehen. Von links und rechts eilen Leute herbei und helfen ihnen aus den Kleidern. Und von oben, nur ein kleines Stück von uns entfernt, fahren an einer eisernen Konstruktion befestigte Kleider hinunter. Die Schauspieler heben lediglich ihre Arme und schlüpfen automatisch in ihre neuen Outfits.

»Das gibt's ja nicht!«, jauchze ich. »So was will ich zu Hause auch haben. Besonders für meine Cousine Lou wäre das super. Sie ist ein totaler Morgenmuffel und zieht sich ihre Klamotten oft falsch rum an.«

»Die Geräte hängen normalerweise hinter der Bühnenwand«, erzählt Finn. »Damit können sich die Schauspieler bei kurzen Szenenwechseln schnell umziehen. In diesem Stück müssen sie sich zwar nicht so beeilen, nutzen die Geräte aber trotzdem, um mehr Pausenzeit zu haben. Der Regisseur hat das Gestell dafür extra nach vorne ziehen lassen, weil auf der Bühne mehr Platz zum Umziehen ist.«

Ich schüttele den Kopf. Einerseits weil ich so voller neuer Eindrücke bin und das alles ganz unglaublich finde, andererseits weil sich Finn mir gegenüber gerade von einer anderen Seite zeigt. Er kann richtig nett sein, auch wenn er vielleicht nicht ganz freiwillig mit mir hier ist, sondern als Vertretung für Anni, die in diesem Moment die Bühne betritt und dort zusammen mit ihrer Mutter herumwirbelt. Sie schaut zu uns hoch und winkt vergnügt, während sie der Schneekugel, die mittlerweile in ein graues Kleid geschlüpft ist, schwarzes Glitzerspray über die Arme sprüht. Wahrscheinlich wird das Böse am Ende des Stückes siegen oder zumindest das Unschuldige und Reine zerstört haben, sonst sähe die ehemals weiße Fee jetzt nicht so demoliert aus.

»Das ist echt überwältigend«, murmele ich und schaue Finn ernst an. »Danke!«

Im ersten Moment wirkt er etwas verwundert. Er betrachtet mich mit gerunzelter Stirn, lächelt dann aber und hebt abwehrend die Hände. »Das hat Anni geplant. Ich bin nur der Assistent.« Als er mir weitere Chips anbietet, muss ich an den Kinobesuch mit der Theatergruppe denken. So viel ungeteilte Aufmerksamkeit hätte ich mir von Tino auch gewünscht. Und vor allem so viel Abwesenheit einer gewissen Person, deren Name mit »F« anfängt und mit »enja« aufhört. Schade, dass Finn nicht Tino ist. Dann wäre mein Abend perfekt!

10

»Das war einer der unglaublichsten Abende meines Lebens«, schwärme ich, als ich wieder zu Hause bin.

Anni ist nach der Pause auf das Plateau gekommen und hat sich den Rest der Show mit uns angesehen. Sie hat sich sehr gefreut, dass ich so beeindruckt war und ihr die Überraschung gelungen ist. Später hat Susanne uns mit dem Auto mitgenommen und mich daheim abgesetzt. Und jetzt stehen Lou und ich in unserem Badezimmer und putzen unsere Zähne. Besser gesagt, sie putzt sich die Zähne. Ich bin vor lauter Erzählen noch gar nicht über das Verteilen der Creme auf meiner Zahnbürste hinausgekommen.

»Es gibt Geräte an der Decke, die die Kleider direkt über die Schauspieler stülpen, damit das Umziehen schneller geht. Und dann ist da dieses geheime Plateau, von dem aus man alles, wirklich alles, beobachten kann! Finn hat mich hochgeführt. Er hatte Getränke und selbst gemachte Chips dabei. Ich brauche unbedingt das Rezept«, plappere ich aufgeregt vor mich hin.

»Finn hat Chips für dich gemacht?« Lou mustert mich ungläubig durch den Spiegel. »Sprechen wir von dem Typen, den du neulich einen Vollidiot und sturen Esel genannt hast?« Ihre Lippen sind ganz verschmiert mit Zahncreme.

»Quatsch, Anni und ihr Vater haben die Knabbereien

vorbereitet. Finn war nur eine Art Mittelsmann. Quasi der Babysitter, weil Anni ihrer Mutter mit den Schauspielern geholfen hat und sie mich nicht alleine lassen wollten.«

Lou spuckt eine Ladung Schaum ins Waschbecken. »Oje, du mit Finn alleine. Das klingt ziemlich bitter.«

»Dachte ich am Anfang auch. Aber eigentlich war er ganz nett. Wenn man ihn nicht in der Schule bedrängt oder uneingeladen auf seiner Party aufkreuzt, ist er gar nicht so ein Miesepeter.«

Abrupt dreht Lou sich zu mir um und wedelt mit ihrer Zahnbürste vor meiner Nase herum. »Moment mal, du magst ihn doch nicht etwa?«

»Natürlich nicht. Was denkst du denn?« Ich schiebe mir die Zahnbürste in den Mund und fange endlich an, meine Zähne zu putzen. »Aber es kann ja nicht schaden, wenn wir uns verstehen.« Dann bin ich nämlich diesen elenden Fluchtimpuls los, den ich immer in seiner Nähe hatte.

»Stimmt eigentlich«, bestätigt Lou, gurgelt einmal laut und trocknet sich dann das Gesicht mit einem Handtuch ab. »Falls du die Schneekugel nicht bei ihm findest, rückt er damit vielleicht doch noch freiwillig raus, ohne dass du ihm die Wahrheit sagen musst und es hochnotpeinlich für dich wird. Also freunde dich ruhig mit ihm an. Guter Plan!«

»So berechnend war das eigentlich nicht gemeint«, nuschele ich mit schaumigem Mund.

»Trotzdem: Es ist eine Art Plan B.«

Bei dem Gedanken daran, Finn so auszunutzen, breitet sich ein mulmiges Gefühl in meinem Magen aus. Trotzdem nicke ich und zwinge mich, nicht weiter darüber nachzudenken. Nur weil wir heute einen netten Abend zusammen hatten, muss das nicht gleich etwas bedeuten.

Ich nehme mir fest vor, nach dem Wochenende endlich Finns Zimmer zu durchstöbern. Deshalb kommt es mir sehr gelegen, dass bei der nächsten Nachhilfestunde Annis Mutter da ist und mit ein paar Freundinnen einen Kaffeeklatsch veranstaltet. Sie braucht den großen Tisch im Wohnzimmer, wo Anni und ich normalerweise sitzen. Und so ziehen wir beide mit zwei Tellern voller Tortenstücke nach oben in ihr Zimmer um.

»Es war wirklich genial im Theater«, schwärme ich und mache es mir auf dem Boden gemütlich.

Anni nickt und stopft sich eine Gabel Torte in den Mund. Dann macht sie eine Schnute, runzelt die Stirn und wackelt mit dem Kopf hin und her. »Da hätte mehr Sahne reingehört.«

Mehr Sahne? Die Torte, die aus drei Schichten in verschiedenen Gelbtönen besteht, sieht aus wie eine echte Kalorienbombe. Ich glaube nicht, dass da Sahne fehlt. Auch ich probiere ein Stück und verdrehe sofort genüsslich die Augen. Es schmeckt himmlisch nach Ananas und Maracuja, nach Limette und leckerer Buttercreme. »Die ist perfekt.«

»Papa hat sie gebacken. Ich wollte eigentlich mithelfen, war dann aber mit meinen Freundinnen im Shoppingcenter. Da hat eine Zoohandlung aufgemacht und die haben soooooo süße Hamster.« Sie schiebt sich eine weitere Gabel in den Mund. »Ich freue mich, dass dir meine Überraschung so gut gefallen hat. Die Stimmung im Theater ist echt immer richtig cool. Deshalb helfe ich Mama so gerne.« Vorsichtig stellt sie den immer noch vollen Teller beiseite und blättert in ihrem Mathebuch. »Finn hat sich auch ganz gut benommen, oder?«

»Ja, er war nett. Wo steckt er eigentlich?«

»Ach, der spielt noch mit ein paar Kumpels Fußball.«

Sehr gut, dann habe ich ja grünes Licht.

»Ich hatte das Gefühl, dass ihr euch so langsam besser versteht.« Grinsend blättert Anni weiter.

Ich merke, dass ich unruhig werde. Will sie uns etwa verkuppeln? Das kann sie sich abschminken. Schnell lade ich noch ein Stück Torte auf meine Gabel und erkundige mich dann, was Anni heute üben will. Während ich das Cremegebäck zu meinem Mund balanciere, kommt mir eine Idee. Ich täusche einen kleinen Unfall vor, indem ich die Gabel umkippe und die davonrutschende Torte mit der Hand auffange. Dabei landen mehrere Sahneklekse an meinem Hals und T-Shirtrand.

»Ups.« Eilig schlecke ich den Sahneklops von meinen Fingern. »Ich muss mal ins Badezimmer. Fang du schon mit den Übungen an, ja?« Ich tippe auf die Seite im Buch, die Anni aufgeschlagen hat, und flitze los. Vorsorglich schließe ich die Tür hinter mir und lecke noch einmal über meine klebrige Hand. Keine Zeit zum Waschen. Erst einmal muss ich meine Chance nutzen und in Finns Zimmer schleichen.

Auf Zehenspitzen husche ich den Gang entlang und hinein in sein Reich. Es sieht ähnlich gemütlich aus wie das von Anni, nur ist es nicht in denselben hellen Gelbtönen gestrichen, sondern ganz schlicht in Weiß. Gleich links neben der Tür steht ein Kleiderschrank. Das perfekte Versteck für ein Geschenk. Ich verstaue vor Weihnachten immer sämtliche Päckchen zwischen meinen Klamotten. Lediglich Lous Überraschung gebe ich Mama, weil meine Cousine hin und wieder an meinen Schrank geht, um sich etwas auszuleihen.

Vorsichtig öffne ich die Tür. Ein angenehmer Duft von frisch gewaschenen Kleidungsstücken strömt mir entgegen. Finn scheint ein ordentlicher Typ zu sein. Alles ist fein säuberlich zusammengelegt. Oben auf einer Ablage liegt der Pulli mit dem Fliegermotiv, der ihn als Käufer meiner Schneekugel überführt hat. In den Schubladen sind nur Socken und Shorts. Etwas peinlich ist es mir ja schon, in Finns Unterwäsche zu kramen.

Schnell schiebe ich die Schubladen wieder zu. Dann bücke ich mich und taste unter ein paar hängenden Hemden und Hosen auf dem Schrankboden herum. Da könnte man doch sehr gut etwas aufbewahren, das nicht gefunden werden soll. Zunächst greife ich ins Leere. Doch dann stoße ich mit den Fingern auf etwas Weiches. Ich ziehe es hervor. Es ist ein ziemlich strubbeliges Stofftier, das vielleicht mal ein Eisbär, ein Waschbär oder auch ein Igel gewesen sein könnte.

Jetzt muss ich grinsen. Ein cooler Typ wie Finn versteckt sein ehemaliges Kuscheltier ganz hinten im Schrank, weil er längst zu alt dafür geworden ist, sich aber offenbar nicht davon trennen konnte. Irgendwie süß! Ich streiche ein paarmal über die Stoffnase mit den zerknautschten Barthaaren. Eigentlich bin ich die Letzte, die sich über so was lustig machen sollte. Immerhin hänge ich selbst an dem kitschigsten Spielzeug unserer Hemisphäre.

Mit meiner freien Hand taste ich noch etwas weiter, werde aber nicht fündig. Also schiebe ich das Kuscheltier wieder zurück und schaue unters Bett. Doch bis auf ein paar Staubflusen und eine Socke herrscht dort nur gähnende Leere. Im Vorbeigehen checke ich das Bücherregal und den Schreibtisch und lande schließlich am anderen Ende des Zimmers vor einer Kommode. Es ist die gleiche wie die von Anni, nur fehlt der verschnörkelte Spiegel mit den Feenbildern obendrauf. Stattdessen steht ein Fotorahmen auf der Ablage mit einem Bild von Finn und dieser Felicitas, die ich nach der ersten Nachhilfestunde vor der Haustür getroffen habe.

Arm in Arm grinsen sie in die Kamera. Die beiden sehen toll zusammen aus. Wie ein verliebtes Pärchen. Ich öffne die rechte Tür. Sie knarzt laut. Verdammt, hoffentlich hört Anni nebenan das nicht. Gerade will ich mir einen Überblick über die vollgestopften Regalbretter machen, da höre ich Schritte und – oh, nein! – Finns Stimme.

»Schon gut, ich bin okay!«, ruft er.

Shit! Ich springe auf und schiebe die Kommodentür ein Stück zu. Doch sobald sie zu quietschen anfängt, lasse ich es bleiben. Hektisch schiele ich aus dem Fenster. Könnte ich da rausspringen, ohne mir die Knochen zu brechen? Vielleicht schon. Allerdings würden die Kaffeeklatschbesucher unten wahrscheinlich ziemlich blöd gucken, wenn sich urplötzlich jemand aus Finns Zimmer abseilt und im Garten landet. Also schnell weiter zur Tür. Oder soll ich unters Bett krabbeln?

»Komm doch bitte mal zurück, ich will mir das anschauen!«, ruft Susanne hoch.

»Das ist wirklich nur ein blauer Fleck am Schienbein, Mama.« Finns Stimme wird wieder leiser. Gott sei Dank, seine Mutter hat ihn erfolgreich nach unten beordert.

Ich spähe aus dem Türspalt. Mein Herz klopft so laut wie ein Presslufthammer. Die Luft ist rein. Von Finn keine Spur. Perfekt! Schnell trete ich in den Gang. Und genau in dem Moment kommt ein humpelnder Finn um die Ecke. Na toll! Zu früh gefreut.

Zwischen seinen Augen bildet sich eine Falte, als er mich sieht. »Kommst du etwa gerade aus meinem Zimmer?«

»Ich, äh, nö«, lüge ich und schlendere ihm möglichst lässig entgegen. Dummerweise beginnt mein Kopf zu glühen. Wahrscheinlich leuchten meine Wangen in einem verräterischen Kirschrot. Ich zeige auf mein sahneverschmiertes Shirt und wedele mit den klebrigen Fingern herum. »Anni und ich arbeiten in ihrem Zimmer. Dabei habe ich Torte abgekriegt und deshalb, äh, suche ich das Bad.«

Finn bleibt genau neben der Badtür stehen und tippt dagegen. »Hier ist es.«

Um von mir abzulenken, zeige ich auf sein Bein. »Hattest du einen Unfall?«

»Nur eine kleine Kollision mit Tino beim Fußball. Ihn hat es aber noch mehr erwischt.«

»Was?!« Schockiert halte ich inne. »Ist er schlimm verletzt?«

Die Falte auf Finns Stirn wird noch tiefer und ich haue mir innerlich eine runter. Super Ablenkungsprogramm, Marie! »Ich meine, er spielt die Hauptrolle in unserem Stück und darf nicht ausfallen«, schiebe ich schnell hinterher und bin froh, dass mir eine gute Erklärung für meine Betroffenheit eingefallen ist.

»Er hatte Nasenbluten, aber es ist nichts gebrochen. Er ist okay.«

Gut! Schief lächelnd schiebe ich mich an Finn vorbei ins Bad. Dort spritze ich mir erst mal eine Portion Wasser ins Gesicht und versuche, meinen hektischen Puls zu beruhigen. Als Einbrecherin oder Detektivin gebe ich mir null Punkte. Oh Mann, wie oft soll ich mich vor Finn eigentlich noch zum Affen machen?

»Das war so was von peinlich!« Ich vergrabe meinen Kopf zwischen Lous Kissen. »Der hat bestimmt geschnallt, dass ich in seinem Zimmer war, und hält mich jetzt endgültig für eine Stalkerin.«

»Quatsch.« Lou schüttelt den Kopf und lässt dadurch ihre Locken tanzen. »Du hast dich doch super rausgeredet. Immerhin war dein Sahnetortenmissgeschick nicht zu übersehen. Und du warst noch nicht sehr oft im Obergeschoss, also kannst du offiziell ja auch nicht wissen, wo das Bad ist. Was hättest du eigentlich gemacht, wenn du die Kugel gefunden hättest? Ich meine, du hattest doch keine Tasche dabei, um sie vor Anni zu verstecken.«

»Stimmt. Aber so weit habe ich nicht gedacht. Ich wollte nur endlich wissen, wo die Schneekugel steckt. Dann hätte ich sie ein anderes Mal holen können oder so.« Dass mein Plan Löcher hatte wie ein Schweizer Käse, ist mir auch klar. »Könnte Finn mich eigentlich anzeigen, wenn er wüsste, dass ich bei ihm eingebrochen bin, um etwas zu stehlen?«

Lou seufzt leicht genervt. »Du willst doch nur dein Eigentum zurück.«

»Aber Finn hat es bezahlt. Also ist es auch irgendwie sein Eigentum. Streng genommen gehört also jedem von uns die Hälfte. Oh Mann!«

»Marie«, stöhnt Lou. »Ich schlage vor, du wechselst einfach die Schule oder am besten gleich den Kontinent, damit du ihm nie wieder über den Weg läufst.«

Ich wühle mich aus dem Kissenberg, aus dem ich am liebsten nie wieder auftauchen möchte, und boxe ihr in die Schulter. »Das ist nicht lustig.«

»Nein, ist es nicht«, lenkt sie ein. »Wenn du willst, übernehme ich ab sofort Annis Nachhilfe und versuche es auch mal. Vielleicht bin ich eine erfolgreichere Diebin als du.«

»Neeeeiiiiin«, grunze ich und stehe auf, um die *Titanic*-DVD aus dem Schrank zu holen. Als ich damit herumwedele, nickt Lou begeistert. Das monumentale Drama, das ich mir schon gefühlte drei Millionen Mal mit ihr angeschaut habe, wird mich für ein paar Stunden von meinen Problemen ablenken.

Auf dem Nachhauseweg am nächsten Tag nehme ich einen Umweg über das Sanitätsgeschäft, das sich ganz in der Nähe der Schule befindet. Opa hat mich heute Morgen gebeten, ihm ein paar Dinge zu besorgen. Lou ist mit Mila verabredet und begleitet mich deshalb nicht.

Die Verkäuferin legt einen dicken Packen Stützstrümpfe auf den Tisch, nachdem ich ihr Opas Namen genannt habe. Meine Augen werden groß. Wie viele von den Dingern hat Opa denn geordert? Ein Paar für jeden Tag im Jahr?

Die Dame hinter der Theke bemerkt mein Erstaunen offenbar. Sie lächelt. »Dein Großvater ist ja immer viel in eurem Laden unterwegs. Da kann er ein paar Strümpfe auf Reserve gut gebrauchen.« Sie kramt in einem Stapel Hefte herum. »Hier ist auch eine Broschüre mit den neusten Rollatormodellen. Vielleicht möchte er sich so was ja mal durchlesen.«

Ganz bestimmt nicht, denke ich missmutig. Die Frau hat sie wohl nicht mehr alle. Nur, weil Opa Stützstrümpfe anzieht und gerade nicht ganz so fit ist, ist er noch lange nicht gebrechlich. Ich schüttele den Kopf, doch da hat sie den Katalog schon in eine Tüte mit dem Logo dieser Sockenfirma geschoben.

»Bis zum nächsten Mal«, sagt sie und ich nicke verkrampft. Blöde Kuh!

Als Nächstes fahre ich in die Apotheke, wo die Hölle los ist. Eine Angestellte berät jeden Kunden ausführlich, und so hat sich bereits eine lange Schlange gebildet. Während ich warte, schnappe ich mir einen von diesen Seniorenratgebern. »Gesundheit und Fitness für aktive Menschen«, steht vorne drauf. Das passt doch viel besser zu Opa. Nachdem ich ein wenig darin geblättert habe, stecke ich das Heft in die Tüte zum Stützstrumpfberg und hole diesen Rollatorquatsch raus, um ihn hierzulassen. Vielleicht interessiert sich ja ein Apothekenkunde dafür.

Endlich tauchen zwei weitere Angestellte aus den Tiefen des Ladens auf und die Wartenden verteilen sich auf drei Reihen. Als ich dran bin, gebe ich dem Mann hinter dem Tresen die Liste mit Medikamenten, die Opa braucht. In Windeseile stellt er Kopfschmerztabletten, irgendeine Hautcreme und ein Gel für die Bronchen zusammen. Dann tippt er in seinem Computer herum und wendet sich schließlich an eine Kollegin. »Sag mal, Linda, haben wir die Hämorrhoidensalbe von Stada gar nicht mehr?«

Hämorrhoiden? Wenn ich das vom Biounterricht noch richtig im Kopf habe, dann sind das irgendwelche juckenden Pusteln am Po oder so was. Meine Wangen beginnen zu glühen. Muss der Typ so laut reden, dass es alle mitkriegen?

Linda schüttelt den Kopf. »Nein, aber die von HemoTreat sind auf Lager. Sie haben einen praktischen externen und internen Applikator.«

Der Verkäufer sieht mich erfreut an. »Das erleichtert das Auftragen enorm.«

»Mhm«, presse ich hervor. Während er verschwindet, um

das Zeug zu holen, blicke ich mich möglichst unauffällig um.

Eine ältere Frau in der Reihe neben mir sieht mich mitleidig an. »Schlimm, so was. Das juckt ganz furchtbar, nicht wahr?«

Von irgendwoher ertönt ein Glucksen. Ich schlucke trocken und bete, dass der Verkäufer schnell zurückkommt und mich erlöst. Dummerweise entdeckt diese hemmungslose Oma nun auch noch meine Tüte und schielt hinein. »Ach, die Stützstrümpfe sind sehr bequem. Gute Wahl, Kindchen.« Sie tippt an ihre Waden, die an riesige Elefantenstampfer erinnern. Dann mustert sie mich skeptisch. »Aber dass du in deinem Alter schon so was trägst? Tja, die Gebrechen kommen heutzutage immer früher, nicht wahr?«

»Die sind gar nicht...«, setze ich an, doch sie wendet sich schon von mir ab, weil sie endlich dran ist.

Als sie sich nach vorne schiebt, gibt sie den Blick auf jemanden in der Reihe neben ihr frei, den ich hier wirklich nicht treffen wollte: Finn! Er grinst mich an und gluckst laut. Na toll! Da habe ich die Antwort auf meine Frage, wie oft ich mich vor ihm noch zum Affen machen soll.

»Das ist alles für meinen Opa«, erkläre ich möglichst laut und eigentlich niemandem Bestimmten, weil die Oma in ein intensives Gespräch mit der Angestellten vertieft ist und mir längst nicht mehr zuhört.

Sobald mein Verkäufer zurück ist, gebe ich ihm das Geld und haste aus der Apotheke.

»Hey, warte mal.«

Finn erscheint in der Tür und läuft hinter mir her.

»Was?«, fahre ich ihn an. »Willst du dich weiter über mich lustig machen?«

Er schüttelt den Kopf. »Quatsch. Aber du musst zugeben, dass es amüsant ist, wenn man lauthals auf Hämorrhoidencreme und Stützstrümpfe angesprochen wird.«

»Amüsant fand ich das jetzt weniger«, murre ich und versuche rauszufinden, was er gekauft hat. Vielleicht kann ich ihn ja damit aufziehen. Dummerweise sind es nur eine Packung Pflaster und Bonbons.

Mit einem versöhnlichen Lächeln hält er mir die Packung unter die Nase. »Möchtest du Pfefferminzdrops?«

Wortlos nehme ich mir eines raus.

»Hey, sei nicht böse«, sagt er und schlendert neben mir her zu meinem Rad. »Das hat mich gerade nur an einen uralten Werbeclip auf YouTube erinnert, der neulich bei einer Party rumging. Warte.« Er nestelt sein Handy aus der Hosentasche und wischt eine Weile darauf herum. Dann hält er das Display so, dass ich es sehen kann.

Darauf läuft ein Mann durch einen Supermarkt, den Arm voller Einkäufe. Zum Schluss holt er eine Packung Kondome aus dem Regal, was ihm sichtlich peinlich ist. Er versteckt sie zwischen einer Stange Lauch, Käse und einem Baguette. In der Schlange an der Kasse will er möglichst kein Aufsehen damit erregen, doch da ist er an die falsche Kassiererin geraten. Die nimmt die Packung hoch und brüllt einmal quer durch den Laden: »Tina, was kosten die Kondome?!« Sofort herrscht Stille im ganzen Geschäft. Alle schauen den Mann an und der schluckt hörbar.

Ha, ich weiß, wie er sich fühlt. Grinsend schnappe ich mir noch eins von Finns Bonbons. »Das ist ähnlich peinlich wie bei mir gerade.«

Finn nickt. »Definitiv. Bis hierhin.« Er hat den Clip kurz gestoppt, lässt ihn nun aber weiterlaufen.

Die junge Frau hinter dem Mann sagt ganz cool: »3,99.« Und die ältere Frau vor ihm korrigiert daraufhin: »Nein, 2,99. Die sind im Angebot.«

»Letztlich ist die Situation halb so wild, weil er etwas gekauft hat, das alle irgendwie und irgendwann mal brauchen«, sagt Finn und zwinkert mir zu.

»Na ja, Kondome sind nicht wirklich mit Hämorrhoidencreme zu vergleichen«, widerspreche ich. »Aber trotzdem sehr nett von dir, dass du damit den Peinlichkeitsfaktor von gerade eben abschwächen willst.«

»So bin ich eben.«

»Ach ja?«

Er nickt und wirft dann einen Blick auf meine Tüte. »Aber mal ehrlich, die Socken würden dir sicher ganz gut stehen.«

»Pass auf, was du sagst«, knurre ich grinsend. »Sonst hole ich welche raus und erwürge dich damit. Mein Opa hat 'ne Riesenvorratspackung bestellt. Da fällt es gar nicht auf, wenn ich ein paar davon zur Mordwaffe umfunktioniere und verschwinden lasse.«

Jetzt lacht er laut und macht einen Schritt von mir weg. »Nein, bitte nicht.«

»Oh doch«, lege ich nach.

»Na gut, na gut, dann haue ich jetzt lieber ab, bevor du ernst machst.«

»Besser so.«

Er lächelt mich noch einmal an, sagt »Bis dann« und schlendert davon.

»Ja, bis dann.«

Nachdenklich schließe ich mein Fahrradschloss auf. Ich scheine mich wirklich in ihm getäuscht zu haben. Er ist richtig nett. Zumindest kann er das sein, wenn er will. Und ich bin erleichtert, dass er mich nicht auf gestern angesprochen hat. Er scheint mir die Ausrede mit der Klosuche tatsächlich abgenommen zu haben.

11

Die Pfingstferien stehen vor der Tür und alle Schüler sind schon in Urlaubsstimmung. Der Theaterkurs gestern hat mir richtig Spaß gemacht. Mittlerweile fühle ich mich mit der Rolle der Amme ganz wohl. Wer hätte das gedacht? Tino und ich hatten zwar nicht noch mal so einen Knistermoment wie neulich, aber trotzdem bin ich endlich lockerer in seiner Gegenwart und er unterhält sich auch öfter mit mir. Wir kommen uns näher und das macht mich wahnsinnig glücklich. Wie auf Wolke sieben bin ich aus dem Kurs rausgeschwebt, weil er mir für einen kurzen Augenblick den Arm um die Schultern gelegt und gesagt hat, dass wir super gewesen sind. Fenja hat ganz neidisch geschaut, aber das war mir egal.

Mittags begegne ich Finn in der Mensa an der Salattheke, und obwohl ich einen Augenblick lang das Gefühl habe, dass er mich komisch anschaut, sagt er freundlich: »Na, hast du die heiße Ware vorgestern noch sicher nach Hause gebracht?«

Ich nicke. »Opa hat sich schiefgelacht, als ich ihm von dem Vorfall in der Apotheke erzählt habe.«

»Das kann ich mir vorstellen. War ja auch wirklich zum Schießen.«

Ich funkele ihn böse an, doch er merkt, dass ich nicht

wirklich sauer bin, und grinst noch breiter. Dann wird er aber schlagartig ernst.

»Sag mal«, er macht eine Pause und häuft sich einen Löffel Mais auf den Teller. »Hast du am Samstagnachmittag vielleicht Zeit?«

»Wieso?«

»Ich würde gerne was mit dir unternehmen.«

Verblüfft schaue ich ihn an und merke zu spät, dass ich die Olivenölflasche weiterhin gekippt halte und meine Salatblätter damit ertränke. »Hoppla!« Schnell setze ich die Flasche ab.

Auch Finn wirkt plötzlich ein bisschen unsicher, senkt dann aber den Blick, schnappt sich Salz und Pfeffer und würzt lässig ein paar Scheiben Tomaten nach. »Ich habe mit Felicitas eine kleine Tour geplant, für die wir uns anmelden mussten. Jetzt kann sie leider nicht und da dachte ich an dich.«

An mich? Wieso? Das Öl läuft mir mittlerweile an den Fingern runter in Richtung Handgelenk. Ich schnappe mir eine Serviette und putze sie und den völlig verschmierten Tellerrand damit ab. Ich weiß nicht, was ich von seiner Einladung halten soll, und er scheint meine Zweifel zu spüren.

»Komm schon. Im Theater habe ich den Lückenbüßer gespielt. Jetzt könntest du dasselbe für mich tun«, drängt er und legt ein gewinnendes Lächeln auf.

»Lückenbüßer«, wiederhole ich dumpf. »Tja, also, ich hätte schon Zeit.«

»Gut, um halb fünf hole ich dich ab.«

»Ähm, okay! Und was machen wir genau?«

»Verrate ich nicht. Zieh feste Schuhe an. Wo wohnst du denn?«

»In dem Haus mit dem Spielwarengeschäft.«

»Gut.«

Ich starre ihm verdutzt hinterher, während er mit seinem vollgehäuften Teller in einer Schülertraube verschwindet. Was war das denn gerade? Wieso soll ausgerechnet ich der Lückenbüßer sein? Er hat doch sicher jede Menge andere Leute, die er fragen könnte. Anscheinend haben Opas Stützstrümpfe und die Hämorrhoidencreme das Eis zwischen uns endgültig zum Schmelzen gebracht. Lous Worte über den Plan B schwirren mir durch den Kopf. Obwohl mich das schlechte Gewissen immer noch quält, kann es sicher nicht schaden, sich gut mit ihm zu verstehen. Und vielleicht haben wir ja sogar Spaß zusammen.

Am Samstag wartet Finn um Punkt halb fünf an der Ladentür. Er begrüßt mich fröhlich. Als ich zu ihm raustrete und mich noch einmal umdrehe, nickt Opa mir von seinem Sessel aus zu. Lou baut sich hinter ihm auf und winkt blöd grinsend. Schnell wende ich mich ab, bevor es noch peinlicher wird und Mama und Tante Anna das Familienbild komplett machen.

»Na, dann los«, sagte ich etwas unsicher zu Finn. Er trägt Wanderschuhe und einen Rucksack. »Du siehst aus, als ob du eine Bergtour machen willst«, ziehe ich ihn auf.

»In Berlin gibt es kaum Berge.«

»Das ist mir klar.« Ich bin doch nicht doof. Trotzdem habe ich seinen Rat befolgt und mir feste Turnschuhe angezogen. »Wohin geht's denn nun eigentlich?« So langsam werde ich etwas ungeduldig.

»Unter die Erde.«

»Hä?«

Er lacht und schleift mich dann zur nächsten U-Bahn-Station.

Dass er seinen Kommentar tatsächlich ernst meint, wird mir klar, als wir kurze Zeit später aussteigen und auf eine Gruppe zusteuern, die mit Bauhelmen ausgestattet ist. Ein Mann, der sich als Robert Keller vorstellt, begrüßt uns und hakt unsere Namen auf einer Liste ab. »So, wir sind komplett«, sagt er und händigt uns zwei Helme und Taschenlampen aus. Dann führt er uns zu einem kleinen Häuschen, das an einen Kiosk erinnert. »Auf geht's in die Katakomben.«

Vor Aufregung beginnt mein Herz zu hämmern. Was mich hier wohl gleich erwartet? Nach und nach schieben wir uns in das Häuschen, in dem eine schmale Treppe nach unten führt.

»Ich hoffe, du hast keine Platzangst«, raunt Finn mir zu, während wir runtersteigen.

Die Frage fällt ihm ja früh ein. »Und was passiert, wenn es so ist?«, erkundige ich mich grinsend.

»Dann musst du die Zähne zusammenbeißen und es als Gelegenheit sehen, dich deiner Angst zu stellen. Es gibt so eine Therapieform, die man, glaube ich, Desensibilisierung nennt. Das kenne ich vom Fliegen. Leute, die panische Angst vor Flugzeugen haben, werden von Psychologen der Horrorsituation ausgesetzt und merken dann, dass alles halb so schlimm ist. Voilà, Problem erledigt.«

»Na, da kann ich ja froh sein, dass ich keine Schwierigkeiten mit Enge und Tiefe habe, sonst würde hier ja wohl ein Psychologe fehlen.«

Er winkt lässig ab. »Ich würde für ihn einspringen.«

»Na, da bin ich ja beruhigt.« Noch immer grinsend schüttele ich den Kopf.

Wir betreten ein Gewölbe aus Backsteinen, mit etlichen Bögen, runden Ecken und kunstvollen Decken. Alle Gruppenteilnehmer haben ihre Lampen angeschaltet. Die Lichtkegel tanzen durch die Dunkelheit und schaffen zusammen mit den wenigen schummrigen Glühbirnen an den Decken eine ganz besondere Atmosphäre. Wow, ich wusste gar nicht, dass es unter der Straße so schön sein kann.

»Wir sind hier in einem Regenüberlaufkanal. Weil er nahezu oval geformt ist, bezeichnen die Fachleute das als Maulprofil«, erklärt Robert Keller, dessen Nachnamen ich ziemlich passend für einen Führer der Unterwelt finde. Während wir uns langsam vorwärtsschieben, erzählt er, dass wir uns in einem fast 10.000 Kilometer langen Netz von unterirdischen Rohren und Leitungen befinden. Einen Augenblick lang wird es mir nun doch etwas mulmig zumute. Wenn man in diesem Labyrinth den Anschluss verliert, ist man sicherlich hoffnungslos verloren.

Irgendwann machen wir an einer Plattform halt. Von hier aus kann man auf das Abwasser hinuntersehen, das in einigen Metern Tiefe vor sich hin dümpelt. Die schmutzig braune Brühe müffelt ein bisschen, doch bevor es unangenehm wird, laufen wir schon weiter. Etliche Klappen und Stahltüren später sind wir in einer faszinierenden Ruinenlandschaft gelandet. Es gibt freitragende Abdeckungen und Brücken, über die wir uns hangeln.

»Dieser Unterwelt-Kletterpark könnte auch in einem der *Percy Jackson*-Filme vorkommen«, sage ich zu Finn. Er läuft direkt hinter mir. Als ich meinen Kopf zu ihm drehe, sieht er genauso begeistert aus wie ich. Seine Augen leuchten richtig. Er erinnert mich an einen kleinen Jungen, der gerade sein Lieblingsschlumpfeis bekommen hat.

»Was ist?«, will er wissen, weil ich ihn so eindringlich anschaue.

»Du bist ja ganz geflasht«, wiederhole ich, was er zu mir gesagt hat, als wir im Theater auf dem kleinen Plateau angekommen sind und ich völlig aus dem Häuschen war.

Er runzelt die Stirn, scheint sich dann zu erinnern und wiederholt meine Antwort genauso patzig wie ich damals: »Klar. Schließlich sehe ich so was nicht jeden Tag.«

Wir grinsen uns an. Vielleicht hätte ich lieber nach vorne schauen sollen, statt mit ihm herumzuscherzen, denn so übersehe ich mehrere Geröllsteine vor meinen Füßen. Ich stolpere und gerate ins Taumeln. Bevor ich aber im Dreck lande, packt Finn mich an der Schulter und zieht mich zurück. Ich lande mit dem Rücken direkt an seiner Brust, atme ein und rieche den Waschpulverduft, der mir schon in seinem Kleiderschrank in die Nase gestiegen ist. Hm! Kurz schließe ich die Augen.

»Alles okay?«, fragt Finn. Sein Atem haucht über mein Ohr. Das verursacht eine Gänsehaut auf meinen Armen.

»Äh, ja.« Eilig mache ich einen Schritt nach vorn und gehe auf Abstand. Seine Nähe verwirrt mich. Und dass sie mich verwirrt, verwirrt mich gleich noch mehr. Wieso löst der Typ so eine Reaktion bei mir aus? Er ist doch nicht Tino! Und außerdem hat er eine Freundin. Mein Herz scheint in eine Art Verwechslungsmodus geschaltet zu haben. Könnte es daran liegen, dass ich die Tour so aufregend finde und mein Adrenalinpegel deshalb den Hormonspiegel verrückt macht? Ich weiß es nicht, aber ich ärgere mich plötzlich maßlos, dass ich im Biounterricht nicht besser aufgepasst habe. Sonst könnte ich meine Reaktion jetzt bestimmt ganz logisch erklären.

Nach weiteren zehn Minuten erreichen wir eine Halle, durch die ein schmaler Fluss fließt. Dieses Mal ist es keine muffelige Kloake. Das Wasser schimmert glasklar und wirft helle Lichtwellen an die roten Backsteinwände. Mit großen Augen sehen wir uns um. Robert Keller drückt auf einen Schalter, woraufhin leise Musik den Raum durchströmt und von allen Seiten bunte Lichter aufleuchten, die sich mit den silbrigen Wogen zu lustigen Farbspielen verbinden. Fast wie in einem bezaubernden Theaterstück oder einem Varieté.

»Die Installation hat eine Berliner Künstlerin für uns entworfen«, erklärt Robert Keller und verkündet dann: »Zum Schluss geht's noch aufs Wasser.«

Ich traue meinen Augen kaum, als ich die drei Holzboote hinter einer Art Steg entdecke. »Was gibt es unter der Stadt denn noch alles? Vielleicht eine geheime U-Boot-Flotte?«, raune ich und Finn fängt an zu lachen.

»Würde mich nicht wundern.«

»Mich auch nicht.«

Zusammen mit einem älteren Paar klettern wir in eines der Boote. Ich übernehme das rechte Ruder, Finn das linke. Robert Keller sitzt im vordersten Boot und gibt uns ein paar Anweisungen, dann geht es los. Der ältere Mann löst das Tau und Finn und ich tun unser Bestes, um das Boot zu lenken. Zum Glück müssen wir nicht sehr viel rudern, weil wir mit dem Strom fahren. Das Boot bewegt sich fast von selbst. Nur hin und wieder korrigieren wir leicht die Richtung. Das ist zwar anstrengend, aber auch ziemlich lustig. Einmal kollidieren wir fast mit dem Boot hinter uns, weil wir zu weit nach links abdriften und bei den Versuchen, wieder den richtigen Kurs aufzunehmen, fast überholt werden. Nach ein paar Kilometern wird es immer heller und schließlich brausen wir aus dem Kanal heraus mitten in einen breiteren Fluss.

»Die Spree«, sagt Finn und schirmt seine Augen mit der Hand ab. Auch ich blinzele. Nach der schummerigen Dunkelheit muss man sich erst einmal an das grelle Licht hier draußen gewöhnen. An den Ufern sind Spaziergänger und Radfahrer unterwegs und es riecht frisch und frühlingshaft. Ich seufze. Was für ein schöner und besonderer Tag! Zufrieden stelle ich fest, dass sich mein Herz wieder beruhigt hat. Die Verwirrung muss an der seltsamen Atmosphäre dort unten gelegen haben.

An einer Anlegestelle endet die Tour. Wir vertauen die Boote und klettern auf den Steg.

»Ich hoffe, es hat Ihnen Spaß gemacht«, verabschiedet uns Robert Keller und wir klatschen begeistert Beifall.

»Hat's dir gefallen?«, erkundigt sich Finn, als wir wenig später wieder zusammen in der U-Bahn sitzen.

»Total! Es war ...« Leider fällt mir kein passendes Wort ein. »Toll«, sage ich schließlich, aber das trifft es nicht wirklich.

Finn lächelt. »Fand ich auch.«

Dummerweise muss ich gleich darauf aussteigen und mich von ihm verabschieden. Das finde ich superschade, denn tatsächlich war es richtig schön mit ihm. Eigentlich würde ich gerne mehr Zeit mit ihm verbringen.

»Das war einfach total spannend«, erzähle ich Lou von meinem Ausflug. »Da gibt's 'ne richtige Welt unter der Stadt.«

»Klingt ziemlich romantisch«, erwidert sie grinsend. »Eine gemeinsame Bootsfahrt ...«

»Die war eher lustig als romantisch.«

»Sanfte Musik und bunte Lichter ...«, fährt sie fort.

»Von einer Berliner Künstlerin.«

Lou starrt mit verklärtem Blick in ihr Zimmer. »Eine starke Brust, an die man sich in der Dunkelheit lehnen kann.«

»Ich habe mich nicht angelehnt, weil es dunkel war«, stelle ich klar. »Ich wurde drangedrückt, weil ich sonst auf den Boden geknallt wäre.«

»Na und? Finn hat dich aufgefangen«, summt Lou in einem dämlichen Singsangston. »Dein Retter in der Not. Du magst ihn. Du magst ihn.«

Ich rolle mit den Augen und boxe ihr in die Schulter. »Hör auf. Du machst es romantischer, als es war. Er ist mit dieser Felicitas zusammen und ich stehe auf Tino.« Dass mein Herz zwischendurch mal ein wenig verwirrt war, erzähle ich lieber nicht, sonst kriegt sich meine Cousine heute gar nicht mehr ein. Und diese kurze Verwirrung hat schließlich wirklich nichts zu bedeuten.

12

Trotz der Ferien bin ich heute schon früh auf den Beinen. Die Theatercrew hat sich in der Schule verabredet. Wir wollen uns in den nächsten Tagen um die Bühnendeko kümmern. Es sind schon heiße Diskussionen darüber entbrannt, wie wir einen Balkon für die wichtigste Liebesszene simulieren können.

Claudette plädierte für einen Stapel Paletten aus dem Baumarkt, über die wir einen Teppich legen. Tino dachte an eine bemalte Stellwand, hinter der Fenja auf eine Leiter klettern und über den Rand schauen kann. Fenja wiederum fand das alles viel zu schnöde. Sie wünscht sich etwas mit mehr Glamour. Allerdings hatte sie auch keine bessere Idee. Also kümmerten wir uns erst mal um die Planung der restlichen Requisiten. Auf mehrere Holzwände wollen wir Häuser malen, ein überdimensionales Pappmascheekreuz wird die Kapelle symbolisieren. Außerdem brauchen wir eine dicke Matte aus der Sporthalle als Bett. Wahrscheinlich werden wir heute bis zum Mittag daran arbeiten.

Als wir im Theaterraum eintreffen, sind wir alle noch ziemlich träge. Während der Ferien in der Schule zu sein, ist schon etwas schräg. Die Flure sind geisterhaft leer und es herrscht eine ungewohnte Stille. Allerdings hat Tassi ein kleines Frühstück vorbereitet, das sofort unsere Stimmung hebt. Er verteilt Tassen mit Tee und packt einen Berg Croissants aus seiner Tasche.

Wir setzen uns auf den Boden, lassen es uns gut gehen und bilden dabei Gruppen für die verschiedenen Aufgaben. Ich schließe mich mit Lilly, Elisabeth und Nele zu einem Malteam zusammen. Wir besorgen Farben, Stifte und Pinsel aus dem Kunstraum und wollen die Feinarbeit machen, sobald die anderen Gruppen mit dem Kreuz und den Holzwänden fertig sind. Tino kümmert sich mit Miro und Jasper um die Anfertigung der Stellwände. Ich könnte ihm stundenlang zuschauen, wie er den Hammer schwingt und mit dem Bohrer stabile Füße an den Unterseiten der Holzplatten befestigt.

Verträumt beobachte ich ihn, während ich mit meiner Gruppe Zeitungen auf dem Boden verteile, damit wir später keine Farbeflecken darauf machen. Ich bemerke gar nicht, dass Tassi eine Weile verschwindet. Doch plötzlich schleppt er mehrere Stahlrohre durch die Tür. Hinter ihm taucht Finn auf. Was macht der denn hier?

Tino schlägt mit seinem Freund ein. »Cool, es hat also geklappt«, sagt er und zeigt auf die Rohre, die nun wie ein Haufen überdimensionaler Mikadostäbe übereinander auf dem Boden liegen.

Finn nickt. »Klar.«

Neugierig versammeln wir uns darum.

»Das, meine Lieben«, sagt Tassi mit einem verschmitzten Grinsen, »wird der Balkon. Es ist ein kleines Gerüst, an dessen Vorderseite wir als Hausfassade eine Leinwand hängen werden.«

»Leihgabe aus dem Theater des Westens«, erklärt Finn und zwinkert mir zu. Ich lächle ihn an, schiele dann aber schnell zu Tino. Hat er das Zwinkern bemerkt? Würde es ihn stören? Nein, hat er nicht. Er studiert bereits den Zettel mit der Aufbauanleitung.

»Das war schon ein Requisit in einem richtigen Stück?«, erkundigt sich Fenja mit großen Augen.

»Yep, vor zwei Jahren spielte eine englische Crew Shakespeare im Theater. Die Requisiten werden immer im Keller aufbewahrt, und als Tino mir erzählt hat, dass ihr was Passendes sucht, habe ich meine Mutter gefragt. Sie arbeitet dort.«

»Wie toll!« Fenja streicht ehrfürchtig über die Leinwand, die Tassi gerade reingeschleppt hat. Darauf sind kitschige Rosenranken und graumelierte Backsteine gemalt. Alles ist mit Glitzer verziert, damit sie im Bühnenlicht so richtig zur Geltung kommen. Na also, da hat Fenja ihren gewünschten Glamour.

Sofort machen sich die Holzwandjungs ans Zusammenstecken der Rohre. Tino übernimmt das Kommando, kontrolliert immer wieder die Gebrauchsanleitung und gibt Anweisungen.

»Nicht schlecht«, wende ich mich an Finn. Er steht etwas abseits neben der Tür, trinkt eine Tasse Tee und hat die Füße lässig übereinandergeschlagen.

»Ich lasse meine Freunde in der Not doch nicht hängen«, erwidert er und ich stutze. Zählt er mich etwa schon zu seinen Freunden oder meint er nur Tino?

»Richtig cool, das Ding«, ruft der in diesem Moment und hält den Daumen hoch, bevor er die Leinwand komplett auf dem Boden ausrollt. Finn nickt ihm zu.

»Hey, sag mal, wollen wir die Tage wieder was zusammen unternehmen?«, erkundigt er sich so urplötzlich, dass ich mal wieder wie ein begossener Pudel dastehe, dem gerade sein Hirn abhandengekommen ist. Im ersten Moment weiß ich nicht, was ich antworten soll. Eigentlich würde ich gerne mehr mit ihm machen. Aber verliere ich dadurch nicht Tino aus den Augen? Und abgesehen davon sind die beiden befreundet. Kriegt Tino nicht vielleicht den Eindruck, dass ich mich mehr für seinen Kumpel als für ihn interessiere?

Um mir Zeit zu verschaffen, nippe ich an meiner Tasse. »Muss ich etwa wieder den Lückenbüßer spielen?«, fällt mir schließlich eine halbwegs kreative Gegenfrage ein.

Finn lacht. »Nee. Dieses Mal nicht. Weil dir die Untergrundführung so gut gefallen hat, ist mir noch eine andere gute Idee gekommen.«

Mein Herz fängt an zu hämmern. Wenn ich es nicht besser wüsste, würde ich sagen, dass er mich nach einem Date fragt. Unsicher schaue ich zu Tino rüber. Vielleicht muss ich das aber auch nicht so deuten. Finn mag mich einfach, seit er mich besser kennt. Und mir geht es mit ihm genauso. In seiner Nähe fühle ich mich neuerdings ziemlich wohl. Also sollte ich es nicht komplizierter machen, als es ist.

»Hat Felicitas nichts dagegen?«, hake ich trotzdem nach. Nicht dass die beiden sich wegen mir in die Haare kriegen.

»Quatsch.«

Na dann, warum nicht? »Gut, ich bin dabei.«

Plötzlich steht Tino neben uns und legt mir einen Arm um die Schulter. Ich habe das Gefühl, mein Herz setzt einen Moment lang aus.

»Deine Gruppe hat angefangen.«

»Oh, dann sollte ich wohl mal den Pinsel schwingen.« Mit glühendem Kopf gehe ich zu Lilly und Elisabeth rüber und werfe noch einen letzten Blick über die Schulter auf die beiden Jungs, bevor ich mich in die Arbeit stürze und mich damit von diesen verwirrenden Gefühlen ablenke.

Zwei Tage später sind die Aufbauarbeiten so gut wie beendet. Wir haben ganz schön viel gewerkelt und sind trotz schmerzender Muskeln und dem ein oder anderen blauen Daumen ziemlich zufrieden. Der Balkon sieht phänomenal aus. Die Hauswände und das riesige rotgoldene Kreuz stehen ihm in nichts nach. Claudette hat eine hübsche Patchworkdecke von zu Hause mitgebracht, die wir auf die blaue Sportmatratze legen werden. Und Nele hat tolle Kleider in einer Truhe auf ihrem Dachboden gefunden, die wir als Bühnenoutfits verwenden, neben denen, die wir aus unseren Kleiderschränken zusammenstellen oder noch nähen müssen.

Gegen Mittag bin ich mit Finn verabredet. Als ich mich auf den Weg zu unserem Treffpunkt mache, bin ich schon ein bisschen aufgeregt. Es ist seltsam und schön zugleich, ihn zu sehen. Er erwartet mich an der abgesprochenen Straßenecke, gleich in der Nähe der Schule. In weiser Voraussicht habe ich wieder Turnschuhe angezogen. Wer weiß, wohin er mich dieses Mal schleppt. Wir haben vereinbart, die Räder zu nehmen. Mittlerweile ist es sommerlich warm geworden und ein milder Wind weht uns entgegen.

»Der Teufelsberg?«, frage ich, als Finn nach einer Fahrt durch den Grunewald anhält und sein Rad an einen Baum lehnt. »Es geht heute also nicht wieder nach unten, sondern nach oben.«

»Richtig erkannt.« Er winkt mich zu sich, damit ich meinen Drahtesel an seinem befestige. »Warst du schon mal hier?«

»Ja, früher.« Wir schlendern los, und während wir den angrenzenden kleineren Drachenberg besteigen, ploppen plötzlich Erinnerungsfetzen in mir hoch. Im Winter sind Mama, Papa und ich hier oft rodeln gegangen. Mama wartete immer oben auf dem Plateau, bis Papa und ich den Hang hinuntergesaust und wieder hochgekraxelt waren. Ich bleibe stehen, um zu Atem zu kommen, und puhle nachdenklich mit dem Fuß an einem Stein herum. Das war eine schöne Zeit.

»Kann man sich gar nicht vorstellen, dass unter uns Trümmerschutt liegt, oder?«, sagt Finn keuchend, während ein paar Mountainbiker in einem Affenzahn an uns vorbeizischen.

Mühsam schiebe ich meine Gedanken beiseite und nicke. »Stimmt, so ein künstlicher Berg ist schon komisch.« Papa hat mir mal erzählt, dass die Nazis hier eine große Anlage gebaut haben, die nach dem Zweiten Weltkrieg gesprengt und abgerissen wurde. Die übrigen Gebäudereste wurden mit Trümmerschutt aufgefüllt. Und darauf stehen wir gerade.

Langsam klettern wir weiter. Oben auf dem Plateau werden wir mit einem grandiosen Ausblick belohnt. Weil die Hänge hier kahl sind, kann man in alle Richtungen schauen. Gleich hinter uns auf der Spitze des Teufelberges steht eine zerfallene Ruine, die aus einem Turm und mehreren weißen Kuppeln besteht.

»Wie es dort wohl von innen aussieht?«, grübele ich laut.

Kurzerhand schnappt Finn meine Hand und zieht mich mit sich. »Lass es uns rausfinden.«

Wir laufen den schmalen Wanderweg entlang, an dessen Rand sich ein Zaun befindet, der das Gelände abschirmt.

Als wir ein kleines Loch entdecken, schlüpfen wir hindurch. Sicher ist das illegal und total verboten, aber im Moment ist mir das egal. Die Abenteuerlust hat mich gepackt.

»Ich habe gelesen, dass das früher mal 'ne Abhöranlage der US-Armee war«, erzählt Finn.

Das Gebäude beim ehemaligen Turm sieht aus, als würde es jeden Moment zusammenbrechen. Vorsichtig treten wir ein. Die Fenster sind kaputt, die Einrichtung liegt in Trümmern. Das Geröll knirscht unter unseren Füßen. Eine komische Mischung aus Staub, Kellermuff und Farbe hängt in der Luft.

Finn läuft auf eine Treppe zu und ich folge ihm. Dabei schrecken wir zwei Jungs auf, die gerade dabei sind, in einem der Räume ein riesiges Graffito zu sprayen. Daher kommt also der Farbgestank. Als die Jungs erkennen, dass wir auch nur illegale Besucher sind, wenden sie sich ab und widmen sich wieder ihrem Kunstwerk.

Oben angekommen treten wir auf eine Plateauebene. Der Turm über uns besteht nur noch aus einem Stangenskelett. Rechts und links befinden sich zwei riesige Kuppeln, die aussehen wie ein altes Planetarium. Dreieckige Stangenkonstruktionen wölben sich spinnennetzartig zu zwei Kugeln. Zwischen den Stangen sind Planen gespannt, teilweise schon völlig zerfetzt. Besonders im unteren Bereich.

»Das hier könnte eine verwaiste Forschungsstation auf dem Mars sein«, murmele ich und denke an einen Science-Fiction-Film, den ich neulich gesehen habe.

»Komm, wir schauen da mal rein.« Finn zeigt auf die linke Kugel und wir klettern durch ein planenloses Stangendreieck.

Im Innern fühle ich mich wie in einem Kokon oder in einer gewaltigen milchfarbigen Seifenblase. Gebannt lassen wir unsere Blicke schweifen, schauen uns die Graffitibilder an, die sich auch hier überall an den Planen befinden, und setzen uns irgendwann an den Rand zwischen zwei offene Stangen. Dort lassen wir die Füße baumeln und schauen über die Stadt bis zum Fernsehturm rüber, den man von hier aus tatsächlich erkennen kann. Drüben beim Bergplateau ist gerade eine Familie mit Kind angekommen. Sie lassen einen Drachen steigen, der bei dem Wind hier oben ganz hervorragend fliegt.

Unwillkürlich muss ich wieder an früher denken. Papa hat mir mal einen ähnlichen Drachen gebastelt. Das bedrückende Gefühl von vorhin kehrt zurück. Verdammt, wieso holt mich diese Wehmut im Moment so oft ein? Verbissen kaue ich auf meiner Unterlippe herum.

»Hey, alles klar?«, erkundigt sich Finn und reicht mir eine Wasserflasche, die er aus seinem Rucksack gezogen hat. »Du siehst auf einmal ein bisschen zerknirscht aus.«

»Ach«, ich nehme einen Schluck und zucke mit den Schultern. »Ich musste nur an meinen Vater denken.«

»Was ist denn mit ihm?«

»Na ja, meine Eltern haben sich vor ungefähr zwei Jahren getrennt und seither ist er aus meinem Leben verschwunden.«

»Oh, tut mir leid.« Er nimmt die Flasche wieder zurück. »Du vermisst ihn?«

Ich nicke.

»Das würde mir mit meinem Vater genauso gehen, wenn er nicht mehr da wäre.«

»Bisher bin ich eigentlich gut klargekommen. Aber neulich hat er angerufen und seither muss ich immer wieder an ihn denken.«

»Wieso triffst du dich nicht mal mit ihm?«

Unruhig rutsche ich auf der Stange herum. »Wir haben uns so lange nicht gesehen. Ich weiß gar nicht, über was wir reden sollen.«

Finn blinzelt in die Sonne und schweigt einen Moment lang. »Habt ihr zu Hause einen Garten?«, will er dann wissen.

»Äh, ja, wieso?«

»Lade ihn doch zum Grillen ein. Wenn man Würstchen anbrutzelt, Salate aus der Küche schleppt und es sich draußen gemütlich macht, dann ist das ganz ungezwungen und entspannt.«

»Hm.« Wie soll das gehen? Ich kann Papa doch nicht einfach in unsere Familien-WG einladen. Er und Mama würden wahrscheinlich sofort wieder aufeinander losgehen. Zumindest aber würde mächtig dicke Luft herrschen. Andererseits ist ziemlich viel Zeit vergangen und ich hätte Schützenhilfe an meiner Seite, wenn ich mich zu unwohl fühlen sollte. »Vielleicht hast du recht. Ich denke mal drüber nach.«

Finn lächelt mich an und ich lächle zurück. Lou hat gleich so abweisend reagiert, als ich mit ihr über das Thema reden wollte. Sie kann meine Gefühle nicht nachvollziehen. Finn hingegen scheint mich zu verstehen. Ein warmes Gefühl steigt in mir hoch.

»Wenn du einen Wunsch frei hättest, was würdest du gerne machen?«, erkundige ich mich und schlenkere mit den Füßen hin und her.

Finn starrt in die Ferne, wo zwei Paraglider sich gerade vom Plateau stürzen und den Berg hinunterschweben. Sein Blick verklärt sich. »Das klingt vielleicht naiv, also lach mich nicht aus.« Er hält inne und ich schaue ihn aufmunternd an. Ich bin echt die Letzte, die über kindische Wünsche lachen darf. Immerhin habe ich selbst welche. Und außerdem renne ich seit geraumer Zeit wie eine Blöde der oberkitschigen Aufbewahrungsbox dieser Wünsche hinterher.

»Ich würde gerne fliegen können. Wie ein Vogel. Zumindest mal kurz«, verrät Finn. Seine Wangen färben sich ein bisschen rötlich. Es ist ihm offenbar peinlich, darüber zu reden, und ich weiß es zu schätzen, dass er mir diesen Wunsch verrät.

»So wie die zwei dahinten?« Ich zeige rüber zu den Paraglidern. Der eine verschwindet gerade hinter den Baumwipfeln. Der andere dreht ein paar weitere Runden am Horizont.

»Nee, da sitzt man ja eher in einer Art Schaukel und schwebt durch die Luft. Ich hätte gerne so ein richtig eigenes Fluggefühl.« Er dreht sich zu mir und sieht mich an. »Verstehst du, was ich meine?«

Na ja, mir schießen Bilder von selbst gebastelten Flügeln durch den Kopf, die man sich an die Arme schnallen kann, um dann wie ein Vogel loszuflattern. Leider wird man auf eine solche Erfindung, die auch tatsächlich funktioniert, wohl noch eine Weile warten müssen.

»Shit, wir sollten verschwinden«, unterbricht Finn meine Gedanken. Unter dem Plateau eine Etage tiefer rennen die beiden Sprayerjungs davon. Sie werden von einem Mann verfolgt, der im schwarzen Outfit und mit dem schlenkernden Schlagstock am Gürtel sehr nach dem Angestellten einer Securityfirma aussieht. Auweia!

Eilig, aber möglichst leise schleichen wir uns hinunter

und spähen aus der Tür. Weit und breit keine Spur von dem Mann. Wahrscheinlich treibt er die armen Jungs noch über den halben Hügel. Wir hechten zurück zu dem Loch im Zaun und schlüpfen hindurch. Draußen klopfen wir unsere staubigen Finger ab und atmen erleichtert durch. Das ist noch mal gut gegangen. Ich will mir gar nicht ausmalen, was passiert wäre, wenn der Typ uns erwischt hätte. Mit seinen aufgepumpten Muskeln und dem grimmigen Blick erinnerte er an einen äußerst miesepetrigen Türsteher. Er sah eindeutig nicht so aus, als würde er Spaß verstehen.

»Deine Trips sind ziemlich verrückt«, sage ich grinsend. »Und abenteuerlich und gefährlich.«

»Ein bisschen Action muss schon sein«, erwidert Finn. Ein Lächeln umspielt seinen Mund. Dann schlendert er so lässig los, als wäre ihm sein Hinterteil gerade nicht auch auf Grundeis gegangen. Ich ramme ihm den Ellenbogen in die Schulter und er lacht los.

Wir laufen zurück zu unseren Rädern. Ungefähr eine halbe Stunde später erreichen wir die Straßenecke, an der wir uns heute Mittag getroffen haben. Dort halten wir an und schweigen einen Moment. Ich weiß nicht so recht, wie ich mich verabschieden soll. Einfach nur »Tschüss« zu sagen, kommt mir irgendwie komisch vor.

»Das war ein schöner Tag heute«, sage ich deshalb.

Finn nickt lächelnd. »Ja, fand ich auch.«

Ich merke, dass mein Kopf warm wird, weil Finn mich so durchdringend anschaut. Verdammt, jetzt bloß nicht verlegen werden.

»Moment mal.« Er rutscht vom Sattel, zieht seinen Rucksack von der Schulter und kramt darin herum.

»Marie, Finn!«, ruft plötzlich jemand unsere Namen.

Die Stimme erkenne ich natürlich sofort. Suchend blicke ich mich um und entdecke Tino auf der Terrasse eines Cafés auf der anderen Straßenseite. Fenja sitzt neben ihm!

Sämtliches Blut verschwindet aus meinem Kopf. Die haben ein Date? Fenjas Flirtversuche tragen also langsam Früchte und ich bin nichts ahnend mit Finn unterwegs, während sie sich meinen Traumtypen unter den Nagel reißt!

»Hey, Leute, kommt rüber!«, brüllt Tino uns zu.

Zögernd schließt Finn seinen Rucksack wieder und hängt ihn sich über die Schulter. Dann steuert er auf seinen Freund und meine Konkurrentin zu. Ich folge ihm. Dabei schiele ich möglichst unauffällig an mir runter. Meine Schuhe und die Jeans sind voller Gras- und Dreckflecken. Außerdem bin ich total verschwitzt. Wie blöd, dass ich Tino ausgerechnet so begegnen muss. Eilig schiebe ich mir einige Haarsträhnen hinters Ohr und hoffe, dass der Rest meines Kopfes nicht an ein verwildertes Vogelnest erinnert.

Tino rückt einen Stuhl zurecht. »Setzt euch. Claudette, Lilly und Jasper sind gerade gegangen.«

Ah gut, es waren noch andere Leute aus unserem Theaterkurs dabei. Also doch kein Date. Nachdem wir die Räder abgestellt haben, lässt Finn sich neben Tino fallen und auch ich setze mich an den Tisch. Fenja wirkt wenig begeistert von unserem Erscheinen. Wahrscheinlich hat sie sich gefreut, endlich allein mit Tino zu sein. Mit Eisköniginnenmiene schlürft sie ihren Milchshake.

»Was macht ihr denn hier?«, erkundigt sich Tino, während er eine Karte vom Nebentisch angelt und sie Finn und mir reicht. »Wart ihr zusammen unterwegs?«

Finn nickt. »Wir kommen vom Teufelsberg. Da sind wir in die alte Abhörstation der US-Armee eingebrochen.«

Tino macht in irritiertes Gesicht und ich fühle mich noch unwohler als ohnehin schon. Hoffentlich denkt er nicht, dass zwischen Finn und mir etwas läuft.

»Fast wären wir von einem Securitymann geschnappt worden«, berichtet Finn weiter und öffnet die Karte. »Zum Glück hat er zuerst zwei Graffitisprayer entdeckt und sie verfolgt, sodass wir unbemerkt verschwinden konnten. Der Typ hätte uns bestimmt plattgemacht.«

»So viel kriminelle Energie hätte ich dir gar nicht zugetraut, Marie«, kommentiert Fenja tonlos und knubbelt am Löffel ihres leeren Glases herum.

»Ich würde das eher als abenteuerlustig bezeichnen«, feuere ich zurück.

Aus den Augenwinkeln bemerke ich, dass Tino zu grinsen anfängt. »Da wäre ich gerne dabei gewesen.« Sein Blick bleibt an mir hängen und mir wird auf der Stelle warm. Zu gerne würde ich jetzt in seinen Kopf schauen, um rauszufinden, was er denkt.

»Na dann wiederholen wir das einfach mal. Oder machen was anderes zusammen.« Ich schenke ihm ein strahlendes Lächeln und bin froh, dass ich in seiner Gegenwart nicht mehr zum Piepsmäuschen mutiere.

»Sehr gerne.« Er klatscht in die Hände. »Aber jetzt habt ihr euch ein Eis verdient. Ich lade euch ein.«

»Du weißt nicht, welche Mengen ich verputzen kann«, spaße ich und blättere mit knurrendem Magen in der Karte herum. Natürlich ist mein Kommentar nicht ernst gemeint. Tino bricht aber trotzdem in lautes Lachen aus.

»Da bin ich ja gespannt, welche Familiengröße du nehmen wirst.«

Fenja hat von unserer Herumalberei offenbar genug. Sie

schnappt sich ihren Löffel und macht sich an Tinos Eisbecher zu schaffen, der schon fast leer ist.

»Darf ich?«, fragt sie mit samtweicher Stimme, wartet die Antwort aber gar nicht ab, sondern gräbt den Löffel bereits tief in einen Schokokugelrest, um ihn dann lasziv abzuschlecken. »Hm, ist das lecker.«

Ich muss aufpassen, dass ich nicht die Augen verdrehe. Fehlt nur noch, dass sie sich aus der restlichen Sahne in seinem Becher einen Bart macht, damit er ihn ihr mit dem Finger abwischt.

Als die Kellnerin vorbeikommt, ordert Finn ein Mandelmichshake mit Karamellsoße und Streuseln. Ich schließe mich ihm an. Die Abbildung auf der Karte lässt einem das Wasser im Mund zusammenlaufen.

»Für die Dame aber bitte einmal die Familiengröße«, mischt Tino sich ein, woraufhin die Kellnerin nickt und wieder verschwindet. Mein Gesicht beginnt zu glühen. Als Tino mir zuzwinkert, strecke ich ihm jedoch frech die Zunge raus.

Fenja bemerkt das und macht tatsächlich ernst. Sie stibitzt sich etwas Sahne aus Tinos Becher und verteilt sie – rein zufällig – an ihrer Oberlippe, als sie den Löffel abschleckt. Kurzerhand schnappe ich mir eine Serviette und klatsche sie ihr ins Gesicht.

»Hey, was soll das?«, beschwert sie sich.

»Du bist da verschmiert.«

Sie funkelt mich böse an, was ich einfach ignoriere. Eigentlich wollte ich mich auf keine Auseinandersetzung mit ihr einlassen, aber ihr Getue ist einfach unerträglich. Tino scheint von der Missstimmung zwischen uns nichts mitzukriegen. Er blättert durch die Karte und überlegt laut, ob er sich noch eine Cola bestellen soll. Finn hingegen mustert uns mit gerunzelter Stirn. Ich lächle ihm kurz zu, aber er weicht meinem Blick aus und widmet sich seinem Shake.

Derweil schaltet Fenja zurück in den Püppchenmodus. »Du, Tino, wollen wir nachher noch mal die erste Liebesszene durchgehen? Ich hänge da immer an einer Stelle.«

Ich muss ein Würgen unterdrücken. Die Frau ist echt so was von plump.

»Die können wir doch schon im Schlaf«, kontert Tino und ich würde ihm am liebsten lobend auf die Schulter klopfen. Entweder ist er gegen Fenjas Anmachstrategie immun, weil er einfach zu cool und lässig für so was ist, oder er schnallt es nicht. Ich gehe mal von Ersterem aus, denn Letzteres würde bedeuten, dass Tino ein bisschen dämlich ist, und das ist er natürlich nicht.

Das Riesenshake war vielleicht etwas übertrieben. Schon nach der Hälfte ist mein Magen von der eiskalten Flüssigkeit dermaßen zugestopft, dass ich wahrscheinlich die nächsten Stunden Bauchweh haben werde. Natürlich lasse ich mir nichts anmerken und trinke wacker weiter, denn im Vorfeld habe ich viel zu große Töne gespuckt, um jetzt aufzugeben.

Tino zieht mich immer wieder damit auf, bietet an, mir dabei zu helfen, aber ich gebe ihm Kontra und tue ganz cool. Das macht eine Menge Spaß. Fenjas Stimmung hingegen wird immer düsterer. Tinos Eis ist aufgegessen und auch die Cola kann nicht für irgendwelche peinlichen Anmachstrategien herhalten. Die Tatsache, dass Tino heute nicht mehr mit ihr üben will, scheint ihr ebenfalls zuzusetzen.

Auch Finn ist irgendwie komisch. Er wirkt abwesend,

während er seinen Shake trinkt. So als würde er intensiv über etwas nachdenken. Als sein Glas leer ist, steht er auf. »Okay, ich gehe dann mal. Bin noch mit Felicitas verabredet.« Er hebt die Hand zum Abschied, schwingt sich auf sein Rad und fährt los.

Verwundert schaue ich ihm hinterher. Eigentlich wollte ich ihm noch für den tollen Ausflug danken, aber nun ist er so schnell davongerauscht, dass ich keine Gelegenheit mehr dazu hatte.

Tino, Fenja und ich bleiben auch nicht mehr lange im Café. Gleich nach Finns Aufbruch zahlt Tino zu meinem Bedauern unsere Bestellungen. Meinen Shake habe ich tatsächlich geschafft. Mit Mühe und Not. Fenja versucht noch, Tino zu einem Bummel durch die nahe gelegene Einkaufsmeile zu überreden, doch er lehnt ab, weil er zum Sport verabredet ist.

Während wir uns vor dem Café verabschieden, wirft sie mir noch einmal einen giftigen Blick zu, so als wäre es meine Schuld, dass Tino sich keine Zeit mehr für sie nimmt.

Richtig aufgekratzt komme ich zu Hause an. Zum Glück hatte ich noch die Fahrradfahrt vor mir. Da konnte sich mein Magen ein bisschen beruhigen. Ich glaube, er war nicht nur wegen dem Eis so außer Rand und Band, sondern auch, weil ich bei Tino punkten konnte. Wir haben richtig herumgealbert, vielleicht sogar geflirtet. Das ist gar nicht so schwer, wie ich dachte. Bevor ich ins Haus gehe, schicke ich Finn noch eine Nachricht und bedanke mich bei ihm für den schönen Tag.

»Na, wie war's?«, erkundigt sich Opa in der Küche. Er holt gerade einen dampfenden Auflauf aus dem Ofen. Tante

Anna und Mama kümmern sich um den Salat und Lou deckt den Tisch.

»Ihr wart ja lange unterwegs«, bemerkt sie grinsend.

»Wir haben auf dem Rückweg noch ein paar Leute aus dem Theaterkurs getroffen und ein Eis mit ihnen gegessen«, erkläre ich und besorge die Getränke. »Davor waren wir auf dem Teufelsberg.« Dass wir dort eingebrochen sind und einem Securitytypen aus dem Weg gehen mussten, lasse ich lieber aus. Das gäbe sonst sicher Ärger.

Mama stellt den Salat auf den Tisch. »Da waren wir früher oft mit Papa.« Ihr Blick verklärt sich. Wahrscheinlich geht es ihr genau wie mir heute Mittag, als die Erinnerungen mich eingeholt haben. Ich setze mich auf einen Stuhl und beobachte sie angespannt. Entgegen meiner Befürchtung verkrampft sich ihr Mund jedoch nicht so wie früher, wenn es um Papa ging. Sie sinkt neben mich und starrt träumerisch ins Leere. »Das war schön damals.« Stumm nicke ich.

Tante Anna und Lou machen es sich am Tisch gemütlich und Opa verteilt den Auflauf auf den Tellern. Ich nehme nur eine klitzekleine Portion, weil ich immer noch pappsatt bin. Jetzt, wo alle so schön zusammen sind und gute Laune herrscht, packe ich den Moment beim Schopf.

»Ich habe mir da was überlegt, über das ich mit euch sprechen wollte«, beginne ich meine ungeplante Rede. Vielleicht klinge ich feierlicher als beabsichtigt, denn auf einmal halten alle inne und schauen mich fragend an. Das macht mich nun doch etwas nervös. »Ich würde gerne ein Grillfest im Garten mit euch veranstalten. Vielleicht am Wochenende.« Eilig nehme ich einen Happs Auflauf.

»Coole Idee. Da bin ich dabei!«, jubelt Lou und spießt ein paar Salatblätter mit der Gabel auf.

»Klar«, sagt Tante Anna, die den Auflauf mit Salz und Pfeffer nachwürzt.

»Natürlich«, bestätigt auch Mama.

Während das leckere Gemüse auf meiner Zunge zergeht, überlege ich, wie ich Papa als Gast ins Spiel bringen kann, ohne die Raumtemperatur zu senken.

»Und wen willst du einladen?«, erkundigt sich Opa, der meine Gedanken offenbar errät oder zumindest spürt, dass ich noch nicht ganz fertig war.

Ich atme ein. *Angriff ist die beste Verteidigung,* sage ich mir und gehe aufs Ganze. »Tja, also ich dachte da an Papa.«

»Papa?«, wiederholt Mama verblüfft. Sie kneift die Augen zusammen und hält ihr Messer und die Gabel so in den Händen, dass sie aussieht wie eine bewaffnete Amazone, die jeden Moment zum Angriff startet.

Ich halte die Luft an. Vielleicht hätte ich es doch anders anstellen sollen? Einfühlsamer, vorsichtiger? »Wenn das okay für euch ist? Ich habe ihn so lange nicht mehr gesehen.«

Alle schweigen. Tante Anna nimmt ein großes Stück Auflauf und schiebt es sich in den Mund. Dann würzt sie erneut nach. Opa stochert im Salat herum, Lou trinkt ihr Glas leer. Und Mama? Die hat wieder ihren altbekannten verkrampften Mund, der mich an eine frustrierte Chefsekretärin erinnert. Na, das lief ja super. Die Luft in der Küche fühlt sich plötzlich an wie eine zähe Knetmasse. Und das macht mich wütend. Wieso ist Papa so ein Tabuthema? Wieso kann ich ihn nicht einfach mal einladen, ohne dass es ein halber Staatsakt wird? »Ihr tut ja so, als wäre er ein Strafgefangener auf der Flucht«, motze ich und zermansche meinen Auflauf.

»So ist es doch gar nicht«, schaltet sich Tante Anna ein.

Ich schiebe meinen Teller weg. Das klitzekleine Fitzelchen Appetit ist mir soeben endgültig vergangen.

»Im Grunde habe ich nichts dagegen, wenn Eddy vorbeikommt. Ich habe ihn lange nicht mehr gesehen«, versucht Opa, die aufgewühlte Stimmung zu schlichten. »Und er ist immer noch Maries Vater und gehört damit auch zur Familie.«

Dankbar lächle ich Opa an.

Tante Anna hebt die Hände. »Ich halte mich da raus. Das müsst ihr entscheiden.«

»Also wenn es dir wichtig ist, ist es für mich absolut okay«, sagt Lou und ich bin froh, sie an meiner Seite zu haben.

Jetzt liegt es also an Mama. Ich schiele zu ihr rüber. Stumm kaut sie auf einer Karotte herum. Dann schluckt sie wie in Zeitlupe runter, sieht mich eindringlich an und seufzt. »Du hast recht. Vielleicht wird es Zeit, einen Schlussstrich unter die Vergangenheit zu ziehen. Also von mir aus.«

Eine Welle der Erleichterung überrollt mich. Mama scheint zu verstehen, dass ich Papa nicht gleich einziehen lassen will, nur weil er mal herkommt. Ich glaube, das ist ein Riesenschritt für sie. Und den macht sie nur mir zuliebe.

Später am Abend rufe ich Papa an und er verspricht zu kommen. Ich freue mich natürlich, auch wenn ich mir nicht sicher bin, ob das zwischen ihm und Mama wirklich gut gehen wird.

Als ich im Bett liege, muss ich an Finn denken. Kurzerhand schreibe ich ihm eine Nachricht: *Deine Idee war super. Der Familienrat hat zugestimmt. Papa kommt am Samstag zum Grillen. Du bist auch eingeladen, wenn du willst.*

Wenig später antwortet er mir: *Leider keine Zeit.*

Schade! Enttäuscht lege ich das Handy beiseite. Wieso ist er plötzlich so kurz angebunden? Er war beim Eisessen schon komisch und ist dann regelrecht abgehauen, dabei hatten wir so einen schönen Tag. Gerade verhält er sich wie damals, als wir uns kennengelernt haben. Ob er ein launischer Typ ist? Mal locker und nett und dann wieder kratzbürstig und unnahbar? Boah, Jungs können echt kompliziert sein.

13

Am Samstag beim Frühstück herrscht ausgelassene Stimmung. Mama und Tante Anna haben neulich noch lange über Papa geredet. Das weiß ich, weil ich im Flur ein paar Gesprächsfetzen aufgeschnappt habe. Offenbar hat es Mama gutgetan, mal wieder darüber zu sprechen, denn sie wirkt heute ganz entspannt und gut gelaunt. Das lässt mich hoffen, dass es nachher wirklich schön wird.

Gleich nach dem Essen holt Opa den Grill aus dem Geräteschuppen und bereitet ihn für später vor. Wir haben ihn in diesem Jahr noch gar nicht gebraucht. Lou und mich weist Opa an, die Lampions in die Büsche zu hängen. In den warmen Monaten schmücken wir den Garten immer mit allerlei Krimskrams, stellen Teelichter in Gläsern auf den Tisch und legen ein Polster und eine Decke auf die Liege. In diesem Jahr hatte noch niemand Zeit dafür. Wir waren alle mit anderen Dingen beschäftigt.

Jetzt ist aber endlich ein guter Anlass, den Garten in eine kleine Oase zu verwandeln, denn wir haben spontan noch ein paar andere Leute eingeladen. Der nette Obstladenbesitzer von gegenüber, der immer mit Tante Anna flirtet, wird kommen. Genauso wie unsere Putzhilfe Frau Blum, die Lou immer noch Miss Blümchen nennt – natürlich nicht in ihrer Gegenwart. Außerdem sind zwei Kinder mitsamt ihren Eltern dabei, die jede von Opas Lesungen besuchen und damit sozusagen seine treusten Fans sind. Es wird also eine größere Runde, was ich ganz gut finde, weil sich die Aufmerksamkeit dadurch nicht ausschließlich auf Papa konzentriert.

Gegen vier Uhr treffen Frau Blum und der Nachbar ein. Opa hat den Grill bereits angeworfen und pustet wie verrückt hinein. Mama und Tante Anna haben Soßen gemacht und Baguette aufgebacken, während Lou und ich Melonen geschnitten und Eiswürfel in Pinguinformen vorbereitet haben. Alles steht auf zwei großen Tischen mitten im Garten. Weiter hinten thront Magic Horst auf einem Hocker neben dem Blumenbeet.

Wir dachten, die Kids würden sich freuen, wenn sie auf ihm reiten können. Abgesehen davon wollten Lou und ich ihm mal etwas anderes zeigen als immer nur die Straße und das Innere des Spielzeugladens. Seine ohnehin strahlenden Augen funkeln ein klein wenig stärker als sonst. Das liegt natürlich an der Sonne und nicht etwa daran, dass er echte Gefühle hat und sich über die Frischluft freut. Zumindest sehe ich das so. Lou ist sich da nicht so sicher, wie sie mehrfach betont, während sie ihm liebevoll die Mähne zurückstreicht und die Haarklammer neu justiert, die wir ihm neulich beim Shoppen gekauft haben.

Als es um halb fünf erneut klingelt, eile ich zur Tür. Bestimmt ist das Papa. Meine Hände sind schweißnass, als ich die Klinke herunterdrücke. Wie es wohl mit ihm sein wird? Ich hoffe, dass wir Spaß haben und nicht allzu verkrampft miteinander umgehen.

»Hallo, Maus.« Papa hat eine Schüssel in der Hand und lächelt mich an.

Eigentlich müsste es mich stören, dass er mich immer noch so nennt. Immerhin bin ich längst aus dem Alter niedlicher Kinderkosenamen rausgewachsen. Trotzdem habe ich kein Problem damit. Ich kann gar nicht so genau sagen, warum.

»Hi, Papa.« Wir umarmen uns kurz und ich bemerke, dass seine Schultern etwas steif sind. Offenbar ist er auch ein bisschen unsicher.

Ich führe ihn in den Garten, wo Mama gerade einen Berg roher Würstchen vor Opa abstellt. Als sie Papa sieht, verdüstert sich ihr Gesicht für einen Moment. Doch dann besinnt sie sich und legt ein höfliches Lächeln auf. »Hallo, Eddy.«

Er macht einen Schritt auf sie zu und überreicht ihr die Schüssel. »Hallo, Astrid, danke, dass ich kommen durfte.«

Mama öffnet den Deckel und schnuppert daran, ohne ihr Lächeln zu verlieren. »Kartoffelsalat, wie nett.«

Etwas verlegen nickt Papa und ich atme erleichtert auf. Besser, sie behandeln sich wie zwei entfernte Bekannte, als dass sie sich an die Gurgel gehen. Mama stellt die Schüssel auf den Tisch und Papa schüttelt Opa die Hand und begrüßt danach Tante Anna und Lou. Die betrachtet ihn mit einer Mischung aus Skepsis und Neugier.

»Hast dich verändert«, sagt sie und pikt ihm in den Bauch, der nun ziemlich flach und nicht mehr so kugelig wie früher ist.

Papa grinst und fährt sich über das leicht stoppelige Kinn. »Ich arbeite daran. Du hingegen hast dich kaum verändert. Deine Klappe ist noch genauso groß wie früher.«

Jetzt fährt Lou sich über das Kinn. »Ich arbeite daran.«

Die beiden glucksen und ich freue mich, dass das Eis zwischen ihnen so schnell gebrochen ist. Zwar hat Lou neulich so abweisend reagiert, als er mich angerufen hat, aber sie beschützt mich eben. Wenn sie sich um mich sorgt, kann sie ganz schön ungemütlich werden. Ich lächle sie an und sie zwinkert zurück.

Kurz nach halb fünf treffen Opas kleine Literaturfans mitsamt ihren Eltern ein. Prompt wird es laut und quirlig im Garten. Alle quasseln durcheinander, die Kinder flitzen zwischen den Tischen, Magic Horst und Opa hin und her, wollen spielen, reiten und beim Wenden der Würstchen helfen. Wenn ich es nicht besser wüsste, würde ich sagen, dass unser Einhornmitbewohner noch breiter grinst als sonst und das wilde Treiben an der frischen Luft genießt.

Der Obstladenbesitzer ist in Flirtlaune und unterhält sich angeregt mit Tante Anna, die mit roten Wangen neben ihm sitzt und kichert, als wäre sie dreizehn. Lou hat es sich gegenüber von Papa und mir gemütlich gemacht. Gespannt hört sie zu, wie er berichtet, dass er seit einem halben Jahr bei einem großen Reiseveranstalter arbeitet und dort sehr glücklich ist.

»Kann ich über dich meinen Trip nach England buchen?«, erkundigt sie sich mit vollem Mund. »Du kriegst doch bestimmt Rabatt. Wir haben bisher nichts Günstiges gefunden und auf ein Last-Minute-Angebot gehofft.«

Papa lacht. »Klar, komm einfach mal ins Büro und dann besprechen wir alles.« Es tut gut, ihn so gelöst zu erleben. Das habe ich schon lange nicht mehr.

Als Lou sich Nachschub holen geht, wendet er sich an mich. »Und wie geht es dir so, Maus?«

»Ganz gut. Na ja, die letzte Zeit war ein bisschen trubelig, aber es ist alles okay.«

»Lass mich raten: Jungs?«

Mein Gesicht wird warm, aber ich antworte ihm nicht. Das ist wirklich nichts, das ich mit meinen Eltern besprechen möchte. Papa lächelt und wechselt dann das Thema. »Spielst du denn noch Theater?«

»Natürlich. In vier Wochen führen wir Romeo und Julia auf. Direkt vor den Sommerferien.«

»Oh, wie schön! Wenn ich darf, würde ich gerne kommen.«

»Klar.« Papa weiß, wie wichtig mir Theater ist. Er hat mich immer darin unterstützt und war derjenige, der mir eine kleine Bühne gebaut hat. Es gab einen großen Rahmen mit einem richtigen Vorhang und ein Podium, das ungefähr zehn Zentimeter hoch war. Ich habe die Bühne geliebt und mir eine Show nach der anderen ausgedacht. Da war ich noch in der Grundschule.

Plötzlich wird Papas Miene ernst. »Hör zu, Marie, ich weiß, dass ich in den letzten Jahren nicht viel für dich da war. Und das tut mir leid. Ich hatte Probleme mit mir und meinem Leben. Die musste ich erst mal in den Griff kriegen. Als es mir dann besser ging, wusste ich nicht, ob ich mich melden soll. Deshalb habe ich eine Weile gezögert. Aber ich würde gerne wieder mehr für dich da sein und von deinem Alltag miterleben. Wenn es okay für dich ist, können wir ab und zu mal was zusammen machen.«

Ich nicke. Ein kleiner Kloß hat sich in meinem Hals gebildet. Natürlich weiß ich, dass es nie wieder so wird wie früher. Das will ich auch gar nicht. Mama und ich haben uns ein tolles Leben mit Opa, Tante Anna und Lou aufgebaut. Irgendwann will ich vielleicht auch mehr über Papas Probleme erfahren und wissen, was genau in ihm vorgegangen ist, in der Zeit, als Familienkrisen an der Tagesordnung waren. Und vielleicht werde ich ihm dann auch mehr darüber erzählen, wie sich das alles für mich angefühlt hat. Aber fürs Erste reicht es mir, dass Papa wieder da ist und ich ihm nicht völlig egal bin.

»Wenn du magst, kannst du auch mal zu mir kommen. Ich bin umgezogen.«

»Ach, echt? Wo wohnst du denn jetzt?«

»Noch im gleichen Haus, nur in einer anderen Etage. Jetzt habe ich ein Zimmer mehr und sogar eine kleine Terrasse. Das ist richtig schön.« Er lässt seinen Blick über das quirlige Geschehen im Garten schweifen. »Wenn es bei dir also noch turbulenter wird und du mal Ruhe brauchst, komm doch einfach zu mir.«

»Wird gemacht.« Dass der Trubel, den ich vorhin meinte, sich hauptsächlich in meinem Innern abspielt, kann er ja nicht wissen. Trotzdem finde ich es schön, dass er für mich da sein möchte.

Plötzlich trifft mich etwas Hartes im Nacken. »Autsch!« Der Ball, mit dem die Kinder spielen, hat mich voll erwischt. War ja klar. Bälle spüren einfach, dass ich mit ihnen auf dem Kriegsfuß stehe, und ärgern mich deshalb bei jeder Gelegenheit. Lou, die gerade mit ihrer neuen Essensportion zu uns zurückkommen wollte, stellt ihren Teller ab, schnappt sich den Ball und winkt mich zu sich. »Los, Marie, spiel mit.«

Eigentlich habe ich überhaupt keine Lust, aber eines der Kinder kommt zu mir und zerrt so lange an meinem Ärmel, bis ich nachgebe und aufstehe. Entschuldigend schaue ich Papa an, doch der grinst nur und legt sich ein großes Stück Melone auf den Teller. Also ergebe ich mich meinem Schicksal.

Ich spiele eine Mischung aus Hand-, Volley- und Fußball, wobei ich die meiste Zeit darauf bedacht bin, mir nichts zu brechen. Aus den Augenwinkeln bemerke ich, dass Mama sich zu Papa setzt. Zu gerne würde ich jetzt Mäuschen spielen und hören, was die beiden sagen. Ich überlege kurz, ob ich eine Fußverletzung vortäuschen soll und auf dem Rasen ein Stückchen an sie ranrobbe. Doch das lasse ich lieber bleiben. Nicht dass die Aktion einen familiären Großalarm auslöst und alle sich um mich versammeln. Mama und Papa sollen ruhig ein paar Sätze miteinander wechseln. Es grenzt ja schon an ein Wunder, dass sie das überhaupt tun.

Weil ich allerdings immer wieder zu ihnen rüberschaue, vernachlässige ich meine ohnehin schon unterirdischen Spielfähigkeiten, sodass ich etliche Ballschläge gegen das Schienbein, den Bauch und sogar ein Ohr kassiere, das daraufhin knallheiß wird und fies zu pochen beginnt.

»Sie sehen ganz entspannt aus«, wispert Lou mir zu, als sie an mir vorbeihechtet, um den Ball einzufangen. »Deine Idee mit dem Treffen war gut.« Sie wirft den Ball in Opas Arme, der bei den Eltern seiner kleinen Besucher sitzt. Er kommt zu uns und übernimmt die Rolle des Schiedsrichters. Mit Argusaugen beobachtet er, wer foult und wer wann einen Freistoß ausführen darf.

Dass das Grillfest gar nicht meine Idee war, sondern die von Finn, weiß Lou noch gar nicht, fällt mir nach ihrem Kommentar auf. Bestimmt wird er sich für mich freuen, wenn ich ihm erzähle, wie schön es geworden ist. Schade nur, dass ich nächste und übernächste Woche keine Nachhilfe bei Anni gebe und ihn somit auch nicht in seinem Haus sehen werde. Anni ist nämlich auf Klassenfahrt an der Ostsee. In Bezug auf die Schneekugel ist das ein echtes

Problem, weil es danach nur noch wenige Tage dauert, bis ihre Geburtstagsparty steigt. Die Zeit rast nun also doch. Sie hat sich ihre Joggingschuhe angezogen und hängt mich ab, wenn ich nicht aufpasse. Am besten wäre es wahrscheinlich, Finn einfach reinen Wein einzuschenken. Aber ich kann mich einfach noch nicht dazu durchringen.

Wir spielen eine ganze Zeit lang Ball und fallen hinterher über eine große Packung Eis her, die Tante Anna aus der Küche holt. Ich setze mich wieder neben Papa, genieße seine Gegenwart und die gute Stimmung zwischen uns allen.

Irgendwann steht Papa auf. »So, ich muss dann mal wieder. Es war wirklich schön. Danke für die Einladung. Gib mir noch mal Bescheid, wann und wo genau die Theateraufführung stattfindet, ja?«

»Mach ich.« In meiner Brust breitet sich ein warmes Gefühl aus und gleichzeitig bin ich mehrere Kilo leichter. Es ist schön, dass er kommen will. Und es ist schön, dass er heute hier war. Zum Abschied umarmt er mich. Dieses Mal sind wir beide wesentlich lockerer als bei unserer Begrüßung.

Bevor er geht, dreht Papa sich noch mal zu Lou um. »Und du kommst einfach in den nächsten Tagen im Büro vorbei. Ich habe Anna die Adresse gegeben.«

Mama übergibt ihm seine Schüssel und lächelt dabei so höflich wie am Anfang. Er lächelt zurück und dann macht er sich auf den Weg. Auch für die Kinder und ihre Familien wird es langsam Zeit zu gehen und so schließen sich dann auch Frau Blum und der Flirtnachbar an. Wenig später herrscht wieder Ruhe in unserem Garten. Die Lampions wackeln sanft im warmen Wind, ein paar Mücken schwirren herum. Unter ihnen entdecke ich sogar mehrere Glühwürmchen. Ich atme tief ein. Ein Gefühl der Zufriedenheit durchströmt mich. Das war ein schöner Abend!

Mama und Tante Anna ziehen sich in die Küche zurück. Sie kümmern sich um den Abwasch, während Lou und ich draußen aufräumen. Als ich irgendwann mit einer dreckigen Schüssel und mehreren Tellern hineingehe, höre ich, wie sie sich über Papa unterhalten.

»Er scheint sich wirklich verändert zu haben«, sagt Tante Anna. »Heute hat er mich sehr an früher erinnert, bevor das Drama zwischen euch losging.«

»Mich auch«, bestätigt Mama. »Er hat sein Leben offenbar wieder in den Griff gekriegt. Von mir aus kann er sich öfter blicken lassen. Aber sobald er komisch werden sollte, ziehe ich die Reißleine. Schon alleine, um Marie zu schützen.«

»Auf jeden Fall.«

Ich muss schmunzeln. Dieses A-Team hält zusammen wie Pech und Schwefel. Damit die beiden sich nicht belauscht fühlen, trete ich extra laut durch die Tür. Auch Lou kommt mit einem Tablett voll benutztem Geschirr zu uns, während Opa draußen noch immer den Grill putzt. Ich halte einen Lappen unter den Wasserhahn und tropfe ein bisschen Spüli drauf. Damit wird er den Rost besser sauber kriegen als mit den Küchentüchern, die er zum Schrubben verwendet.

Ich gehe zurück in den Garten, um ihm den Lappen zu bringen und die restlichen Gläser zu holen, da trifft mich fast der Schlag.

»Opa!«, brülle ich mit plötzlich staubtrockener Kehle. »Opa!« So schnell ich kann, renne ich zu ihm. Er liegt neben dem Grill im Gras. Die Augen hat er geschlossen, sein Atem geht stoßweise. Ich rüttele an seiner Schulter und da stürmen auch schon Lou, Tante Anna und Mama raus. Mein

Schrei muss genauso markerschütternd gewesen sein, wie er sich angefühlt hat.

Während Tante Anna Opas Puls am Handgelenk fühlt, rast Mama wieder ins Haus und ruft einen Krankenwagen. Wenig später hören wir schon die Sirenen heulen und die Sanitäter kommen mit großen Schritten in den Garten geeilt. Sie rütteln sanft an Opas Schulter, fragen, wie es ihm geht, doch er ist noch immer nicht ansprechbar. Ich nehme das alles wahr wie in einem Albtraum. Man will aufwachen, weil alles so schrecklich ist, aber man kann es einfach nicht. Man ist in seinem Traum gefangen, hängt darin fest wie eine Fliege im Spinnennetz, möchte schreien, strampeln und brüllen, ist aber wie gelähmt. Ein furchtbares Gefühl!

Lou steht neben mir. Sie hat meine Hand genommen und sagt keinen Ton. So starren wir einfach nur stumm auf Opa runter und hoffen, dass er gleich wieder die Augen aufmacht. Alles geht jetzt ganz schnell. Die Sanitäter heben ihn auf eine Liege und verstauen ihn im blau blinkenden Wagen. Dann fahren sie los.

Hektisch verschließen wir die Haustüren, schnappen unsere Taschen und springen in Tante Annas Auto, um hinterherzufahren. Im Rückspiegel kann ich erkennen, dass Tränen aus Tante Annas Augen kullern. Sie wischt sie mit den Fingerspitzen weg, als würde sie eine lästige Haarsträhne entfernen. Niemand von uns sagt einen Ton. Lou hält noch immer meine Hand. Sie ist eiskalt.

Im Krankenhaus warten wir gefühlte Stunden auf eine Nachricht der Ärzte. Wie eine eingesperrte Tigerfamilie wandern wir den Wartesaal auf und ab. Nichts hält uns auf den Stühlen. Dafür sind wir viel zu hibbelig. Irgendwann holt Mama uns Kaffee und Tee aus einem Automaten.

Die warme, nach nichts schmeckende Brühe tut gut. Und endlich erlöst uns eine Ärztin, die aus einer Automatiktür kommt.

»Ihr Vater«, erklärt sie Mama und Tante Anna, »leidet unter Herzinsuffizienz.«

Lou und ich sehen uns fragend an. Was heißt das denn?

»Sein Herz ist nicht mehr in der Lage, die benötigte Menge Blut durch den Körper zu pumpen. Es war aber zum Glück kein Herzinfarkt. Diesbezüglich kann ich Sie beruhigen.«

»Und wie geht es weiter?«, fragt Mama mit zitternder Stimme.

»Herzinsuffizienz kann medikamentös behandelt werden. Wir haben ihn stabilisiert und beobachten ihn nun per Langzeit-EKG.«

»Können wir ihn sehen?«, krächzt Lou. Ihr sonst so lautes Organ scheint von der Angst um Opa völlig lahmgelegt zu sein.

Die Ärztin schüttelt den Kopf. »Er schläft jetzt und braucht viel Ruhe. Morgen können Sie aber gerne kommen.«

»Vielen Dank.« Tante Anna drückt der Frau die Hand. Und als sie wieder hinter der Automatiktür verschwunden ist, machen wir uns langsam auf den Weg zum Auto und nach Hause. Herzinsuffizienz. Armer Opa!

»Er ist immer für eine Überraschung gut«, sagt Lou, als wir beide fix und fertig in ihrem Bett liegen und auf die leuchtenden Kunststerne an ihrer Decke starren. Keine von uns will heute Nacht alleine sein, deshalb schlafen wir gemeinsam in einem Zimmer.

»Das stimmt, aber auf so eine Überraschung können wir wirklich verzichten.«

Ich brauche lange, bis ich müde werde, weil ich einfach

zu aufgewühlt bin. Zuerst tritt Papa wieder in mein Leben. Und dann verliere ich Opa fast. Zumindest dachte ich vorhin einen Moment lang, er würde sterben. Beim Gedanken daran wird mir eiskalt und ich drücke meine gefrorenen Zehen an Lous warme Waden. Sie murrt kurz, schläft aber gleich weiter.

Wir hätten Opa schon früher zum Arzt schleppen sollen, dann würde er jetzt vielleicht nicht im Krankenhaus liegen. Immerhin hatte er bereits seit einiger Zeit komische Symptome. Hoffentlich erholt er sich in den nächsten Tagen gut. Auf jeden Fall werden wir ihn nicht mehr aus den Augen lassen.

14

»Aufstehen!«, brüllt Lou und reißt mich damit am nächsten Morgen aus meinem Dämmerzustand. Die halbe Nacht habe ich mich unruhig herumgewälzt und immer wieder das Bild vor mir gesehen, wie Opa reglos auf dem Rasen gelegen hat. Wenn ich dann doch mal in erschöpften Schlaf gefallen bin, hat Lou mich mit ihrem Gezappel gleich wieder herausgerissen.

Müde blinzele ich sie an. Auch sie hat dicke Ringe unter den Augen, ist aber bereits geduscht und angezogen. Gerade trocknet sie sich mit einem Handtuch ihre nassen Haare ab.

»Gibt's irgendwelche Nachrichten von Opa?«, erkundige ich mich plötzlich hellwach.

Lou schüttelt den Kopf. »Nee, aber wir wollen gleich zu ihm fahren. Mama hat uns vor einer halben Stunde geweckt.«

Ich krabbele aus dem Bett. »Das habe ich überhaupt nicht mitgekriegt.«

»Ich auch kaum. Erst unter der Dusche bin ich richtig wach geworden.«

In Windeseile mache ich eine Katzenwäsche und stolpere dann zusammen mit Lou runter in die Küche. Mama und Tante Anna sehen so aus, wie ich mich fühle. Erschlagen rühren sie in ihren Kaffeetassen. Zum Glück ist heute Sonntag, sodass niemand von uns arbeiten oder zur Schule gehen muss. Unsere Kakaos sind schon vorbereitet. Ich zwinge mir ein paar Schlucke runter, aber an ein Frühstück ist nicht zu denken. Den anderen geht es genauso und so lassen wir das Essen ausfallen und machen uns schnellstmöglich auf den Weg ins Krankenhaus.

Am Empfang erhalten wir die Zimmernummer und irren eine Weile durch lange Gänge, bis wir das richtige Stockwerk und den Raum gefunden haben. Es riecht unangenehm nach Desinfektionsmittel und klimatisierter Luft. Vorsichtig öffnen wir die Tür und da liegt Opa in einem weißen Bett. Schmal und blass sieht er aus. Seine Augen sind offen, und als er uns entdeckt, breitet sich ein warmes Lächeln auf seinem Gesicht aus.

»Ihr seht ja aus wie der Tod höchstpersönlich«, murmelt er.

Wortlos stürmen wir auf ihn zu und umarmen ihn nacheinander.

»Es geht mir gut«, versucht er, uns zu beruhigen.

Mein Hals ist wieder so trocken wie gestern, und ich kämpfe dagegen an, in Tränen auszubrechen.

Mamas Augen sind auch ganz feucht. »Du hast uns einen Riesenschrecken eingejagt, weißt du das?«, flüstert sie.

»Tut mir leid.« Er streicht ihr liebevoll über den Kopf. »Bald bin ich wieder daheim. Die wollen mich nur noch ein paar Tage zur Beobachtung hierbehalten und mich auf ein Herzmedikament einstellen.«

»Wir dachten, du stirbst«, sagt Lou mit erstickter Stimme. Dann schnippt sie ihm gegen die Schulter. »Mach das nie wieder!«

Jetzt streicht er auch ihr über den Kopf. »Ich gebe mir Mühe.«

Ungefähr eine Stunde später gehen wir in der Krankenhauskantine essen. Opa darf im Rollstuhl mitkommen. »Ich bin doch nicht altersschwach oder senil«, beschwert er sich bei uns. Es passt ihm gar nicht, dass er gefahren werden muss, aber ihm bleibt keine Wahl. Die Etagenschwester hat darauf bestanden. Und sie ist eine von diesen Sumoringer-Kalibern, mit denen man sich besser nicht anlegt.

»Entweder Kantine mit der Familie oder Brot im Bett«, meinte sie nur und bugsierte ihn dann so mühelos in den Rollstuhl, als würde er kaum etwas wiegen.

In der Kantine packen wir alles aufs Tablett, was die Auslage hergibt. Der Salat, die Nudeln, Soßen und Suppen sehen überraschend lecker aus und ich merke, wie hungrig ich mittlerweile bin. Weil Opa schon wieder so munter wirkt, fällt ein großer Batzen Anspannung von uns allen ab und wir unterhalten uns fröhlich, während wir uns die Bäuche vollschlagen.

Am nächsten Tag fängt die Schule wieder an. Die Ferien sind wie im Flug vergangen und ich hätte nichts dagegen, noch ein paar Tage länger frei zu haben. In den Pausen halte ich dauernd nach Finn Ausschau, finde ihn aber nirgends. Am Dienstag entdecke ich ihn endlich nach dem Unterricht. Er steht draußen bei den Rädern und hantiert an seinem Schloss herum.

»Hey!«, rufe ich, trete durch die Schultür und winke ihm zu. Er blickt sich um, hebt aber nur kurz die Hand zum Gruß und konzentriert sich dann auf sein Schloss.

Ich will gerade rübergehen, um ihm vom Grillfest zu erzählen und von der Aufregung um Opa, aber da kommt Felicitas über den Hof gelaufen. Sie schiebt ihr Rad neben sich her, geht auf ihn zu und umarmt ihn innig. Gleich darauf schwingen sich die beiden auf ihre Bikes und fahren vom Gelände. Ratlos und enttäuscht schaue ich ihnen hinterher. Finn kann mich offenbar doch nicht so gut leiden, wie ich dachte. Ich verstehe das nicht. Ob ich irgendwas falsch gemacht habe?

Ist alles okay?, texte ich ihm deshalb kurzerhand.

Ja, klar, antwortet er mir ein paar Minuten später. Hm, den Eindruck habe ich leider nicht, versuche mir aber nicht weiter den Kopf zu zerbrechen, wenn er gerade einfach nicht reden möchte.

Immerhin ist es mit Tino im nächsten Theaterkurs am Mittwoch richtig toll. Wir albern ständig herum, und weil Fenja wegen irgendeines Termins nicht da ist, kann ich die Zeit in seiner Nähe ungestört genießen. Nach dem Kurs geht die ganze Gruppe noch zusammen Eis essen. Tassi lädt uns ein, weil wir in der letzten Zeit so viel geschuftet haben.

»Na, wie groß darf die Portion denn heute sein?«, zieht Tino mich auf.

»So groß wie möglich, weißt du doch«, gebe ich zurück und er lacht.

Ich bestelle mir natürlich keine Familienversion, sondern ein normales Eis. Ein zweites Mal tue ich mir das nicht an. Trotzdem muss ich mir etliche flapsige Kommentare von Tino anhören. Es ist schön, so ausgelassen mit ihm herumzualbern, und immer wenn er mich mit seinen Karamellaugen anschaut, kribbelt es ganz heftig in meinem Bauch.

Einmal bieten wir uns einen kleinen Kampf mit den Löffeln, weil er sich die Smarties, die in meiner Soße schwimmen, schnappen will. Ich versuche das natürlich zu verhindern. Er schafft es aber trotzdem, sich etwas zu stibitzen. Demonstrativ kaut er vor meiner Nase herum, bis ich ihm meinen Ellenbogen in die Rippen stoße und er sich vor Lachen fast verschluckt.

Als die Gruppe beschließt, sich später noch im Freibad zu treffen, bin ich natürlich sofort dabei. Opa wollen wir heute sowieso nicht besuchen. Wir waren nun fast täglich bei ihm und gehen morgen wieder hin. Übermorgen wird er dann auch endlich entlassen.

Zu Hause angekommen, frage ich Lou, ob sie mit ins Freibad kommen will, doch ihre Laune ist ziemlich mies.

»Was hast du denn?«, erkundige ich mich, während ich in meinen Bikinis krame und den hübschesten raussuche. Er ist blau mit weißen Punkten.

»Ach nichts«, brummt sie grimmig.

»Ist es wegen Opa? Machst du dir noch Sorgen um ihn?«

Sie schüttelt den Kopf und brabbelt irgendwas Unverständliches vor sich hin.

»Oder hast du dich mit Jason gestritten?«

Wieder schüttelt sie den Kopf.

Ich höre mit dem Kramen auf. »Was ist es dann?« So wortkarg ist sie doch sonst nicht. »Soll ich vielleicht dableiben und wir machen es uns hier gemütlich?«

»Nein, nein, schon gut«, erwidert sie. »Geh ruhig schwimmen.«

Gerade will ich mich zu ihr setzen, da klingelt es an der Tür. Claudette holt mich ab. Wir wollen gemeinsam zum Bad radeln. Ich rufe aus dem Flurfenster hinunter, dass ich gleich zu ihr komme, und gehe noch einmal zurück zu Lou.

»Sicher, dass du nicht mitkommen willst oder wir was anderes machen sollen? Das Wetter ist super und hebt ganz bestimmt die Stimmung«, versuche ich es ein letztes Mal und stopfe dabei den Bikini, ein Handtuch, Sonnencreme und eine Flasche Wasser in meine Tasche.

Sie nickt. »Wir können später reden.«

»Okay.« Ich umarme sie und drücke ihr einen Kuss auf die Stirn. Dann flitze ich runter zu Claudette.

Das Freibad ist gerammelt voll. Unsere Gruppe findet gerade noch ein letztes freies Fleckchen, auf dem wir alle Platz haben und unsere Handtücher ausbreiten können. Während Miro, Jasper, Nina und Lilly erst einmal Volleyball spielen, beschließen Elisabeth, Claudette, Tino, Fred und ich, ins Wasser zu gehen. Wir springen ins Nichtschwimmerbecken und planschen eine Weile herum. Dann entern wir die Rutsche. Tino ist direkt hinter mir und holt mich mitten auf dem verschlungenen Weg nach unten ein.

»Hey, du lahme Ente!«, ruft er. »Hast wohl zu viel Smartieeis gegessen, was?«

»Von wegen. Die Hälfte davon hast du mir doch geklaut!«, brülle ich zurück.

Seine Füße stupsen mich an. Wieso hat der Typ nur so ein Rennwagentempo drauf? Er klemmt mich mit seinen Unterschenkeln ein und so rutschen wir im Zweierbob weiter. Zusammen zischen wir ins Wasser. Dabei knallt Tino voll auf meinen Rücken. Als wir auftauchen, zieht er mich zur Seite, damit wir nicht von nachkommenden Leuten umgehauen werden. Er greift meine Schultern und dreht mich zu sich um. Jetzt ist er mir ganz nah. So nah wie Finn neulich, als ich auf unserer Unterweltwanderung gestolpert bin.

»Hey, hab ich dir wehgetan?« Besorgt mustern mich seine Karamellaugen, die nur ungefähr fünf Zentimeter von meinen entfernt sind.

»Nein, schon okay«, wispere ich und reibe mir über den schmerzenden Rücken.

Ein paar Sekunden, die eine gefühlte Ewigkeit dauern, stehen wir so voreinander und schauen uns an. Die Welt um mich herum verschwindet. Ich höre keine schreienden Kinder mehr, kein gluckerndes Wasser, keinen mit der Pfeife trillernden Bademeister. Ich sehe nur noch Tinos Gesicht vor meinem und frage mich, ob er mich gleich küsst. *Ja!*, denke ich. *Tu es einfach. Jetzt und hier.*

Doch dann macht Fred vom Beckenrand direkt neben uns eine Arschbombe und verursacht eine Wasserfontäne, die über unseren Köpfen zusammenbricht. Zwischen den Jungs entbrennt eine wilde Wasserschlacht und der Zauber ist mit einem Schlag verpufft. Am liebsten würde ich Fred den Hals umdrehen. So ein Blödmann! Ich schiebe mich durch das Wasser nach draußen, wo ich mich erst einmal unter eine eiskalte Dusche stelle, um das Wattegefühl in meinem Kopf wieder loszuwerden.

Den restlichen Nachmittag über entsteht zwischen Tino und mir zwar kein wirklich knisternder Moment mehr, trotzdem bilde ich mir ein, dass wir uns seit dem Fastkuss näher sind. Zumindest wirken seine Blicke intensiver. Wir bleiben noch bis zum frühen Abend im Freibad und machen uns dann auf den Heimweg.

Vor lauter Glücksenergie fährt mein Rad fast von selbst, und so komme ich ganz beschwingt zu Hause an. Allerdings merke ich schon im Flur, dass dicke Luft herrscht.

»Warum nicht?!«, meckert Lou. Ihre Stimme kommt aus der Küche, wo auch mehrere Töpfe klappern.

»Weil es dazu nichts zu sagen gibt«, erwidert Tante Anna.

»Bin wieder da«, begrüße ich die beiden und gehe zu ihnen rein. Mit grimmiger Miene sitzt Lou am Tisch, steht dann ruckartig auf und rennt an mir vorbei nach draußen.

»Was ist denn los?«, will ich von Tante Anna wissen, doch die zuckt nur mit den Schultern und schweigt. Also eile ich Lou hinterher in den Garten. Sie hockt auf einer Liege und puhlt mit den Zehen an einem Grasbüschel herum.

»Ich will wissen, wer mein Vater ist«, platzt es aus ihr heraus.

Verwirrt runzele ich die Stirn, setze mich zu ihr und nehme sie in den Arm.

»Bisher war es mir egal, wirklich. Ich habe ihn nicht vermisst, weil ich nie einen hatte. Aber dann hast du deinen Papa zurückbekommen und ihr habt so glücklich zusammen ausgesehen ...«

»Ich habe ihn nicht zurückbekommen«, stelle ich klar, obwohl sie schon irgendwie recht hat. Zumindest könnte man es so formulieren.

»Ja, okay.« Sie wedelt mit der Hand herum, als würde sie eine lästige Fliege vertreiben. »Du hast aber wieder Kontakt zu ihm. Und dann ist Opa zusammengebrochen. Einfach so, von jetzt auf gleich. Er hätte tot sein können. Das hat mich nachdenklich gemacht. Das Leben ist scheißkurz. Und Familie ist wichtig.«

Ich muss grinsen. Wenn sie es anders formuliert hätte, würden ihre Gedanken fast philosophisch wirken.

»Ich frage mich«, fährt sie nachdenklich fort, »wie mein Vater ist. Habe ich seine Augen, sein Temperament? Wieso erzählt Mama mir nie etwas über ihn? Ist er ein mieser Straftäter, der im Knast versauert? Oder ein untergetauchter Geheimagent? Vielleicht ja auch ein Superstar, der ununterbrochen durch die Welt jettet? Dann war Mama vielleicht sein Fan.«

Schweigend höre ich zu und muss ein Lächeln unterdrücken. Lou denkt natürlich gleich wieder in Superlativen. Womöglich ist ihr Vater ja auch nur ein einfacher Typ, der keine Familie wollte. So oder so, kann ich ihre Überlegungen aber verstehen. Schon lange habe ich mich gefragt, wieso sie all das nicht längst wissen wollte. Ich würde es komisch finden, meinen Vater nicht zu kennen. Bei Lou fehlte bisher wohl einfach der Auslöser. Wenn Opa gestorben wäre, hätte das unsere kleine feste Familienstruktur völlig aus dem Gleichgewicht gebracht.

Mürrisch zupft Lou die Blütenblätter von einem Gänseblümchen. »Jedenfalls schweigt sich Mama aus. Bei Tante Astrid beiße ich auch auf Granit. Ich habe vorhin versucht, etwas aus ihr rauszukriegen. Zero, nada, niente. Das nervt mich.«

»Hm.« Irgendwie müssen wir doch herausfinden können, was hinter der Sache steckt. Ich grübele eine Weile und tatsächlich kommt mir dabei eine Idee. »Müsste es nicht irgendwelche Unterlagen geben? Ich meine, jeder hat doch eine Geburtsurkunde. Darin steht sicher der Name beider Eltern.«

»Du bist genial, Cousinchen.« Lou springt auf, schielt rüber zum Haus und senkt geheimnisvoll die Stimme. »Wir durchstöbern nachher Mamas Schreibtisch. Vielleicht finden wir was.«

Abends sitzen wir mit gespitzten Ohren in meinem Zimmer und warten, bis Mama und Tante Anna ins Bett gehen. Als wir ihre Türen klappern hören, warten wir noch ein paar Minuten ab, bevor wir uns runterschleichen. Auf dem Weg zum Arbeitszimmer im Erdgeschoss knarren die alten Treppenstufen verdächtig. Wieder einmal fühle ich mich wie eine Einbrecherin.

Auf leisen Sohlen folge ich Lou, die ein unbeirrtes Gesicht macht und sich von der Treppe nicht beindrucken lässt. Unten angekommen betreten wir den Raum hinter dem Spielzeugladen, der Mama und Tante Anna als Arbeitszimmer dient. Wir durchstöbern Tante Annas Regal, brauchen aber eine Weile, bis wir die privaten Unterlagen entdecken. Mehrere Aktenordner stehen aufgereiht nebeneinander im Schrank.

»Rechnungen, Verträge, Versicherungen«, liest Lou mit wachsendem Unmut vor.

Ich schnappe mir eine unbeschriftete Mappe und schlage sie auf. Tatsächlich befinden sich darin Arztunterlagen, ein paar alte Familienfotos und ganz unten – yippie – eine Geburtsurkunde. Ich zupfe sie grinsend raus. Lou reißt sie mir aus den Händen. Neugierig beuge ich mich über ihre Schulter. Leider verpufft unsere Freude so schnell, wie sie aufgetaucht ist.

»Das gibt's doch nicht. Weit und breit kein Männername.« Lou dreht das Papier mehrmals hin und her. »Da steht nur Mama drin.«

»Vielleicht wusste sie nicht, wer der Vater ist«, sage ich nachdenklich. »Dann konnte sie ihn auch nicht angeben.«

»Was soll das denn heißen?« Lous Stimme ist laut geworden.

»Pst«, mache ich und sie presst die Lippen zusammen. »Ich meine, dass sie vielleicht mehrere Freunde hatte oder so. Dann konnte sie auch niemanden eintragen lassen.«

Lou schnaubt. »Das macht es nur noch schlimmer. Dann hätte ich statt keinem Vater potenziell zwei oder drei.« Sie legt das Dokument wieder in die Mappe und ich schiebe sie dorthin zurück, wo ich sie gefunden habe.

Aufmunternd rempele ich sie an. »Weißt du, was? Wir fragen einfach Opa. Übermorgen kommt er zurück und dann quetschen wir ihn aus wie eine Zitrone. Er sagt uns sicher die Wahrheit, falls er sie kennt.«

»Na hoffentlich«, erwidert Lou frustriert. »Ich muss es wissen. Egal wie schlimm es ist.« Sie kramt noch eine Weile in den Sachen ihrer Mutter herum, kann aber nichts mehr finden, das uns weiterbringt. Also huschen wir irgendwann wieder zurück in unsere Betten.

15

Am Freitag ist es so weit. Wir holen Opa aus dem Krankenhaus ab. Er grinst die ganze Zeit wie ein Honigkuchenpferd und wir grinsen mit ihm. Mama und Tante Anna wurden von der Ärztin noch in den Umgang mit dem Medikament eingewiesen und müssen nun penibel darauf achten, dass Opa die Tabletten regelmäßig nimmt, sich schont und immer zu seinen Untersuchungen geht.

Zu Hause angekommen, läuft Opa sofort in den Laden, tätschelt Magic Horst, der wieder im Schaufenster auf seinem Regenbogen reitet, den Kopf, und macht es sich in seinem Sessel gemütlich. Diesen Platz hat er so sehr vermisst, dass er den Rest des Tages hier verbringen will, wie er uns mitteilt. Glücklich streicht er über die abgewetzten Armlehnen, schnappt sich ein Buch und vertieft sich darin. Lou und ich beschließen, ihn erst mal in Ruhe zu lassen. Wir können ihn auch morgen noch bitten, uns mehr über Lous Vater zu verraten.

Bereits am nächsten Nachmittag bietet sich die optimale Gelegenheit dafür, denn Mama und Tante Anna fahren auf eine Spielzeugmesse und Frau Blum übernimmt den Laden. So können wir ihn ungestört ausquetschen.

»Wir hätten eine wichtige Frage an dich«, beginnt Lou das Gespräch.

Opa sitzt wieder in seinem Sessel. Er blickt von dem Buch in seinem Schoß auf und sieht uns und den Teller mit Kanelbullar, den wir auf das kleine Tischchen neben ihm stellen, verwundert an. Wir wollten ihm eine Freude machen und haben das Rezept nachgebacken, das er neulich bei seiner Lesung aus dem Jugendreiseführer über Stockholm benutzt hat. Ich rücke ein paar Kissen aus der Kuschelecke zurecht, damit Lou und ich uns draufsetzen können. Dann bieten wir Opa von den Zimtschnecken an und schnappen uns selbst jeweils eine.

»Es geht um, tja, also, meinen Vater«, erklärt Lou geradeheraus, nachdem sie ein Stück von ihrem Hefeteilchen gefuttert hat.

»Um deinen Vater?« Opa runzelt die ohnehin schon runzelige Stirn.

»Mhm. Ich möchte wissen, wer er ist.«

Jetzt schweigt Opa und schüttelt den Kopf. »Dazu kann ich nichts sagen.«

»Ach komm schon!«, jammert Lou.

Fieberhaft überlege ich, was ich sagen kann, um ihr zu helfen. »Tante Anna und Mama wollen nichts rausrücken, aber das ist unfair. Lou ist alt genug, um es zu erfahren. Und sie hat ja wohl ein Recht dazu, oder?«, argumentiere ich mit dem Erstbesten, was mir einfällt.

Opa beißt in seine Zimtschnecke und kaut gemächlich. Er scheint mit sich zu ringen. Sein Blick huscht immer wieder zwischen Lou und mir hin und her. Ich bin mir mittlerweile nicht mehr sicher, ob es eine so gute Idee war, ihn zu bedrängen. Er sieht ziemlich erschöpft aus und kommt immerhin gerade erst aus dem Krankenhaus.

»Eigentlich steht mir das nicht zu«, sagt er, nachdem er

runtergeschluckt hat, und wischt sich den mit Puderzucker verschmierten Mund ab. »Ich weiß auch gar nicht viel.«

»Alles ist besser als nichts.« Lou rutscht ein Stück näher an ihn ran. Mit ihren großen Augen und dem flehenden Blick erinnert sie mich an ein Schoßhündchen, das sein Herrchen um einen Zipfel Wurst anbettelt.

»Wo sind denn die Flummis?«, erkundigt sich da Frau Blum, weil ein Kunde auf der Suche danach ist.

Lou rollt mit den Augen und Opa zeigt auf das Regal neben den Brettspielen. »Dahinten.«

»Biiiiiitte?«, drängt Lou ihn gleich wieder und erweicht endlich sein angeschlagenes Herz.

»Soweit ich weiß, war es ein einmaliges Abenteuer.«

»Ein One-Night-Stand?«, formuliert Lou es anders.

»Genau. Irgendein Mann auf einer Feier.«

»Irgendein Mann? Kannte sie ihn vorher nicht?«

Opa schüttelt den Kopf.

»Mama war also nicht mal verliebt.«

»Na ja, gemocht hat sie ihn wohl schon.«

»Weiß er von Lou?«, schalte ich mich ein.

»Ich glaube nicht. Sie haben sich ein paarmal getroffen, wurden aber kein Paar und Anna wollte das mit dir alleine schaffen.«

Lous Gesichtsausdruck versteinert sich. »Ich wurde ihm also genauso verheimlicht wie er mir.« Sie rutscht über den Boden und lehnt sich gegen das Regal mit den Legospielen. »Womöglich hätte er mich gerne kennengelernt. Aber er hatte gar keine Wahl.« Ihre Stimme ist so quietschig, dass Frau Blum und der Kunde sich irritiert zu uns umdrehen.

»Ich hätte nichts sagen sollen. Jetzt ist alles nur noch schlimmer.« Trübsinnig wischt Opa sich über die Stirn.

»Nein, schon gut«, sagt Lou. »Ich wollte es unbedingt wissen. Danke, Opa.«

Wir sitzen noch eine Weile zusammen und futtern weitere Kanelbullar, bis wir kapitulieren müssen, weil wir fast platzen. Irgendwann vertieft sich Opa wieder in sein Buch und Lou und ich ziehen uns in den Garten zurück.

»Ich habe immer gedacht, mein Vater wäre ein Arsch, dem wir schnurzpiepegal sind. Vielleicht ist er aber einfach nur komplett ahnungslos.« Wütend kickt Lou einen Stein in den Rosenstrauch.

»Rede erst mal mit Tante Anna darüber, bevor du voreilige Schlüsse ziehst«, schlage ich vor, um sie zu besänftigen.

»Da kannst du Gift drauf nehmen.«

Nach Ladenschluss kommen Mama und Tante Anna endlich zurück von der Messe. Sie legen einen Haufen Tüten und Mappen auf den Tresen vom Spielzeugladen, in dem Lou und ich sie bereits erwarten.

»Mama, ich muss mit dir reden«, sagt Lou in einem scharfen Ton und ich ziehe meine Mutter am Arm in den Flur. Besser, wir lassen die beiden alleine.

»Ich habe vorhin mit Opa über meinen Vater geredet«, fährt Lou fort, während wir noch in Hörweite sind. »Ein One-Night-Stand also.«

Tante Anna schnauft vernehmlich. »Warum ist dir das denn auf einmal so wichtig?«

»Weil es das nun mal ist«, erwidert Lou.

In der Küche wartet Opa schon auf Mama und mich. Er hat ein Mensch-ärgere-Dich-nicht-Spiel aufgebaut, damit wir uns ablenken können. Es fällt uns allerdings schwer, uns auf das Spiel zu konzentrieren. Mama wirft Opa immer wieder scharfe Blicke zu. Sie ist überhaupt nicht damit einverstanden, dass er mit uns über Lous Vater geredet hat.

Angespannt kämpfen wir uns durch das Spiel. Opa ist gerade dabei zu gewinnen, da tauchen Tante Anna und Lou mit verheulten Gesichtern auf.

»Kommst du mit hoch?«, fragt mich Lou krächzend.

»Klar.« Ich lasse alles stehen und liegen und folge ihr.

»Er heißt Thomas Mellmann«, erzählt meine Cousine, noch bevor ich die Tür hinter mir geschlossen und mich zu ihr aufs Bett gesetzt habe. »Und er war nur eine kurze Affäre. Als Mama merkte, dass sie schwanger war, hat sie sich noch ein paarmal mit ihm getroffen, aber es passte nicht zwischen den beiden. Deshalb wollte sie ihm auch nichts von mir erzählen.«

Sanft streiche ich über Lous Knie. »Das kann ich verstehen.«

Lou nickt. »Ich auch irgendwie.«

»Wohnt er denn in unserer Nähe?«

Schniefend zieht Lou die Nase hoch. »Anscheinend ist er nach Leipzig gezogen, als Mama im dritten Monat schwanger war. Für sie war die Sache erledigt und sie hat einfach immer gehofft, dass das für mich nie ein Thema wird. Ist es bis jetzt ja auch nicht gewesen.«

»Und was nun?«, frage ich, während ich ein Taschentuch vom Nachttisch angele und es Lou reiche. Sie schnäuzt sich laut, was mich zum Schmunzeln bringt, weil es sich anhört wie ein verschnupfter Babyelefant. »Wir könnten ihn mal googeln, wenn du willst?«

Durch pitschnasse Wimpern schaut sie zu mir hoch. »Okay.«

Ich krame mein Smartphone hervor, um den Namen und die Stadt in die Suchmaske einzugeben. Es kommen fünf Ergebnisse heraus. Zwei Männer sind definitiv zu alt, wie sich nach weiterer Recherche herausstellt. Einer ist viel zu jung und einer hat eine nachtschwarze Hautfarbe. Der kann es auch nicht sein, sonst wäre Lou mindestens karamellbraun. Bleibt nur einer übrig. Auf dem Bild, das wir entdecken, sehen wir einen Mann mittleren Alters, der die gleichen Sommersprossen und kringeligen Haare hat wie Lou. Das muss er sein. Er betreibt ein Café in Leipzig.

Lou schnäuzt sich noch einmal laut. »Hat er Familie?« Sie wischt über das Display, doch leider können wir nicht viel mehr über ihn finden. »Hm. Er sieht zumindest nicht unsympathisch aus.«

»Finde ich auch«, bestätige ich. Wir schauen uns noch eine Weile die Bilder an. »Was machst du jetzt mit den Infos?«, frage ich schließlich.

»Ich weiß es noch nicht. Im Moment weiß ich irgendwie gar nichts.«

Ich nicke verständnisvoll. »Komm, wir machen einen Spaziergang. Das hilft bestimmt.«

Obwohl Lou äußerst wenig Lust hat, fügt sie sich meinem Vorschlag und so laufen wir wenig später durch die Straßen. Von der heißen Mittagssonne sind sie noch ganz warm. Der Obsthändlernachbar steckt uns im Vorbeigehen eine Handvoll Kirschen zu, die wir genüsslich knabbern und deren Kerne wir in die Gärten spucken. Vielleicht wachsen ja ein paar schöne Kirschbäume daraus. Dabei reden wir über vorhandene und weniger vorhandene Väter und darüber, dass Eltern generell manchmal echt schwierig sein können.

Die nächsten Tage kommt nicht wirklich Ruhe in mein Leben. Finn sehe ich in der Schule nur einmal kurz, er hat aber nicht mal Zeit für ein paar Worte. Sein Verhalten macht mich traurig. Vielleicht hatte Felicitas ja etwas dagegen, dass wir uns verstehen?

Um Lou mache ich mir auch Sorgen. Sie wirkt niedergeschlagen und verschlossen. Die Informationen über ihren Vater muss sie erst einmal verdauen. Tja, und dann flirtet Tino bei den Proben heftig mit Fenja, sodass ich kurzzeitig die Nase voll von sämtlichen Jungs habe. Und zu allem Übel ist bereits in knapp einer Woche Annis Geburtstag. Bis dahin sollte ich mein Schneekugelproblem gelöst haben. Mir fehlt aber gerade der Nerv, mich intensiver damit auseinanderzusetzen und eine Entscheidung zu fällen.

Deshalb bin ich froh, als endlich Freitagnachmittag ist und das Wochenende bevorsteht. Am Samstag und Sonntag will ich nichts anderes tun als schlafen und essen und vielleicht einen guten Film schauen. Von mir aus auch zum trillionsten Mal *Titanic*. Am besten schlage ich Lou eine Filmnacht mit Cola, selbst gemachtem Popcorn und Tortilla-Chips mit feuriger Salsa vor.

Doch Lou ist es nach etwas ganz anderem. Am späten Freitagabend weiht sie mich in ihren Plan ein. »Ich fahre morgen nach Leipzig.«

»Du tust was?!«

»Ich will mir diesen Thomas mal anschauen. Mama werde ich sagen, dass ich einen Ausflug an den See mache und den ganzen Tag weg bin. Ich habe das schon recherchiert. Vom Hautbahnhof fährt ein Reisebus. Der kostet zehn Euro und braucht knapp zweieinhalb Stunden. Ich fahre morgens hin und abends zurück.« Zufrieden sieht sie mich an.

»Ist es nicht besser, Tante Anna einfach die Wahrheit zu sagen, statt sie anzulügen?«, frage ich und kratze mir unsicher über den Nasenrücken.

»Natürlich nicht. Sie verbietet es vielleicht.«

Das klingt mal wieder nach einem typischen Lou-Plan. Ähnlich blöd wie der glorreiche Einfall, uneingeladen als knallbunte Biene Maja und schräges Supergirl auf eine Black-and-White-Party zu gehen.

Ich seufze. Wenn sich meine Cousine etwas in den Kopf gesetzt hat, ist es schwer, ihr das wieder auszureden. Also bleibt mir nur, ihr beizustehen. »Okay, du gehst aber nicht alleine. Ich komme mit.«

Jetzt lächelt Lou endlich mal wieder. »Ich hatte gehofft, dass du das sagst«, erwidert sie und bucht einen zweiten Platz für mich.

16

Obwohl ich ein mulmiges Gefühl bei dem Gedanken daran habe, Mama und Tante Anna im Unklaren zu lassen, mache ich mich am nächsten Morgen offiziell mit Lou auf den Weg zum See.

Im Bus futtern wir erst mal eine Tüte Gummibärchen. Lou plappert am laufenden Band. Sie ist mordsmäßig aufgeregt, was ich gut verstehen kann. Irgendwann beruhigt sie sich aber ein bisschen und wir lassen uns über Ohrstöpsel mit entspannter Musik berieseln. Dabei döse ich wohl ein.

Ich träume von Tino, mit dem ich alleine im Freibad bin. Die Szene von neulich wiederholt sich. Wir rutschen zusammen ins Wasser, er zieht mich zur Seite und dreht mich zu sich. Sein Gesicht nähert sich meinem. Er schaut mir tief in die Augen. Und dann – küsst er mich! Endlich! Seine Lippen sind weich und warm und natürlich feucht. Immerhin stehen wir ja im Wasser. Ich schließe die Lider und genieße den Kuss, den ich mir so lange von ihm gewünscht habe.

Doch als ich die Augen wieder öffne, blinzele ich verblüfft. Vor mir steht nicht mehr Tino, sondern Finn. Wo kommt der denn her? Er fährt sich durch seine hellen Haare und zerzaust sie dabei noch mehr als ohnehin schon. Seine blauen Augen schimmern im Sonnenlicht wie das karibische Meer. Ich blicke mich um. Wo steckt Tino bloß? Und wer von den beiden hat mich jetzt eigentlich so wundervoll geküsst?

»Wir sind da«, reißt mich Lou aus meinem verwirrenden Traum und ich klopfe mir ein paarmal gegen die Wangen, um ihn abzuschütteln. Aufgeregt zeigt sie zur Haltestelle, die wir gerade erreichen. Sie befindet sich gleich neben dem Hauptbahnhof, einem riesigen, graubraunen Steingebäude. Nachdem wir ausgestiegen sind, sucht Lou in ihrem Handy den kürzesten Weg zum Café und so folgen wir die nächsten zehn Minuten der digitalen Wegbeschreibung durch die Innenstadt.

Ziemlich mühelos erreichen wir unser Ziel. Wir biegen in die kleine Straße ein, an deren Ende wir schon das Café sehen können, das wir bereits aus dem Internet kennen. Es befindet sich im Erdgeschoss eines windschiefen Häuschens direkt neben einer Brücke, unter der ein Kanal hindurchfließt. Rosenranken winden sich an der Fassade entlang bis hinauf zum Dachgiebel. Sie hängen über dem Schild, auf dem der Name Mellmann in geschwungenen Lettern steht. Sehr idyllisch wirkt das alles.

Abrupt bleibt Lou stehen. »Wollen wir da wirklich rein?«

»Dafür sind wir doch hier.«

»Ja, aber ...« Sie wippt von einem Fuß auf den anderen.

Ich kann ihre Bedenken verstehen. Was, wenn sich ihr Vater als unsympathischer Idiot entpuppt? »Willst du lieber umdrehen? Das können wir von mir aus machen.«

Sie denkt kurz nach, schüttelt dann den Kopf und setzt sich wieder in Bewegung. »Nee, ich kneife nicht.«

Ich folge ihr ins Café. An der Theke steht eine Frau und lächelt uns zu. »Hallo, ihr zwei.«

»Hi«, sage ich und schaue mir die Vitrine an, in der jede Menge Gebäck und Kuchen aufgereiht sind.

Wir bestellen Croissants und Tee und suchen uns einen Tisch direkt hinter der offenen Terrassentür mit Blick nach drinnen und auf den Kanal.

»Er ist nicht da«, sagt Lou enttäuscht.

»Warte mal ab. Es ist ja noch früh.« Und tatsächlich taucht Thomas Mellmann plötzlich hinter der Theke auf. Er ist aus einem Durchgang gekommen, hinter dem ich die Küche vermute.

Sofort zückt Lou einen Block und einen Stift und vermerkt: *wirkt gepflegt; gemachte Frisur, stylische Jeans und gebügeltes Hemd; versteht es, sich anzuziehen.*

Als er der Frau hinter der Theke über den Arm streicht, schreibt sie: *hat eine Freundin.*

»Was wird das?«, erkundige ich mich grinsend.

»Vaternotizen, siehst du doch.«

Thomas schnappt sich das vorbereitete Tablett und bringt es zu uns raus. Schnell drehe ich Lous Heft um, damit er es nicht sieht.

»Das ist für euch, nicht wahr?«, fragt er.

Ich nicke und Lou sagt keinen Piep. Sie starrt den Mann, der mit ziemlich großer Wahrscheinlichkeit ihr lange verschollener Vater ist, an, als wäre er ein Alien.

»Lasst es euch schmecken«, sagt er, reckt sich einmal und blinzelt in die Sonne. »Heute ist ein herrlicher Tag.«

»Wir sind zum ersten Mal in Leipzig«, erkläre ich, damit er noch ein bisschen bei uns bleibt. »Wir, äh, besuchen hier jemanden. Einen – Freund der Familie.«

Ich schiele zu Lou rüber, die ein unsicheres Lächeln aufgesetzt hat.

»Na dann, herzlich willkommen.« Thomas streckt den Finger aus und zeigt auf den Kanal, über den gerade ein Mann mit einem Ruderboot paddelt. »Wir haben hier viel zu bieten. Ganz in der Nähe am Stadthafen könnt ihr eine Motorbootrundfahrt auf dem Karl-Heine-Kanal und der Weißen Elster machen. Oder ihr besucht das Panometer, in dem seit Jahren die größten 360°-Panoramen der Welt ausgestellt werden. Am meisten kann ich euch aber unseren grandiosen Zoo empfehlen. Im sogenannten Gondwanaland könnt ihr drei Kontinente auf einer überdachten Fläche entdecken, die größer ist als zwei Fußballfelder.« Seine Augen leuchten fröhlich, so wie es auch bei Lou immer der Fall ist, wenn sie sich für etwas begeistert.

Wenn er wüsste, dass wir eigentlich nur wegen ihm hier sind und ein Sightseeingtrip nicht auf dem Programm steht, denke ich, nicke aber ganz interessiert.

»Wir kommen aus Berlin«, schaltet sich Lou endlich ein und kneift die Augen zusammen, als er erzählt, dass er auch mal dort gelebt hat.

»Schöne Stadt«, sinniert er.

Lou nickt. »Haben Sie lange da gewohnt?«

»Ein paar Jahre.« Er kratzt sich am Hinterkopf. »Das waren echt wilde Zeiten. Seit knapp sechzehn Jahren bin ich jetzt aber schon in Leipzig und will hier nie wieder weg.«

Sechzehn Jahre! Das deckt sich mit Tante Annas Informationen. Er verschwindet nach drinnen, um eine neue Bestellung abzuholen, und ich beiße in mein Croissant. Es schmeckt herrlich nach Butter.

»Ich finde ihn nett«, sage ich mit vollem Mund.

Nett, notiert sich Lou.

Als die Frau hinter der Theke hervorkommt und die Tische

um uns herum wischt, erkundige ich mich, ob ihr das Café gehört. Ich will herausfinden, inwieweit sie mit Thomas verbandelt ist.

Sie schüttelt den Kopf und zeigt nach drinnen, wo er gerade eine Packung Espressobohnen in die Mühle an der Kaffeemaschine schüttet. »Nein, Thomas Mellmann ist der Besitzer. Er ist mein Chef.«

Aha, also zumindest sind die beiden nicht verheiratet.

»Es ist schön hier«, schaltet sich Lou ein. »Arbeiten Sie schon lange hier?«

Die Frau nickt. »Von Anfang an. Thomas und ich sind seit unserer Ausbildung gute Freunde.«

Gute Freunde. Das heißt, Lou muss ihre Notizen anpassen. Das tut sie auch gleich, nachdem die Frau wieder verschwunden ist. Die nächsten zwei Stunden füllt sich das Café immer mehr mit Gästen und Thomas tingelt ununterbrochen mit vollen Tabletts an uns vorbei.

Wir nutzen jede Gelegenheit, um mit ihm zu plaudern, bestellen dafür extra noch zwei Tassen Tee. Dabei erweitert sich Lous Liste um *Witzbold, Zuckerbäcker, gelassener Typ, Touristenführer.* Er gibt nämlich auch anderen Leipzig-Besuchern Tipps für ihren Aufenthalt. Und er bringt uns zwischendurch zwei selbst gemachte Macarons mit Pistazien-Erdbeerfüllung zum Probieren. Sie schmecken köstlich und er entscheidet zufrieden, sie ins Sortiment aufzunehmen. Ich bitte ihn um das Rezept für Anni und notiere es mir, als er bereitwillig Auskunft gibt. Die beiden würden sich sicher gut verstehen.

Irgendwann schneit eine neue Bedienung herein und bindet sich eine Schürze um. Thomas begrüßt sie, verschwindet im Durchgang hinter der Theke und kommt dann mit einem Korb im Arm wieder zurück.

»Also dann, ich geh mal«, sagt er.

Lou richtet sich kerzengerade auf. »Oh nein, er verschwindet.« Eilig stopft sie ihren Block in den Rucksack. »Los, wir müssen hinterher.«

»Okay, ich zahle und du schaust, wohin er geht.« So schnell ich kann, eile ich zur Theke und begleiche unsere Rechnung. Die Bedienung ist zum Glück von der schnellen Sorte, sodass ich gleich darauf nach draußen flitzen kann, wo Lou mir wie eine Verrückte von einer abzweigenden Straße aus zuwinkt.

»Er ist hier langgegangen.« Tatsächlich können wir Thomas' Lockenkopf gerade noch zwischen den anderen Passanten entdecken und folgen ihm wie zwei Privatdetektivinnen einer verdächtigen Person.

Er scheint die halbe Stadt zu kennen. Jedenfalls grüßt er ununterbrochen irgendjemanden oder wird gegrüßt. Hin und wieder bleibt er stehen, um ein paar Worte mit einem Bekannten zu wechseln. Lou und ich kriegen jedes Mal fast einen Herzinfarkt, springen in Hauseingänge oder tun so, als würden wir uns die Schaufenster der Klamottenläden, Perückengeschäfte oder Apotheken genauer ansehen.

Ich verliere schnell die Orientierung. Den Platz, auf den Thomas schließlich zusteuert, erkenne ich aber wieder. Lou und ich haben ihn vorhin auf dem Weg zum Café gekreuzt. Hier befindet sich ein Markt, auf dem geschäftiges Treiben herrscht. An etlichen Ständen verkaufen Händler Obst, Gemüse, Schmuck und Handwerkszeug. Und zwischen den Standreihen schieben sich Massen von Leuten hindurch. Mit seinem Korb im Arm schlendert Thomas mitten ins Gedränge, wodurch es deutlich schwieriger wird, ihn im Auge zu behalten.

»Was genau willst du bei der Verfolgungsaktion eigentlich über ihn erfahren? Er kauft ein und unterhält sich mit vielen Leuten«, sage ich leicht genervt, weil mich bereits die fünfte Person angerempelt hat oder mir auf den Fuß getreten ist.

»Ich will ihn in seinem natürlichen Umfeld beobachten.«

Das hört sich an, als würden wir von einem Zootier sprechen.

»Was hat er für einen Alltag?«, fragt Lou laut. »Was tut er so? Welche Leute trifft er?«

Ich bin froh, als sein Korb endlich voll ist und wir aus der erdrückenden Enge heraus und vor ein imposantes Gebäude mit Säulen und Goldschmuck treten. *Vielleicht geht Thomas jetzt wieder zurück ins Café und wir können es uns da noch mal gemütlich machen,* denke ich. Leider schlägt er eine andere Richtung ein und schlendert weiter durch die labyrinthartigen Straßen und Gassen. Am Eingang eines Restaurants bleibt er schließlich stehen, schaut sich um und winkt einem Mann zu, der dort auf ihn wartet.

Lou und ich drücken uns hinter einen Busch, der in einem großen Topf am Eingang eines Geschäftes steht. Thomas schlängelt sich durch die Tischreihen des Restaurants zu dem Mann hindurch. Der steht auf und die beiden umarmen sich. Und dann – geben sie sich einen Kuss. Auf den Mund!

»Das, äh«, stottert Lou und verstummt.

Auch ich muss erst mal verdauen, was ich gerade sehe. Die beiden halten Händchen und lächeln sich verliebt an. Es besteht kein Zweifel.

»Er ist schwul!«, wispert Lou.

Ich nicke. »Offensichtlich.«

Sie sinkt auf den Rand des Topfes. »Na, das ist ja 'n Ding.«

Ich setze mich neben sie. »Als er mit deiner Mutter zusammen war, wusste er das wohl noch nicht.«

»Oder er wollte es nicht wissen. Oder er mag Frauen und Männer«, sinniert Lou.

»Hey, ihr zwei, bitte ruht euch woanders aus.« Eine Verkäuferin ist aus dem Laden gekommen und scheucht uns von dem Busch weg. Kurzerhand steuern wir auf eine Bank zu, die auf der gegenüberliegenden Seite vor einer Crêperie steht. Wir setzen uns so hin, dass wir Thomas und seinen Freund beobachten können. Lou zückt ihr Handy und macht heimlich ein Foto von den beiden.

»Irgendwie passt das zu uns«, überlege ich laut und mit vollem Mund. Wir haben den Reiseproviant ausgepackt und lassen uns nun die belegten Brötchen schmecken.

»Ich meine, wir wohnen mit unseren Müttern und unserem Opa in einer Art Villa Kunterbunt mit Bergen von Spielzeug im Erdgeschoss. Du hast eine heiße Fernbeziehung und ich himmle einen Typen an, der nicht nur mit mir, sondern auch mit einer anderen flirtet und ihr Romeo sein wird. Dann hechte ich ziemlich verzweifelt meiner verschollenen Schneekugel hinterher. Mein Vater hatte eine Lebenskrise, verschwand spurlos, um irgendwann wieder wie aus dem Nichts aufzutauchen, völlig rehabilitiert und zufrieden. Du wiederum hattest nie einen Vater, um dann rauszufinden, dass da doch einer ist, der aber nichts von dir weiß und noch dazu schwul ist. Ich würde sagen, das ist perfekt.«

Lou prustet los und auch ich muss lachen. »Klingt wirklich schräg, wenn man das so hört«, gluckst sie. »Normal«, mit den Fingern zeichnet sie Gänsefüßchen in die Luft, »gibt's bei uns eben nicht.«

»Das wäre ja auch viel zu langweilig«, bestätige ich, lehne mich an ihre Schulter und schließe kurz die Augen.

Dass Thomas und sein Freund aufstehen und sich auf den Gehweg schlängeln, bemerken wir erst, als die beiden fast vor uns stehen, weil wir gerade mit dem Auspacken von zwei Schokoriegeln beschäftigt sind. Prompt entdeckt Thomas uns.

Er lächelt. »Na, ihr scheint die Stadt ja zu genießen.« Zum Glück wundert es ihn nicht, dass wir zufällig genau hier hocken.

Wir nicken so lässig wie möglich und beobachten, wie sich die beiden voneinander verabschieden. Sie küssen sich noch einmal und Thomas nennt seinen Freund Elmar. Sicher wird Lou das gleich mit auf ihre Liste schreiben, um ja nichts zu vergessen.

»Was machen wir jetzt?«, frage ich, als die Männer in verschiedene Richtungen davonschlendern. Ich schaue auf die Uhr. Es ist gleich fünf. Du meine Güte, so eine Beschattung dauert wirklich lange. Zumindest, wenn man sie so akribisch durchzieht wie wir. »Sollten wir nicht langsam mal zurück zum Bus?«

Als Lou die Zeit checkt, kriegt sie einen Schrecken. »Shit, der fährt in zehn Minuten.«

»Was?! Oh nein.«

Wie von der Tarantel gestochen, jagen wir durch die Innenstadt. Weil wir den Weg nicht kennen und Lou beim Rennen nicht ununterbrochen auf ihr Handy schauen kann, nehmen wir zweimal die falsche Abzweigung und kommen schließlich fix und fertig auf dem Platz an, von dem der Bus abfährt. Und das tut er in genau diesem Moment. Er biegt gerade um die Ecke und fädelt sich in den Verkehr ein. Uns bleibt nichts anderes übrig, als seinen Rücklichtern hinterherzuschauen.

»Verdammter Mist«, keucht Lou.

Ich kriege vor lauter Atemnot keinen Ton raus und lehne mich an eine Straßenlaterne.

»Was jetzt?«, erkundige ich mich schnaufend, als ich endlich wieder einigermaßen Luft kriege. »Nehmen wir den nächsten Bus?«

Hektisch wischt Lou auf ihrem Smartphone herum. »Die nächsten Verbindungen sind alle ausgebucht.«

»Nicht dein Ernst! Und was ist mit einem Zug?«

Wieder bearbeitet Lou ihr Handy. Dann schüttelt sie den Kopf. »Viel zu teuer.«

17

Das ist eine mittelgroße Katastrophe! Was machen wir denn jetzt? Unsere Mütter werden ausflippen. Ratlos und erschöpft lassen wir uns auf eine Bank fallen. Hätte ich Lou die Sache bloß ausgeredet. Oder zumindest darauf bestanden, dass wir daheim mit offenen Karten spielen. Jetzt fliegt uns diese Geheimnistuerei voll um die Ohren.

»Wir könnten zu Thomas gehen«, grübele ich. Ja, das ist eine gute Idee. Er kann uns sicher helfen. Er muss uns helfen. Bestimmt leiht er uns das Geld für den Zug. Immerhin ist er Lous Vater.

Vehement schüttelt meine Cousine den Kopf. »Auf keinen Fall. Ich weiß noch gar nicht, ob ich ihm erzählen will, wer ich bin. Da muss ich noch in Ruhe drüber nachdenken.«

Das kann ich zwar verstehen, aber wir stecken gerade bis zum Hals in Schwierigkeiten. »Wir müssen zu Hause beichten«, murmele ich und Lou seufzt abgrundtief. Dann nickt sie und ruft Tante Anna an. Direkt vor unseren Füßen landet eine Gruppe Spatzen und macht sich laut trällernd über ein weggeworfenes Brötchen her. Wenn wir nicht gerade ein Riesenproblem hätten, könnten die lustigen Piepmätze mein Herz erwärmen.

»Ihr seid wo?!«, höre ich Tante Annas Stimme durch Lous Hörer brüllen.

»In Leipzig«, wiederholt meine Cousine. »Es sollte nur ein kleiner Tagesausflug werden. Ich wollte Thomas sehen.«

»Ich glaube, ich spinne!«

Lou hält den Hörer ein bisschen von sich weg, damit ihre Ohren keinen Schaden nehmen. »Wir haben ihn beobachtet«, erklärt sie, als Tante Anna auf der anderen Seite verstummt, »und jetzt unseren Bus verpasst. Die nächsten Anschlüsse sind leider ausgebucht und uns fehlt das Geld für den Zug.«

Schweigen! Lou sagt nichts mehr und aus dem Hörer kommt auch kein Ton.

»Mama?«, fragt Lou irgendwann mit leicht flehender Stimme.

Nach einer gefühlten Ewigkeit redet Tante Anna weiter. Sie ist jetzt aber so leise, dass ich nichts mehr verstehen kann.

»Okay, danke«, sagt Lou schließlich und legt auf.

Sie zieht die Augenbrauen hoch und beißt sich auf die Unterlippe. »Auweia, die ist vielleicht stinkig.«

»Kann ich mir denken. Mama flippt sicher auch gleich aus, wenn sie davon erfährt.«

»Jedenfalls bucht sie uns jetzt online zwei Zugtickets und mailt sie mir dann.«

Okay, immerhin kommen wir hier heute noch weg.

Es dauert nicht lange, bis Tante Anna uns die Fahrkarten schickt, und so sitzen wir keine eineinhalb Stunden später im ICE nach Berlin. Während der Fahrt quälen uns ziemliche Bauchschmerzen. Daheim wird es ein heftiges Donnerwetter vom A-Team geben.

Tante Anna holt uns vom Bahnhof ab. Mit grimmiger Miene hält sie die Tür ihres Wagens auf und sagt kein Wort.

So schlecht gelaunt ist sie selten. Um die angespannte Lage aufzulockern, quasselt Lou am laufenden Band. Sie erzählt, wie schön Leipzig ist, dass es dort einen Stadthafen, ein Panometer und einen grandiosen Zoo gibt. Ich muss grinsen, weil sie sich genauso anhört wie Thomas heute Mittag. Tante Anna lässt sich von dem Gequassel aber leider nicht einlullen. Stumm wie ein Fisch fährt sie uns nach Hause. Dort warten Mama und Opa bereits in der Küche.

Er hat eine Nudelsuppe gekocht. Dankbar setzen wir uns an den Tisch.

»Esst noch etwas und geht dann auf eure Zimmer. Wir reden morgen«, knurrt Mama in einem eisigen Befehlston, bevor sie dicht gefolgt von Tante Anna die Küche verlässt.

Mit einem mitleidigen Blick schüttet Opa uns die heiße Brühe in zwei Teller. »Die beiden sind so geladen, dass sie heute nicht mehr mit euch sprechen wollen. Ist bestimmt besser so. Morgen sieht die Welt schon wieder anders aus.«

Da bin ich mir zwar nicht so sicher, aber vielleicht hat er ja recht und unsere Mütter haben sich dann wieder ein bisschen beruhigt.

Während wir etwas Suppe in uns reinlöffeln, erkundigt sich Opa, wie unser Tag gewesen ist. Haarklein erzählen wir ihm von unseren Erlebnissen und sind froh, dass wenigstens er nicht sauer auf uns ist. Nach dem Essen verziehen wir uns sofort nach oben, gönnen uns noch eine heiße Dusche und wünschen uns dann eine gute Nacht, auch wenn es noch nicht ganz so spät ist. Lou möchte unbedingt mit Jason chatten, um ihm alles zu erzählen, und ich will mich in mein Bett kuscheln und den Tag hinter mir lassen. Er war ganz schön aufregend.

Eins ist klar, mein Leben hat in der letzten Zeit mächtig an Fahrt aufgenommen. Mein Dornröschenschloss liegt definitiv nicht mehr im Tiefschlaf. Von Langeweile keine Spur.

Als mein Handy brummt, habe ich die Augen schon geschlossen und lasse die Geschehnisse Revue passieren. Blinzelnd schaue ich nach, wer mir eine Nachricht geschickt hat.

Anni schreibt: *Hey, vergiss meine Geburtstagsparty am Dienstag bloß nicht. Werde eine Mio. Muffins backen. ;-)*

*Natürlich nicht. :-**, antworte ich knapp und lege das Handy wieder weg. Wie könnte ich die Feier vergessen? Mein Puls erhöht sich bei dem Gedanken daran und mit einem Schlag bin ich wieder hellwach. Ich muss Finn reinen Wein einschenken und mit der Wahrheit rausrücken. Daran führt kein Weg mehr vorbei. Es gibt keinen besseren Plan. Keinen einfacheren. Keinen weniger unangenehmen. Am besten gehe ich morgen noch zu ihm. Und wenn er nicht zu Hause ist, dann lauere ich ihm am Montag in der Schule auf. Ich muss ihn unbedingt noch vor der Party in die Finger kriegen.

Ich seufze. Wir hatten viel Spaß zusammen. Und jetzt tut er so, als würde er mich kaum kennen. Er ist einsilbiger als ein schlecht dressierter Papagei. Frust macht sich in meinem Bauch breit. Tino ist ganz anders. Ständig lacht er mit mir und zieht mich auf. Allerdings flirtet er auch mit Fenja. Das nervt! Wenn er sich für mich interessiert, dann bitte schön nur für mich.

Unruhig wälze ich mich herum und zerbreche mir den Kopf, bis irgendwann die Erschöpfung siegt und ich einschlafe.

Am nächsten Morgen lassen Lou und ich uns besonders viel Zeit, bevor wir nach unten gehen. Als wir es irgendwann gegen Mittag nicht mehr aushalten, weil unsere Bäuche vor Hunger bereits laut knurren, schlurfen wir in die Küche, schnappen uns etwas zu trinken und ein wenig Obst.

»Der Familienrat erwartet euch im Garten«, informiert uns Opa, der gleich darauf zur Tür reinschaut. Er sieht uns mitleidig an. »Ich habe schon versucht, die Wogen zu glätten. Leider nicht sehr erfolgreich.«

»Danke trotzdem«, antworten Lou und ich unisono.

Draußen setzen wir uns kleinlaut an den Tisch zu Mama.

Tante Anna rupft daneben wie eine Verrückte Unkraut aus dem Gemüsebeet. »Was habt ihr euch nur dabei gedacht?!«, legt sie los und steht auf. »Ihr habt uns eiskalt angeschwindelt!«

»Das war nur eine kleine Notlüge«, verteidige ich Lou und mich, woraufhin sich Mama einschaltet.

»Eine Notlüge? Es war ja wohl mehr als das.«

»Ich wollte mir diesen Thomas eben mal anschauen. Mama hätte bestimmt was dagegen gehabt«, gibt Lou zurück. Beleidigt schiebt sie die Unterlippe vor wie ein kleines Kind.

Tante Anna nickt und klopft sich etwas Erde von der Hose. »Wahrscheinlich schon, aber das heißt nicht, dass ihr das heimlich machen dürft. Ihr seid minderjährig, verdammt noch mal! Was fällt euch ein, alleine in eine andere Stadt zu düsen?! Am liebsten würde ich euch Hausarrest geben, bis ihr achzehn werdet.«

»Wir können doch über alles reden«, vermeldet Mama. Sie sitzt mir direkt gegenüber und hat ihre Lippen aufeinandergepresst.

»Ach ja?« Lou verschränkt die Arme vor der Brust. »Können wir eben nicht.«

Ich nicke bestätigend, denn wo sie recht hat, hat sie recht.

»Okay, okay, beruhigen wir uns alle mal«, beschwichtigt Opa die gereizte Stimmung. »Es bringt nichts, wenn wir uns hier die Köpfe abreißen.« Er fasst sich an die Brust und ich kriege sofort ein schlechtes Gewissen. Auch die anderen machen betroffene Gesichter. Opa soll sich schonen und wir ziehen ihn trotzdem in einen Familienstreit rein.

Er räuspert sich und sieht Tante Anna und Mama streng an. »Wie ich vorhin schon einmal gesagt habe, kann ich die Mädchen verstehen. Es war ihnen wichtig, diesem Thomas-Mythos auf den Grund zu gehen, und deshalb sind sie losgezogen, ohne zu fragen. Klar hätten sie Bescheid geben müssen, aber es ist ja nichts passiert. Und sie sind auch keine kleinen Kinder mehr.«

Genau, gib's ihnen, pflichte ich ihm stumm bei. Opa ist der Beste. Jetzt dreht er den Kopf und fixiert erst mich und dann Lou genauso ernst wie unsere Mütter gerade eben. »Aber ihr dürft in Zukunft keine solchen Alleingänge mehr machen, das ist euch doch klar, oder?«

»Mhm.« Wir nicken.

»Gut. Dann erzählt euren Müttern mal so wie mir gestern, wie es war.«

Tante Anna, die bisher wie eine Furie zwischen den Büschen hin- und hergelaufen ist, kommt endlich zum Tisch rüber und setzt sich. Opa schenkt uns allen selbst gemachte Limonade ein. Gierig trinke ich ein paar Schlucke. Sie prickelt im Hals und beruhigt die Nerven.

Zunächst zeigt Lou ihrer Mutter das Foto, das sie von Thomas gemacht hat.

Tante Anna lächelt. »Ja, das ist er. Seine Locken und sein einnehmendes Lächeln haben mir damals sofort gefallen.«

Jetzt zieht Lou ihren vollgekritzelten Notizblock hervor und beginnt, ausführlich von dem Café, unserer wilden Beschattungsaktion und ihren Eindrücken von Thomas zu berichten. Schlussendlich fügt sie noch hinzu, dass er einen Freund hat, der Elmar heißt.

»Er ist schwul?«, fragt Mama ungläubig.

»Eindeutig«, bestätigen wir.

Tante Anna kräuselt die Stirn. »Das erklärt einiges.«

Als ich daraufhin erneut anmerke, dass er damit ganz wunderbar in unser schräges Familienkonzept passt, müssen wir alle lachen. Wir lachen so laut und heftig, dass sämtliche Anspannung, sämtlicher Ärger und sämtliche Sorgen der letzten Tage sich in Luft auflösen.

Glucksend nimmt Tante Anna Lou in die Arme und drückt ihr einen Kuss auf den Kopf. »Wir haben uns Sorgen um euch gemacht, wisst ihr?«

Mama nickt und ich habe für einen klitzekleinen Moment vor Rührung einen Kloß im Hals.

Gemeinsam beschließen wir, einen schönen Familientag einzulegen und ihn mit Gartenarbeit, Gesellschaftsspielen, Fernsehschauen und abendlicher Lieferpizza zu füllen. Meinen Gang zu Finn verschiebe ich auf morgen. Erst mal muss ich mich vom Familykrisenschock erholen, bevor ich mich in ein weiteres Drama stürze.

Am nächsten Tag in der Schule halte ich die ganze Zeit nach ihm Ausschau. Leider fehlt jede Spur von ihm. Ich texte ihm, erhalte aber keine Antwort.

Kurzerhand gehe ich nach dem Unterricht zu seinem

Haus. Ein Mann öffnet mir. Er lächelt mir freundlich entgegen, trägt eine teigverschmierte Schürze und hat Glitzer an Händen und Armen.

»Äh, hallo, ich bin Marie«, stelle ich mich vor.

»Hallo, Marie, ich habe schon viel von dir gehört. Ich bin Benedikt, der Vater von Finn und Anni.« Er streckt mir die Hand hin und ich schüttele sie kurz, wodurch ich eine ordentliche Portion Glitzer abbekomme.

»Du bist einen Tag zu früh dran, wenn du zur Party willst.« Er klopft die Hände an seiner Schürze ab. Sofort rieselt ein schimmernder Pulverschwall auf den Boden.

»Ja, ich weiß.« Unsicher fahre ich mir mit einer Hand durch die Haare. »Wie laufen denn die Vorbereitungen?«

»Ach, sehr gut. Anni und ich dekorieren gerade die letzten Muffins. Bis morgen ist alles fertig. Sie ist so aufgeregt. Am liebsten würde sie heute Nacht um zwölf schon alle Geschenke auspacken. Sie hat sich Rollerblades gewünscht.« Er zwinkert mir zu und flüstert: »Natürlich bekommt sie auch welche. Aber trotzdem muss sie sich bis zur Party gedulden.«

»Wieso das denn?«, flüstere ich zurück.

»Familientradition.« Er tritt einen Schritt zur Seite. »Komm doch rein.«

»Eigentlich habe ich gar nicht so viel Zeit. Ich wollte nur kurz mit Finn sprechen, ist er da?«

»Leider nicht. Er ist mit Felicitas unterwegs. Soll ich ihm etwas ausrichten?«

»Äh, nee, danke. Ich sehe ihn ja morgen auf der Feier.«

»Okay, dann gehe ich mal wieder in die Küche. Bis morgen.«

»Ja, tschüss.« Dank der Familientradition in Bezug auf die

Geschenke habe ich noch ein klitzekleines Zeitfenster. Ich werde früher zur Party kommen, mir Finn schnappen, ihm die Ersatzkugel in die Hand drücken und ihm reinen Wein einschenken. Ganz sicher gibt er mir meine Kugel dann zurück und alles ist gut. Klingt rein theoretisch ganz leicht. Wenn es sich auch so anfühlen würde, wäre das super. Das tut es allerdings nicht!

18

Das Haus ist feierlich geschmückt. Überall hängen Luftballons und Luftschlangen. Mein Herz klopft mir bis zum Hals und meine Beine kribbeln ganz fürchterlich, weil sie am liebsten wegrennen würden. Ich versuche, mir möglichst nichts anmerken zu lassen, denn Anni strahlt über das ganze Gesicht und ich umarme sie. »Happy Birthday!«

»Danke, komm rein.« Sie tänzelt ins Wohnzimmer, wo Susanne mit einem Tablett voller Getränke durch die Terrassentür nach draußen geht und mir zunickt. Ich winke ihr zu.

Anni greift meinen Ärmel und zieht mich in den Garten. »Ich bin ja so aufgeregt«, zwitschert sie und zeigt auf einen Tisch mit einer rot gestreiften Decke. »In dem großen Paket sind sicher die Rollerblades. Die anderen drei Geschenke sind von Verwandten und der Nachbarin und das hier«, sie zeigt auf eine eckige Verpackung, die in etwa der Box für eine Schneekugel entspricht, »ist von Finn.«

Gequält lächle ich und hole mein Päckchen aus dem Rucksack, um es dazuzustellen. Es ist ein wunderschönes Zeichenbuch über Feen, Gnome und Elfen, das ich neulich in unserem Laden entdeckt habe. Gleich unter dem Buch in meiner Tasche befindet sich die Ersatzschneekugel. Ich habe sogar extra einen Bogen Geschenkpapier und eine Schleife eingesteckt.

Weil es wieder an der Tür klingelt, hüpft Anni davon. Kurz überlege ich, Finns Geschenk einfach zu schnappen und abzuhauen, aber sein Vater und er schauen gerade zu mir rüber. Sie stehen an einem dampfenden Grill. Nun heißt es also Augen zu und durch. Mit zusammengebissenen Zähnen gehe ich zu den beiden rüber.

»Hallo, Marie«, begrüßt mich Benedikt und verschwindet dann in einem Schuppen.

»Ich muss dringend mit dir sprechen«, komme ich gleich zum Punkt. Mein Mund fühlt sich seltsam trocken an. »In der letzten Zeit habe ich dich kaum zu fassen gekriegt.«

Finn holt ein paar Würstchen aus einer Tüte und legt sie auf den Rost. Dann schnappt er sich eine Zange, mit der er das Fleisch umdreht. »Ja, ich hatte viel zu tun.«

»Hör zu, es ist so«, will ich gerade beginnen, da kommt Benedikt mit einem Sack Feuerkohle zurück. Unruhig tippele ich von einem Fuß auf den anderen. Wahrscheinlich sehe ich aus, als müsste ich dringend aufs Klo. »Lass uns bitte kurz in dein Zimmer gehen.« Ich zupfe an Finns Ärmel, so wie Anni das immer bei mir macht.

»Okay?!« Er sieht mich fragend an, setzt sich dann aber in Bewegung. Benedikt verzieht den Mund zu einem Grinsen. Zwar ist es mir etwas peinlich, seinen Sohn so offensichtlich wegzuschleppen, aber das muss jetzt einfach sein.

Anni bemerkt unseren Abgang gar nicht, weil vier ihrer Freundinnen gekommen sind und alle in wildes Gegacker ausbrechen.

»Es geht um die Schneekugel«, sage ich, als ich Finns Tür hinter mir schließe.

»Okay?!«, wiederholt er.

»Die hier habe ich mitgebracht. Sie sieht fast so aus wie

die andere.« Ich wühle wieder in meinem Rucksack und hole den hübschen glitzernden Ersatz raus.

Überrascht zieht Finn die Augenbrauen zusammen. »Ich brauche sie nicht.«

Na toll, jetzt habe ich ein richtiges Déjà-vu. Und genau wie damals auf dem Schulflur fühle ich mich alles andere als wohl in meiner Haut. Finn muss denken, ich habe sie nicht mehr alle. Doch das ist jetzt egal.

Ich hole tief Luft. »Die andere gehört nämlich eigentlich mir.«

Schweigend geht er zu seinem Schreibtisch, lehnt sich gegen die Arbeitsplatte und verschränkt die Arme vor der Brust.

»Deshalb war ich die ganze Zeit hinter ihr her. Sie ist total kitschig und passt eigentlich eher zu einem Kleinkind. Es war mir peinlich, es dir gegenüber klarzustellen.« Und das ist es noch! Ich kann Finn nicht mal in die Augen schauen und starre stattdessen auf die Kugel in meiner Hand. Die Glitzerflocken tanzen sanft im Wasser wie kleine Schneekristalle, die vom kühlen Winterwind aufgewirbelt werden.

Ich wünschte, die Fee hätte Zauberkräfte. Dann würde ich diese blöde Situation auf der Stelle beenden, Finn mit einem Vergessensfluch belegen, die Kugeln austauschen und mit Anni eine super Party feiern. Weil ich das aber nicht kann, fahre ich mit meiner erniedrigenden Erklärung fort: »Deshalb habe ich mir damals die Ausrede mit dem Ausstellungsstück einfallen lassen. Die Schneekugel bedeutet mir viel. Sehr viel. Meine Oma hat sie mir geschenkt. Ich will sie zurückhaben. Dringend! Du darfst sie nicht verschenken. Also nimm endlich die Ersatzkugel an!«

Gegen Ende ist mein Ton etwas befehlend geworden. Der Frust sitzt leider tief. Dass meine Kugel ein Geheimversteck besitzt und ich sie deswegen umso mehr zurückwill, erzähle ich nicht. Ich muss ja nicht alles vor Finn ausbreiten. Endlich schaue ich zu ihm hoch.

Seinen Gesichtsausdruck kann ich nicht so recht deuten. Er wirkt nicht mehr so unnahbar wie zuvor. Eher verwundert und – verständnisvoll?

Finn seufzt hörbar, löst seine verschränkten Arme und sagt schlicht: »Ich wusste das schon.«

»Du weißt was?« Mein Herz donnert wie ein Presslufthammer.

»Dass die Kugel dir gehört.«

Ich lasse mich auf sein Bett sinken, weil sich meine Beine anfühlen wie Pudding. »Woher?«

»Du wolltest sie so offensichtlich haben, dass ich stutzig geworden bin. Und dann habe ich gesehen, wie du aus meinem Zimmer gekommen bist, als du dachtest, ich wäre nicht zu Hause.«

Shit, er hat mir die Kloausrede also doch nicht abgenommen.

»Meine Kommode war offen«, fährt er fort. »Darin stand das Päckchen mit der Schneekugel.«

Wusste ich es doch.

»Es war also glasklar, dass du danach gesucht hast. Deshalb habe ich sie mir mal genauer angeschaut.«

Oh, oh!

»Und da ist das Kästchen aufgegangen.« Er lässt die Arme sinken und schiebt die Hände in seine Jeanstaschen.

Finn hat mein Zettelfach gefunden! Ich schlucke trocken und starre ihn an. »Okay?!«

»Tja, und dann, na ja ...« Unsicher kratzt er sich am Nacken.

Sag es nicht, bete ich, aber er tut es leider doch.

»Dann habe ich ein paar deiner Wünsche gelesen. Aber das weißt du ...«

»Du hast sie gelesen«, unterbreche ich ihn harsch.

Das ist der Super-GAU! Das Desaster, das ich von Anfang an gefürchtet habe und unbedingt verhindern wollte. Er kennt meine geheimsten Sehnsüchte, meinen innigsten Wunsch, einen Kuss von Tino zu bekommen. Das ist Sooooooo was von peinlich! Vielleicht weiß Tino längst Bescheid. Ich will mich in Luft auflösen und als durchsichtige Materie in den unendlichen Weiten des Weltraums verschwinden.

Finn macht einen Schritt auf mich zu und mit einem Mal packt mich eine unendliche Wut. Er weiß schon die ganze Zeit Bescheid und hat mir die Kugel trotzdem nicht zurückgegeben? Was soll das? Was spielt er für ein bescheuertes Spiel? Findet er es etwa lustig, mich bei meinen vergeblichen Rückholversuchen zu beobachten? Amüsieren er und Tino sich heimlich über mich?

Ich werfe die Ersatzkugel in meinen Rucksack und springe auf. »Gib sie mir jetzt auf der Stelle zurück!«

Wieder macht er dieses verwunderte Gesicht. »Ich habe sie nicht mehr. Sie sollte längst bei dir sein.«

»Bei mir?« Will er mich für dumm verkaufen? Aufgebracht stemme ich die Hände in die Hüften und funkele ihn an.

»Ich hatte sie bei unserem Ausflug auf dem Teufelsberg mit und wollte sie dir hinterher geben. Aber dann haben wir Tino und Fenja im Café getroffen.«

Das war es also, was er aus seinem Rucksack ziehen wollte, als ich mich gerade verabschiedet habe. Ich sinke zurück auf das Bett. Mein Kopf dreht sich zu sehr, als dass ich einen klaren Gedanken fassen könnte.

»Deshalb bin ich dann am Wochenende kurz bei dir vorbeigegangen, um sie dir zu geben, aber ihr wart nicht zu Hause.«

»Das muss zu der Zeit gewesen sein, als wir im Krankenhaus waren.«

»Krankenhaus?«

Ich nicke. »Opa hatte eine Art Schwächeanfall.«

»Oh, das tut mir leid. Das wusste ich nicht.«

»Wie auch, du warst ja komplett abgetaucht und kaum mehr ansprechbar.« Jetzt klinge ich bestimmt wie eine eingeschnappte Freundin.

Finn legt genervt die Stirn in Falten. »Das Päckchen habe ich bei der Nachbarin abgegeben. Die ältere Frau hat mich vor der Tür gesehen und angeboten, es an dich weiterzuleiten.«

»Das hat sie aber nicht. Verdammt noch mal!«

»Dafür kann ich doch nichts.«

»Kannst du wohl! Du warst von Anfang an ein sturer, verbohrter Blödmann. Hättest du die Kugel sofort rausgerückt, als ich dich darum gebeten habe, dann wäre das alles«, ich mache eine umfassende Handbewegung durch die Luft, »nicht passiert und ich hätte mir das ganze Theater sparen können.«

»Du hast mich aber nicht darum gebeten, sondern mir den Umtausch quasi befohlen. Und was meinst du mit *das ganze Theater?«* Seine Stimme ist lauter geworden. Genau wie meine.

»Na, eben einfach alles«, zische ich und meine damit

sämtliche vergeblichen Rückholversuche und die vielen Gedanken, die ich mir darum gemacht habe.

Finn sieht mich an, als hätte ich ihm eine runtergehauen. »Es war also alles nur Theater zwischen uns, ja? Na, das ist ja super.«

Natürlich war nicht ALLES Theater zwischen uns. Missversteht er mich etwa extra? Gerade will ich zu einer Antwort ansetzen, da öffnet sich die Tür und Felicitas schaut herein. »Ach, Finn, da steckst du ja. Ich hab dich schon gesucht.« Sie stutzt. »Oh, störe ich etwa?«

»Ganz und gar nicht.« Finn fixiert mich mit zusammengekniffenen Augen. »Zwischen uns ist alles gesagt.«

»Sieht so aus.« Wütend stapfe ich nach unten.

Die Party ist mittlerweile in vollem Gang. Obwohl es mir für Anni leidtut, muss ich hier verschwinden. Ich will Finn nicht mehr über den Weg laufen.

»Du, ich habe wahnsinnige Bauchschmerzen«, entschuldige ich mich mit einem schlechten Gewissen. Anni steht gerade in der Küche und stapelt einen Berg von den mit Glitzer bestäubten Muffins auf einen Teller. »Deshalb gehe ich jetzt besser.«

»Och nee.«

»Tut mir so leid. Aber du wirst bestimmt eine super Party haben.«

»Kannst du wirklich nicht bleiben?« Enttäuscht lässt sie die Schultern hängen.

Ich schüttele den Kopf und Anni packt mir ein paar Muffins in eine Tüte. »Hier, nimm die mit und esse sie, wenn es dir besser geht.«

»Mach ich, feier noch schön, ja?« Ich umarme sie fest und verdünnisiere mich dann.

Zu Hause angekommen, klingele ich sofort bei der Nachbarin.

»Welches Päckchen?«, fragt sie verwundert.

»Das von einem Freund, das Sie entgegengenommen haben«, brülle ich nun zum dritten Mal. Die alte Dame ist ziemlich schwerhörig und offenbar auch schon etwas senil. So langsam reißt mir der Geduldsfaden.

»Ach, das.« Endlich erinnert sie sich. »Ja, das habe ich deiner Mutter gegeben.«

Ich seufze und bedanke mich lauthals. Diese Schneekugel ist echt so was von reisewütig. Kann sie nicht einfach mal an Ort und Stelle bleiben?

»Du bist ja schon wieder zurück?«, sagt Mama verwundert, als ich im Laden auftauche.

»Ja, mir ging's nicht so gut. Sag mal, wo ist das Päckchen, das die Nachbarin neulich für mich abgegeben hat?«

»Oh!« Mama geht zur Theke und kniet sich hinter die Ablage. »Das habe ich in der Aufregung um Opa und euren heimlichen Ausflug nach Leipzig ja völlig vergessen. Ich habe es hier runtergestellt.« Sie kramt kurz herum. »Da ist es.«

Als ich die Schachtel draußen im Flur öffne, schimmert mir sofort das Glas mit der lächelnden Fee und den Tausenden von Glitzerflocken entgegen. Meine Schneekugel. Endlich!

Einerseits durchströmt mich ein umwerfender Schwall Erleichterung. Ich muss die nächsten Tage unbedingt zu Oma ans Grab gehen und ihr erzählen, dass ich Wort gehalten und ihr Geschenk zurückgeholt habe. Wenn sie mich hören kann, wird sie sich bestimmt riesig für mich freuen.

Andererseits schwebt eine dunkle Frustwolke über meinem Kopf. Der Streit mit Finn war so was von blöd. Irgendwie hat sich das Ganze total hochgeschaukelt. So oder so nehme ich ihm aber richtig übel, dass er meine Wünsche gelesen hat. Ich sollte ihn gedanklich zum Mond schießen und ihn dann vergessen. Das ist jedoch leichter gesagt als getan, weil ich ihn mittlerweile ziemlich mag, wenn ich ehrlich bin.

19

Die nächste Woche ist mit den letzten Vorbereitungen für das Theaterstück zum Glück so vollgestopft, dass ich Finn ein wenig aus meinem Kopf verdrängen kann. Wir proben jeden Tag, um uns auf den Auftritt am Samstag vorzubereiten. Die Nachhilfe für Anni sage ich aus diesem Grund ab. Da in den letzten zwei Wochen vor den großen Ferien sowieso niemand mehr Lust zum Lernen hat, beschließen wir, erst einmal das nächste Schuljahr abzuwarten und dann weiterzusehen.

Beim Training fasse ich mir in einem günstigen Moment ein Herz und spreche Tino auf die Schneekugel an. Ich muss wissen, ob er meinen Wunsch kennt. Zunächst habe ich versucht, sein Verhalten mir gegenüber zu analysieren. Aber er ist eigentlich wie immer. Kein Anzeichen dafür, dass er weiß, wie verschossen ich in ihn bin.

»Sag mal, hat Finn zufällig was erzählt?« Wir haben gerade die Probe beendet und ich lege mein Ammenkleid fein säuberlich zusammen.

»Was soll er erzählt haben?«

»Etwas von einer Schneekugel zum Beispiel?« Mein Puls rast mal wieder wie verrückt.

»Ach, du meinst die, die er Anni zum Geburtstag gekauft hat?« Er setzt sich auf die Bank, auf der wir unsere Kostüme lagern, und zupft an einer Federboa herum, die Fenja als Julia auf dem Ball trägt.

»Ja, die.« Ich schlucke und halte die Luft an.

»Klar hat er mir davon erzählt.«

Shit! »Und was genau hat er gesagt?«

Tino legt sich den wuscheligen Schal um den Hals und wedelt mit einem Ende in der Luft herum. Ich streiche mein Kleid nun schon zum fünften Mal glatt. Muss er mich so auf die Folter spannen?

»Na, dass er eine gefunden hat. Er war ganz erleichtert, weil er lange nicht wusste, was er Anni schenken soll«, verrät er schließlich. Dann zieht er die Boa wieder aus und schlingt sie um meinen Hals.

Die Federn kitzeln mich an der Nase. Ich versuche, den Puschelschal loszuwerden, doch Tino hält ihn lachend fest. Wir rangeln kurz, bis er endlich nachgibt und mich wieder freilässt.

»Das war alles?«, keuche ich.

Er zuckt mit den Schultern und schlendert los. »Keine Ahnung, was du meinst. Ich habe ihn in der letzten Zeit kaum gesprochen. Der ist total beschäftigt.«

Puh, Tino weiß offensichtlich wirklich nichts von meinem Zettel. Finn hat mich also nicht verpetzt. Das rechne ich ihm hoch an, auch wenn ich immer noch sauer auf ihn bin.

In den nächsten Tagen begegne ich ihm in der Schule glücklicherweise nicht. Ich schätze, wir gehen uns beide erfolgreich aus dem Weg. Meine Schneekugel habe ich wieder auf die Kommode gestellt. Noch habe ich es nicht übers Herz gebracht, die Schatulle zu öffnen. Sie ist irgendwie entweiht, so blöd das vielleicht klingt. Im Moment weiß ich nicht, ob ich je wieder einen Wunsch hineinlegen werde.

Am Freitagnachmittag trifft sich die Theatercrew zur Generalprobe. Wir sind alle wahnsinnig aufgeregt. Fenja sieht ganz blass aus und haut sich tonnenweise Rouge auf die Wangen. Und auch ich habe ein wenig Muffensausen, obwohl ich mich mit meiner Rolle mittlerweile ganz wohl fühle. Es macht Spaß, die durchgeknallte Amme zu sein, und ich bin auch stolz darauf, mich so gut mit ihr angefreundet zu haben. Dennoch habe ich Angst vor einem Texthänger.

Die unendliche Liebe zwischen Romeo und Julia schmerzt mich natürlich immer noch, aber ich habe Tino und Fenja nun schon so oft in ihren Bühnenrollen knutschen sehen, dass ich ein bisschen abgehärtet bin. Ein erschreckender, gruseliger oder frustrierender Anblick verliert offenbar an Intensität, wenn man ihm oft genug ausgesetzt ist.

Claudette ist die Einzige in der Truppe, die einigermaßen entspannt wirkt. Als Souffleuse sitzt sie aber auch die ganze Zeit nur vorne am Bühnenrand mit dem ausgedruckten Text im Schoß. Bei ihr steht also nicht viel auf dem Spiel.

Als alle ihre Kostüme anhaben, gibt Tassi das Startsignal. Zunächst läuft es wie geschmiert. Dann leistet sich Miro einen Patzer. Er spielt den Tybalt, also ein Familienmitglied der Capulets, und fordert Jasper alias Benvolio und somit einen Montague, viel zu früh zum Kampf heraus. Dadurch fällt ein vorheriger Wortwechsel komplett ins Wasser. Nach einem kurzen Schweigemoment spielen jedoch alle weiter. Diesem Missgeschick folgt wenig später ein Stolperer von Fenja, die auf dem Balkon ihren Text vergisst.

»O Romeo, Romeo«, hilft Claudette ihr leise auf die Sprünge.

Warum bist du Romeo? Verleugne deinen Vater und entsage deinem Namen, oder wenn du das nicht willst, so schwöre mir nur ewige Liebe und ich will keine Capulet mehr sein, spreche ich stumm weiter. Ich kann den Text mittlerweile auswendig.

Zum Glück kriegt Fenja die Kurve und fährt irgendwann fort. Zu guter Letzt baut die Beleuchterin zweimal Mist und strahlt nicht den vereinbarten Winkel auf der Bühne an, sondern eine Stelle knapp daneben, sodass die jeweilige Person, die eigentlich im Scheinwerferlicht stehen sollte, sich im Halbdunkel befindet.

Nach dem letzten Akt fallen wir alle ziemlich erschöpft auf den Bühnenboden. Tassi klatscht Beifall, doch das heitert niemanden wirklich auf.

»Ich fühle mich beschissen«, murrt Fenja und ich wundere mich über ihre Wortwahl. »Mein Hals tut weh.«

»Leute, Leute«, mahnt Tassi. »Lasst euch jetzt bloß nicht runterziehen. Die Generalprobe muss schieflaufen, das ist Theatergesetz. Je schlechter sie ist, desto besser wird die Premiere.«

Na dann muss sie ja phänomenal werden!

Der Tag der Aufführung beginnt leider zunächst so, wie er aufgehört hat. Unsere Stimmung beim Eintreffen in der Schule ist etwas gedämpft, und als Fenja kommt, schießt sie den Bock endgültig ab. Sie öffnet den Mund, sagt aber nichts. Dann wedelt sie sich ein paar Tränen aus dem Gesicht. Was hat sie denn jetzt schon wieder?

»Ich«, presst sie schließlich hervor und es hört sich an wie ein Huhn, dem man gerade den Hals umdreht, »kann nicht reden. Stimme weg.«

Wie bitte? Fenja zieht eine Bescheinigung vom Arzt hervor. Sie hat eine heftige Halsentzündung und fällt aus. Schlagartig macht sich Unruhe breit. Alle reden durcheinander. Shakespeares *Romeo und Julia* ohne eine Julia, wie soll das gehen? Wieder ist es Tassi, der Ordnung in die Situation bringt.

»Ganz langsam!«, ruft er und nach und nach verstummt unser aufgebrachtes Gerede. »Wir müssen kurzfristig umdenken. Wer traut sich spontan zu, die Rolle der Julia zu übernehmen?«

Niemand meldet sich. Tassi fährt sich durch die Haare und legt die Stirn in Falten.

Mein Herz beginnt, heftig zu klopfen. Ich wollte die Rolle ja von Anfang an. Aber ob ich wirklich den ganzen Text kann? Und wenn ich jetzt für Fenja einspringe, wer springt dann für mich ein? Das ist doch ein Rattenschwanz, der nie endet.

Trotzdem hebe ich vorsichtig die Hand. »Ich könnte das vielleicht machen.«

In Tassis Gesicht macht sich Erleichterung breit.

»Dann würde ich gerne die Amme sein«, vermeldet Claudette. »Die Julia wäre nicht so meins.« Schüchtern wirft sie Tino einen Blick zu und ich muss grinsen. Als ich in der Siebten war, hätte ich auch nicht gerne vor allen Augen einen Zehntklässler geküsst und ihm schmalzige Liebesworte zugeflüstert, was sie als seine Bühnengeliebte ja tun müsste.

»Super!« Tassi klatscht in die Hände. »Dann spielst du die Amme. Den Text kannst du ja sicherlich in- und auswendig.«

Claudette nickt geflissentlich. Sie hat in den letzten Wochen nichts anderes getan, als unsere Texte rauf- und runterzulesen, um uns im richtigen Moment auf die Sprünge zu helfen.

»Und Marie spielt die Julia.« Er sieht mich an. »Du warst bei den meisten Proben von Fenja und Tino dabei und weißt ja Bescheid. Du kriegst das hin, nicht wahr?«

»Ich denke schon.« Möglichst unauffällig schiele ich zu Tino rüber. Er lächelt mich an. Mein Herz macht mehrere Saltos und schlägt mir dann bis zum Hals. Jetzt werde ich doch noch die Julia. Ich glaube es nicht.

Fenjas ohnehin mürrisches Gesicht verdunkelt sich noch mehr. Sie hätte mit Sicherheit lieber Claudette an Tinos Seite gesehen, weil die keine ernst zu nehmende Konkurrenz für sie ist. Böse blickt sie mich an, sagt aber nichts. Kann sie ja auch nicht. Wenn ich jetzt eine fiese Zicke wäre, würde ich heimlich lachen. Tue ich aber natürlich nicht. Auch wenn ich schon ein klitzekleines bisschen Genugtuung empfinde.

Zum Glück bleibt uns noch Zeit, um die neu besetzten Szenen in Ruhe durchzugehen. Claudette macht sich richtig gut als Amme. Mir gefällt die naive Note, die sie ihrer Rolle verleiht.

Ich bin sehr aufgeregt und froh, dass Tino und ich die beiden Kussszenen erst einmal alleine üben. Als ich am Balkongeländer lehne und er zu mir hochklettert, stehe ich kurz vor einem Herzinfarkt. Meine Hände sind so kalt, als hätte ich sie stundenlang in die Gefriertruhe gesteckt, und mein Puls ist so hoch, dass jeder Arzt Alarm schlagen würde.

Tino hat sich zu mir durchgeschlagen und greift nach meiner Hand. »Oh Julia«, summt er in einem furchtbar kitschigen Singsangton.

»Oh Romeo«, antworte ich ihm ebenso lieblich und fühle mich ein kleines bisschen dämlich dabei.

Er blinzelt mich verliebt an, beugt sich vor und – legt seine Lippen auf meine. Der Kuss ist so schnell und flüchtig, dass ich ihn erst hinterher realisiere. Er fühlte sich an wie ein winziger Windhauch. Ich weiß, dass Fenja und Tino den ersten Kuss von Romeo und Julia so geprobt haben, dennoch hatte ich ihn mir deutlich spektakulärer vorgestellt. Immerhin habe ich so lange von Tinos Lippen geträumt. Vielleicht bin ich aber auch nur zu aufgeregt wegen des bevorstehenden Auftritts und zu konzentriert auf meine neue Rolle und kann es deshalb nicht richtig genießen.

Nun sehne ich die zweite Szene herbei. Da werden wir nach unserer Vermählung eng umschlungen auf der Sportmatratze liegen und uns leidenschaftlich küssen, bis das Licht abgedreht wird und sich der Zuschauer denken kann, dass es in dieser Nacht nicht beim Küssen bleibt.

Wir platzieren uns auf der kuscheligen Patchworkdecke von Claudette. Tino setzt sich in den Schneidersitz, ich liege vor ihm, mein Kopf auf seinem Bein. Zärtlich streicht er mir über die Wange, die sofort zu glühen anfängt. Wir tauschen unseren Dialog aus, dann beugt er sich runter und küsst mich. Erst sanft, dann immer drängender. Ich küsse zurück und warte auf das Prickeln, den Knall, irgendwas.

Der Kuss ist nicht schlecht. Aber er ist auch nicht umwerfend, von den Füßen reißend und voller Glücksgefühle, die einen blöd im Kopf machen. Tinos Lippen fühlen sich angenehm weich an. Er weiß sie zu benutzen, hat eindeutig Kusserfahrung. Aber ich warte vergeblich auf den Schauer, den ich mir in meinen Träumen ausgemalt habe und der von den kleinen Zehen bis zu den Haarspitzen durch mich hindurchschießt.

Tino löst sich von mir und lächelt mich an. Ich schaue direkt in seine Karamellaugen mit den gelben Sprenkeln und fühle mich irgendwie leer.

Es ist nur ein Bühnenkuss, kein echter Kuss, versuche ich, meine Enttäuschung abzuschwächen. Vielleicht hatte ich einfach zu hohe Erwartungen. So gut es geht, schiebe ich meinen Frust beiseite und konzentriere mich auf meine Rolle. Als wir Tassi unsere gemeinsamen Szenen vorspielen, ist er äußerst zufrieden.

»Die Show kann beginnen!«, jubelt er.

Und das tut sie auch wenig später. Der Saal füllt sich. Die Anspannung steigt. Letzte Korrekturen an Make-up und Outfits werden vorgenommen und dann geht es los.

Dieses Mal fordert Miro als Tybalt Jasper als Benvolio nicht zu früh zum Kampf auf, die Beleuchterin hält die Strahler auf die vereinbarten Stellen und niemand vergisst seinen Text. Nur hin und wieder gibt es den ein oder anderen kleinen Satzdreher oder jemand verpennt seinen Einsatz um ein paar Sekunden, aber wir haben das so oft geübt, dass wir die Situationen jedes Mal gut überspielen und es im Publikum sicher niemandem auffällt.

Tinos erstes Küsschen auf dem Balkon ist genauso schnell vorbei wie zuvor. Am Rand der ersten Reihe sitzt Fenja mit frustrierter Miene. Sie würde jetzt sicher gerne statt mir hier oben stehen.

In der Saalmitte sehe ich Papa, gleich neben Lou, Tante Anna, Opa und Mama. Er blickt stolz zu mir nach oben und ich schenke meiner Familie ein strahlendes Julia-Lächeln.

Der zweite Kuss auf dem Honeymoonbett mischt meine

Hormone wieder genauso wenig durcheinander wie der bei der Probe. Aber ich habe mich mittlerweile gewappnet und bin nicht mehr ganz so enttäuscht. Ein Theaterstück ist eben nicht die Realität. Wir spielen die Gefühle nur vor.

Als wir den letzten Akt schließen, klatschen die Zuschauer begeistert Applaus und trampeln sogar mit den Füßen. Wir Schauspieler versammeln uns glücklich am Bühnenrand und verbeugen uns mehrfach. Von der Seite jubelt mir Anni zu. Auch Susanne ist dabei. Ich halte Ausschau nach Finn, kann ihn aber nirgends entdecken.

Wir rufen Tassi hoch und überreichen ihm einen Blumenstrauß, den Lilly besorgt und neben ihren Klamotten in der Umkleidekabine versteckt hat. Die Arbeit hat sich gelohnt. Zum Schluss kommt sogar noch die Schulleiterin nach vorne und verkündet, dass heute die Redakteurin irgendeiner Lokalzeitung zugeschaut hat und ganz begeistert ist. Dann fragt sie, ob wir das Stück am Anfang des nächsten Schuljahres noch ein- oder zweimal präsentieren wollen. Da ist die Freude gleich umso größer, denn natürlich wollen wir das.

Ausgelassen tauschen wir uns hinter der Bühne aus, während die Gäste bei vorbereiteten Häppchen in der Mensa auf uns warten.

»Tassi hatte recht!«, jauchzt Jasper. »Wenn man die Generalprobe verkackt, wird die Show doppelt so gut.« Er schlägt mit Miro ein.

Claudette hat knallrote Wangen und die stammen nicht von irgendwelchem Puder. Sie ist superglücklich, dass ihr die Amme so gut gelungen ist. Ich freue mich für sie, denn sie war wirklich spitze.

Tino umarmt mich und schaut mir dann tief in die Augen.

»Du warst absolut toll. Und«, er starrt auf meine Lippen, »du bist eine gute Küsserin.«

»Äh, danke.« Hätte er mir das vor ein paar Wochen gesagt und mich dabei so im Arm gehalten, wäre ich vor Glück wahrscheinlich explodiert. Aber jetzt tue ich das nicht.

»Ich würde gerne mal was mit dir unternehmen. Nur wir zwei?« Er sieht mich fragend an.

Wieso schwebe ich jetzt nicht davon? Er will ein Date! Ein richtiges Date. Das ist doch genial.

Vorsichtig nähert er sich meinem Gesicht. Da schießt mir mein Traum von neulich durch den Kopf, als er mich im Freibad so wunderbar geküsst hat. Aber eigentlich war das ja Finn! Bei Tino hat es heute nicht Peng in meinem Bauch gemacht! Nichts hat mich von den Füßen gerissen und nichts hat mich blöd im Kopf gemacht.

Die Erkenntnis trifft mich wie ein Schlag. Ich schlucke und trete einen kleinen Schritt zurück, um etwas Abstand zwischen uns zu bringen. »Wir können gerne mal was zusammen unternehmen. Zum Beispiel wieder ins Kino gehen. Vielleicht kommen dann ja auch ein paar andere Leute aus dem Theaterkurs mit.«

Er scheint meine vorsichtige Abfuhr zu verstehen. Kurz presst er die Lippen aufeinander, dann nickt er. »Klar, das machen wir.«

Nele und Elisabeth retten uns aus dieser unangenehmen Situation, indem sie grölend zu uns stoßen und uns in eine Gruppenumarmung ziehen.

Mein Traumtyp war im Traum besser als in der Realität. Das wird mir umso klarer, als wir alle nach draußen gehen, um mit unseren Familien und Freunden zu feiern. Fenja erwartet uns bereits. Sie stürmt auf Tino zu und umarmt ihn innig. Er erwidert ihre Umarmung genauso fest und lässt sich sogar ein Küsschen auf die Wange drücken. Das bestätigt meine Entscheidung, ihm nicht weiter hinterherzurennen, nur noch. Denn wer wünscht sich schon einen Freund, der sich dermaßen offen auf Flirts mit anderen Mädchen einlässt?

20

Endlich ist Ferienbeginn. Zur Feier des Tages haben Lou und ich uns etwas Besonderes überlegt. Wir bauen ein Zelt im Garten auf und schlafen draußen. Die Luft ist mild, eine schmale, aber helle Mondsichel hängt zwischen ein paar Wolken. Ansonsten schimmern die Sterne wie eine Glühwürmchenhorde über unseren Köpfen.

Wir haben eine Kerze angezündet und ein Tablett mit Keksen und Tee auf den Boden gestellt. Dann legen wir zwei Luftmatratzen ins Gras vor das Zelt und setzen uns im Schneidersitz darauf.

In einer Woche fährt Lou nach England zu Jason. Papa hat supergünstige Flüge im Reisebüro organisiert. Wir sind alle schon wahnsinnig aufgeregt.

»Ich kann es gar nicht abwarten, ihn endlich wieder in den Arm zu nehmen«, erzählt sie und schenkt Tee in zwei Tassen. »Wie sich das wohl anfühlt nach der langen Zeit? Und ob er noch genauso gut riecht wie damals? Wenn er stinkt wie ein Eber, nehme ich die nächste Maschine zurück.« Angewidert schüttelt sie den Kopf, sodass ihre Locken wild durch die Luft fliegen.

Ich kichere und lasse mich ganz auf die Matte sinken. »Das wird nicht passieren.«

»Oder stell dir vor, er hat das Küssen verlernt und seine

Lippen sind plötzlich schlabberig wie ein Eis, das zu lange in der Sonne gestanden hat.«

Ich will losprusten, aber dann bleibt mir das Lachen im Hals stecken, weil ich an meine ernüchternden Küsse mit Tino denken muss.

Lou sieht mich mitleidig an. »Entschuldige, Küssen ist gerade das falsche Thema. Tut mir so leid mit Tino.«

»Quatsch. Ich bin sicher, dass Jason ein grandioser Küsser ist und ihr gar nicht mehr damit aufhören wollt, wenn ihr einmal angefangen habt. Ich meine, ihr kennt euch ja auch schon viel besser als Tino und ich. Du rennst nicht irgendeinem Traumbild hinterher.« Traurig zupfe ich ein Gänseblümchen vom Boden.

»Du musst deinen Romeo eben erst noch finden.« Lou nimmt sich einen Keks und auch ich schiebe mir einen in den Mund. »Ich habe eine Idee«, sagt sie. Ihre Augen schimmern aufgeregt. »Wir machen jetzt Tabula rasa!«

»Ah ja, und was bedeutet das genau?«

Sie rutscht von der Matratze und zieht mich zu sich hoch. »Wir machen reinen Tisch. Du holst deine Schneekugel und beseitigst die ganzen Zettel. Zumindest den letzten mit dem Tino-Kuss-Wunsch. Und ich hole mir ein Papier und ein Blatt.«

Ich stolpere hinter ihr her in Richtung Haus. »Wofür?«

»Weil ich Thomas einen Brief schreiben will. Ich habe keine Ahnung, ob ich ihn dann auch abschicke, aber ich muss mal ein paar Dinge festhalten.«

»Okay!« Keine schlechte Idee, auch wenn mir der Gedanke schwerfällt, mein Geheimfach, das im Grunde gar kein Geheimfach mehr ist, zu öffnen.

Oben angekommen, nehme ich die Kugel vorsichtig in die

Hand. Die kleinen weißen Flocken darin wirbeln auf und tanzen mit Tausenden von Glitzerpunkten um die unschuldig lächelnde Fee herum. Mein Herz wird ganz warm.

Wenig später sitzen wir wieder auf unseren Luftmatratzen. Vorsichtig drehe ich die Kugel einmal um 180 Grad im Uhrzeigersinn. Lou sitzt bereits vornübergebeugt über ihrem Brief.

»Lieber Thomas, ich bin deine Tochter«, liest sie laut vor und legt grübelnd den Stift an ihren Mund. »Das ist zu direkt, oder?«

»Sag doch so was wie: ›Du wunderst dich vielleicht, wieso du Post von einer Wildfremden bekommst‹«, schlage ich vor. Es macht leise Knack, als der Schließmechanismus des Faches sich löst.

»Gut, und dann sage ich, dass er mich streng genommen ja schon kennt, weil wir ihn neulich im Café besucht haben.«

»Ob er sich daran erinnert?«, werfe ich ein und schiebe den Deckel auf.

Lou zuckt mit den Schultern. »Keine Ahnung.«

Konzentriert schreibt sie weiter und ich spähe mit klopfendem Herzen in mein Allerheiligstes. Ganz oben liegt ein zusammengefalteter Zettel, der sofort meine Aufmerksamkeit erregt. Er ist grün. Grüne Zettel habe ich nicht in das Geheimfach gelegt. Meine sind alle weiß. Lou murmelt wieder irgendetwas vor sich hin, aber ich höre nicht mehr zu. Ich falte das Papier auseinander.

Liebe Marie, ich hoffe, du verzeihst mir, dass ich deine Wünsche gelesen habe. Es hat Spaß gemacht, dir einen davon zu erfüllen und mir etwas Abenteuerliches für dich auszudenken! Dein Finn

Ach du meine Güte. Ich lese die Nachricht mehrmals durch. Meine Hände fangen an zu zittern.

»Hey.« Lou boxt mir den Ellenbogen in die Seite. »Was ist los? Du siehst schon wieder aus wie Hui Buh.«

»Finn hat mir einen Wunsch erfüllt«, krächze ich. »Er wusste, dass ich gerne endlich mal was richtig Aufregendes und Verrücktes erleben wollte. Deshalb war er mit mir auf dem Teufelsberg.« Mein Bauch fühlt sich so heiß an, als hätte ich eine Fackel verschluckt. »Er hat meinen Zettel gelesen und daraufhin etwas für mich organisiert.«

»Das ist so süß«, zwitschert Lou. »Und irgendwie auch total romantisch.«

»Er hat aber eine Freundin. Und wenn das wirklich romantisch gemeint war, dann ist er nicht besser als Tino. Der scheint sich bei den Mädchen alle Optionen offenzuhalten.«

»Vielleicht wollte er dir einfach nur eine Freude machen und mit dir befreundet sein?«

Ich nicke schwach.

»Du solltest noch mal mit ihm reden. Auf Annis Party hast du ihn ziemlich angeraunzt«, legt Lou nach und ich muss mir eingestehen, dass sie recht hat. Sie zwinkert mir zu und liest mir dann ihren Brief vor. Den will sie in eine Schublade legen, bis sie entschieden hat, ob sie ihn tatsächlich verschickt.

Danach bleiben wir lange vor dem Zelt liegen und zählen Sterne. Es sind so unendlich viele, dass wir irgendwann aufgeben und einfach stumm ins All schauen.

Immer wieder schweifen meine Gedanken zu Finn. Würde es sich genauso anfühlen wie bei Tino, wenn er mich küssen würde? Oder wäre es aufregender, perfekter? Ich schüttele mehrfach den Kopf. Ich mag Finn. Ich mag ihn als

Freund. Dachte ich zumindest die meiste Zeit. Er hat mich oft zum Lachen gebracht, mich überrascht. Ich habe mich von ihm verstanden gefühlt. Mein Herz hat in seiner Nähe aber auch manchmal verrücktgespielt. Er hat mich durcheinandergebracht und sich in meine Träume geschlichen. Verdammt – vielleicht mag ich ihn ja sogar ein kleines bisschen mehr?

Ich seufze abgrundtief. Er ist vergeben und von einer Freundschaft zwischen uns kann auch keine Rede mehr sein. Aber wenigstens den Krach zwischen uns muss ich aus der Welt schaffen. Das darf nicht so im Raum hängen bleiben, sonst lässt mich das Thema nie mehr los.

Als Lou und ich unsere Augen kaum mehr offen halten können, kriechen wir ins Zelt und schlummern ein.

Am nächsten Morgen habe ich Hummeln im Hintern. Ich will unbedingt mit Finn sprechen. Zunächst versuche ich es auf seinem Handy, doch er nimmt nicht ab. Deshalb mache ich mich gleich nach dem Frühstück auf den Weg zu seinem Haus.

Wie so oft öffnet Anni mir die Tür. Sie freut sich über meinen Besuch und umarmt mich stürmisch.

»Hey, dein Geschenk war super! Ich habe mich noch gar nicht dafür bedankt. Wollte ich eigentlich nach eurem Theaterauftritt machen, aber Mama war ziemlich müde. Deshalb sind wir gleich gegangen. Ich habe schon mehrere Feen aus deinem Buch abgezeichnet und sie sind toll geworden. Die Proportionen im Gesicht sehen jetzt viel echter aus.« Sie macht einen Schritt zurück. »Komm rein.«

»Freut mich, dass ich dir eine Freude machen konnte. Wie war die Geburtstagsfeier denn noch?«

»Total schön«, schwärmt sie und führt mich in die Küche. »Ich habe die Rollerblades bekommen und eine Spieluhr von Finn mit einer tanzenden Fee.«

Also hat er doch noch eine andere Variante gefunden.

»Man kann sie aufziehen, dann macht sie Musik und dreht sich um ihre eigene Achse. Sie sieht so toll aus. Auch wenn ich eigentlich schon zu alt für so was bin. Aber«, sie stößt mir grinsend den Ellenbogen in die Seite, »manche Dinge gefallen einem nun mal, ob sie zum Alter passen oder nicht.«

Ich nicke lachend, weil sie mich so gekonnt zitiert. »Das stimmt.«

»Hey, ich bin gerade alleine und will einen Apfelkuchen für meine Freundinnen backen. Wir machen morgen einen Pyjama-Abend«, plappert Anni vergnügt weiter. Eine Schale voller Äpfel steht bereit. Die Hälfte hat sie schon geschält. Kurzerhand setze ich mich an die Theke, schnappe mir ein Messer und helfe ihr.

»Weißt du, wann Finn kommt? Ich wollte mit ihm reden. Wir, ähm, haben uns neulich gezofft.«

»Ach.« Anni lässt ihre Hand mit einem frisch geschälten Apfel sinken und mustert mich neugierig. »War das zufällig an meinem Geburtstag? Und hattest du deswegen Bauchweh?«

Ich nicke reumütig, weil ich ihr etwas vorgeschwindelt habe, um die Party zu verlassen.

»Deshalb war er also so komisch drauf.«

»Das tut mir leid.« Ich lege den fertigen Apfel zu den anderen und schnappe mir einen neuen.

»Braucht es nicht.« Sie steht auf und holt eine große Teigkugel aus dem Kühlschrank, die sie erst mit dem Finger kontrolliert und dann vorsichtig ausrollt. »Du hast ihn leider verpasst. Er ist für eine Woche in ein Flugcamp nach Brandenburg gefahren.«

»Mist!«

»Du magst ihn, was?« Anni schwingt die hölzerne Teigrolle ein paarmal in ihrer Hand herum und grinst so wissend, dass ich mich ertappt fühle.

»Na ja, wir haben uns ganz gut verstanden in der letzten Zeit«, wiegele ich ab.

»Ich weiß.« Ihr Grinsen wird breiter. Und weil ich merke, dass mein Gesicht warm wird, wende ich mich voller Eifer meinem restlichen Apfel zu. Anni soll nicht denken, dass ich mich an ihn ranschmeißen will. Das wäre mir peinlich, besonders wegen Felicitas.

»Ich hoffe, Felicitas war nicht eingeschnappt, als sie Finn und mich bei deiner Party in seinem Zimmer gefunden hat. Wir haben nur geredet«, sage ich möglichst beiläufig und schnippele die geschälten Äpfel dabei in kleine Stücke.

»Quatsch, sie hat kein Problem mit dir.« Anni hat mittlerweile den kompletten Teig ausgerollt und fettet nun eine Backform mit Butter ein, nachdem sie den Ofen eingeschaltet hat.

»Sie scheint ja eine ganz entspannte Freundin zu sein.«

»Freundin? Felicitas?«

»Klar, wer sonst?«

»Äh?« Anni sieht mich fragend an. Dann weiten sich ihre Augen und sie fängt an zu grinsen. »Du glaubst, die beiden sind zusammen?«

»Das ist doch offensichtlich.«

Jetzt gluckst Anni. »Ich dachte, du weißt Bescheid.«

»Worüber denn?«

»Na, über Felicitas.«

Oh Mann, was gibt es denn da bitte schön zu wissen? Ist sie etwa nur seine Ex?

»Sie ist nicht seine Freundin«, erklärt Anni und fängt an, mit drei Äpfeln zu jonglieren, was ihr mehr schlecht als recht gelingt. Ein Apfel fällt prompt runter und kullert über den Küchenboden. Sie hechtet ihm hinterher und hält ihn unter den Wasserhahn.

»Seit wann?«, erkundige ich mich ungeduldig. Haben die beiden sich getrennt?

»Seit immer. Felicitas ist unsere Schwester.«

Ich erstarre. »Sch...Schwester?«

Anni nickt, stülpt den Teig über die Backform und drückt ihn hinein. »Eigentlich unsere Halbschwester. Sie ist zwei Jahre älter als Finn. Papas Exfreundin ist ihre Mutter. Mit ihr war er zusammen, bevor er Mama kennengelernt hat.«

Verwirrt beiße ich in einen Apfelschnitz, vergesse aber, ihn zu kauen. Diese Nachricht muss ich erst einmal verdauen. Felicitas ist Finns Halbschwester. *Deshalb* sind die beiden also so innig miteinander und nicht etwa, weil sie ein Paar sind. Finn ist Single. Ach du meine Güte. Mein Herz beginnt zu hämmern. Endlich aktiviere ich meine Kiefermuskeln und zerkaue das Apfelstück in Faultier-Geschwindigkeit zu Brei.

»Ich habe von Anfang an gedacht, dass ihr ein gutes Paar wärt, deshalb habe ich euch im Theater auch alleine gelassen und Mama bis zur Pause geholfen«, erzählt Anni grinsend.

»Du wolltest uns also verkuppeln. Das habe ich zwischendurch schon mal vermutet.«

Anni nickt. »Ich dachte eigentlich, es läuft gut zwischen

euch. Finn hat ja auch nach dem Theaterbesuch diese Untergrundführung für dich geplant.«

»Moment mal. Die wollte er doch mit Felicitas machen.«

»Quatsch, sie war zu der Zeit gar nicht da.«

Meine Synapsen arbeiten auf Hochtouren und versuchen, das chaotische Puzzle in meinem Hirn zusammenzulegen. Ich war also gar kein Lückenbüßer? Finn wollte die Tour von Anfang an mit mir machen. Dann war Felicitas' Absage wohl nur vorgeschoben, weil er einen Grund brauchte, mich um das Treffen zu bitten.

»Nach eurem Ausflug zum Teufelsberg wirkte er total unglücklich. Ich habe aber nichts aus ihm rausgekriegt«, plappert Anni weiter.

Angestrengt denke ich über unseren Trip nach. Finn und ich hatten eigentlich eine super Zeit. Bis wir Tino und Fenja im Café getroffen haben. Oh Mann! Es muss an meiner Flirterei mit Tino gelegen haben. Ab dem Moment war Finn nämlich so ablehnend. Und später, bei unserem Streit auf Annis Party, habe ich ihn auch ziemlich verletzt.

»Autsch«, unterbricht Anni mein wildes Gedankenkarussell. Sie hat sich am Ofen verbrannt und hält ihren schmerzenden Daumen unters Wasser. Zum Glück ist es nur halb so schlimm und sie kann gleich darauf den fertig vorbereiteten Kuchen reinschieben.

Obwohl ich ziemlich durcheinander bin, ist mir jetzt noch klarer als zuvor, dass ich bei Finn einiges geraderücken will. Dafür brauche ich einen Plan. Und tatsächlich kommt mir eine Idee, während ich Anni helfe, die dreckigen Küchenutensilien abzuwaschen. Ich beschließe, sie einzuweihen. Das Okay von Susanne oder Benedikt werde ich dafür auch brauchen.

21

Genau eine Woche später warte ich in Annis Zimmer auf Finns Rückkehr. Wir haben uns ein Scrabble-Spiel vorgenommen, doch ich bin einfach zu unkonzentriert, um gute Wörter zusammenzusetzen. Deshalb hinke ich bald so weit hinterher, dass Anni haushoch gewinnt. Susanne hat meinem Plan zugestimmt und eine schriftliche Bescheinigung für Finn ausgestellt. Auch Anni war sofort Feuer und Flamme, als ich ihr von meiner Idee erzählt habe. Sie hat mich zum Alexanderplatz begleitet und dort die Karten mit mir besorgt. Jetzt ist alles vorbereitet.

Gegen Mittag ist es endlich so weit. Finn und sein Vater fahren in die Einfahrt ein und gleich darauf kommt Finn mit einer schweren Tasche die Treppe hoch.

Mein Puls verdoppelt sich schlagartig, als ich ihn sehe. Seine Haare sind verwuschelt, fast so wie in dem Traum neulich, als er im Schwimmbad plötzlich statt Tino vor mir stand.

»Hi«, begrüße ich ihn nervös.

Überrascht bleibt er stehen. »Hey, was machst du denn hier? Habt ihr Nachhilfe?«

»Äh, nein, ich wollte mit dir reden.«

Er geht an mir vorbei zu seinem Zimmer. »Es ist doch alles gesagt, dachte ich.«

Ich folge ihm. »Ist es eben nicht. Ich habe deinen Zettel in meiner Schneekugel gefunden.«

Er stoppt kurz, wirft dann aber seine Tasche auf das Bett und dreht sich zu mir um. »Aha.«

Seine Gleichgültigkeit reizt mich. Ich muss aufpassen, dass ich nicht wütend werde. »Du hast die beiden Ausflüge also für mich organisiert?«

Er nickt. »Yep.«

»Das war nett von dir!«

»Ich wollte dich besser kennenlernen, obwohl du dich für Tino interessiert hast.« Sein emotionsloser Ton ist verschwunden und meine Ohren fangen an zu glühen.

»Wieso hast du ihm nichts von meinem Wunsch erzählt?«

»Ich bin doch kein Arsch.« Er wühlt in seiner Tasche herum und räumt zwei Bücher aus.

»Als ich bei Annis Geburtstag gesagt habe, ich hätte mir alles sparen können, habe ich übrigens nicht unsere Ausflüge gemeint. Die fand ich wirklich super.«

Jetzt huscht ein Miniaturlächeln über seinen Mund. »Das klang irgendwie anders.«

»Ich weiß, deswegen stelle ich es jetzt ja klar. Übrigens finde ich es immer noch scheiße, dass du meine Zettel gelesen hast. Aber«, ich schiele rüber zu seinem Schrank, »ich habe auch was Peinliches bei dir gefunden.«

Sein Blick folgt meinem. »Was meinst du?«

»Na, diesen Eisbär-Igel-Waschbären, den du im hintersten Regal dadrin versteckst.«

Mit gespielter Entrüstung zieht Finn die Augenbrauen hoch. Dann fährt er sich durch die Haare. »Du hast Lotte entdeckt?«

»Wenn das Ding so heißt, dann ja.«

»Das ist kein Ding, sondern eine Schildkröte. Sie war meine beste Freundin, als ich noch in den Kindergarten gegangen bin. Ich konnte sie nicht wegschmeißen, deshalb lebt sie jetzt in meinem Schrank und bewacht die Socken. Das ist eins meiner wohlbehütetsten Geheimnisse.«

»Tja, wir haben wohl alle irgendwelche Leichen im Keller. Dass ich eine von dir kenne, ist so was wie ausgleichende Gerechtigkeit«, kichere ich und bin froh, dass wir wieder ein bisschen herumalbern können. Das hat mir gefehlt.

Ein Blick auf die Uhr verrät mir, dass es Zeit wird. »Wir müssen los.«

»Äh, was genau hast du vor?«

»Überraschung.«

Verwundert folgt er mir, und nachdem Anni uns viel Spaß gewünscht hat, führe ich ihn erst zum Bus und dann zur U-Bahn-Station. Es macht mir einen Heidenspaß, auch mal so geheimnisvoll zu tun wie er bei unseren beiden Ausflügen.

»Ich habe gehört, du warst eine gute Julia im Theaterstück«, beginnt er ein Gespräch, während wir durch den Berliner Untergrund düsen. Wir sitzen ganz hinten im Waggon. Die geöffneten Fenster sorgen für einen ordentlichen Durchzug, sodass ich die ganze Zeit damit beschäftigt bin, meine Haare aus dem Gesicht zu streichen.

»Ja, Fenja ist ausgefallen und so bin ich in den Genuss deines Profibalkons gekommen«, scherze ich.

»Und Tinos Kuss«, fügt er ganz ungeniert hinzu.

»Äh, genau.« Ich stehe auf, weil wir unsere Station erreichen. Finn folgt mir zur Tür. Dabei sieht er mich durchdringend von der Seite an.

Als sich die U-Bahn-Türen öffnen, drängen wir uns durch

eine riesige Menschentraube. Die Leute schieben sich ins Innere der Bahn, als würde es hier etwas umsonst geben.

Oben auf dem Platz am Springbrunnen mit der plätschernden Wasserspirale schaue ich rüber zum Park Inn Hotel, das das Ziel unserer Tour ist.

»Was hast du vor?«, fragt Finn. Ich grinse nur und lotse ihn zum Gebäude, durch die Hotellobby und dann zum Aufzug, der uns fast bis ganz nach oben bringt. »Willst du mich etwa vom Hochhaus stürzen, um dich wegen der Schneekugel an mir zu rächen?«, witzelt er.

»So ähnlich.« Die letzten drei Etagen müssen wir zu Fuß gehen, dann haben wir die Aussichtsterrasse erreicht. Gemütliche Loungemöbel und ein Wahnsinnsausblick erwarten uns. Wir schauen auf den Fernsehturm gleich gegenüber und hinunter zum geschäftigen Treiben auf dem Platz, auf dem wir gerade noch standen.

»Du hast mir auf dem Teufelsberg von einem Wunsch erzählt, weißt du noch?«, rücke ich endlich mit meiner Überraschung raus.

Er überlegt kurz und nickt dann. »Du meinst, dass ich gerne mal richtig fliegen würde?«

»Mhm. Und weil du meinem Alltag ordentlich eingeheizt hast, darfst du jetzt vom zweihöchsten Gebäude der Stadt fliegen.«

Ich führe ihn um ein paar Sonnenschirme herum und zeige auf die Station, die dahinter aufgebaut ist. »Tadaaa!«

Sprachlos starrt Finn auf die Konstruktion aus Seilen, Drähten und metallenen Schienen. Auf einer Tafel steht: *Base Flying. Freuen Sie sich auf die schnellste Personenabseilwinde der Welt, die ursprünglich im Stuntbereich ein-*

gesetzt wurde. Fast in Freifallgeschwindigkeit fliegen Sie aus 125 Meter die Fassade hinunter.

Finn schluckt. »Ist das dein Ernst?«

»Alles vorbereitet, wenn du willst.« Ich ziehe das Ticket und die Bescheinigung seiner Mutter aus meiner Tasche und wedele damit herum.

»Was für 'ne Wahnsinns-Idee von dir.« Er beugt sich über den Rand und schaut hinunter. »Krass! Äh, ja, ich tu's.«

Keine zwei Minuten später hilft ihm ein netter Mitarbeiter in die Gurte und weist ihn ein. Finn hat ganz rote Wangen vor Aufregung. Dann geht es raus auf die metallene Brücke. Ich bin richtig co-aufgeregt. Keine zehn Pferde würden mich zu so einem Sprung bringen.

Finn wirft mir noch einmal einen Blick zu und hängt im nächsten Moment horizontal in der Luft. Arme und Beine weit von sich gesteckt, so wie es der Mitarbeiter erklärt hat. Er sieht aus wie eine Fledermaus. Ein Countdown wird ausgerufen und dann geht es los. In einem Affenzahn saust Finn die Fassade hinunter. Ich beuge mich über das Geländer und schaue ihm nach. Seine Haare flattern im Wind. Nun fliegt er wirklich. Wie ein Vogel. Circa zwanzig Meter über dem Boden stoppt die Konstruktion und zieht ihn wieder hoch.

»Das war Wahnsinn!«, brüllt er, als er auf den Balkon zurückkatapultiert wird. Sobald er von den Gurten befreit ist, stürmt er mit knallrotem Kopf und einer schicken Out-of-Bed-Frisur auf mich zu und umarmt mich fest. »Ich bin wirklich kurz geflogen.« Sein rasendes Herz pocht heftig gegen meine Brust. Er lässt mich gar nicht mehr los. Mein Herz macht sofort mit und legt einen schnelleren Takt ein.

»Kurz vorm Fall gefriert einem das Blut in den Adern«, stammelt er in meine Haare. »Und dann haut einen das Adrenalin um.«

Ich atme tief ein und rieche wieder den Waschpulverduft, der mir schon einmal aufgefallen ist. Kurz schließe ich die Augen.

Dann löst er sich von mir und schaut zu mir runter. Wie ein kleiner Junge, der gerade das größte Lego-Piratenschiff auf dem Markt gekriegt hat, sieht er jetzt aus. »Danke!«

»Gern geschehen.« Ohne zu zögern, greife ich nach seiner Hand und ziehe ihn auf eines der Sofas. Als ein Kellner vorbeikommt, ordere ich zwei Sprite.

Finn beobachtet mit aufgerissenen Augen die anderen Besucher, die einen Base Flight wagen und in die Gurte klettern wie er selbst gerade eben. Eine Frau bekommt Panik und befreit sich kopfschüttelnd daraus, kurz bevor sie das Ende des Balkons erreicht hat. Das erinnert mich an den Anfang unserer Untergrundführung, wo Finn mir von dieser Therapieform erzählt hat, in der man sich seinen Ängsten stellt, um sie zu besiegen.

»Die Frau könnte jetzt auch so eine Desensibilisierung gebrauchen oder wie das heißt«, sage ich und Finn nickt grinsend.

»Sie verpasst den Moment ihres Lebens.«

Unsere Getränke kommen und wir lassen sie uns ganz in Ruhe schmecken, während wir die nächsten Wagemutigen bei ihrem Abenteuersprung beobachten. Nach und nach senkt sich Finns überbordender Adrenalinpegel und er wird wieder ruhiger.

Eine tiefe Zufriedenheit breitet sich in mir aus. Ich habe ihm einen echten Herzenswunsch erfüllt, genau wie er zuvor mir. Und unseren blöden Streit konnte ich auch aus der Welt schaffen. Ich hoffe, Finn hat verstanden, dass er mir wichtig ist. Und vielleicht ja sogar ein bisschen mehr als das.

»Romeos Kuss war übrigens nicht so umwerfend, wie ich ihn mir vorgestellt hatte«, gehe ich noch einmal auf seinen Kommentar in der U-Bahn ein. Keine Ahnung, woher ich den Mut dazu nehme, aber es ist mir wichtig, dass Finn das weiß.

»Ach.« Verwundert sieht er mich an. »Ich habe noch gar nicht mit Tino geredet, weil ich ins Camp gefahren bin. Aber ich weiß, dass er dich mag. Ich dachte, aus euch ist vielleicht was geworden nach der Aufführung.«

»Ist es nicht. Es hat nicht gepasst. Wir sind nur Freunde.«

Ich bemerke ein leichtes Zucken um seine Mundwinkel. Der Kellner kommt, um sich zu erkundigen, ob wir noch etwas wollen. Einhellig schütteln wir die Köpfe und folgen ihm zur Theke, um die Getränke zu bezahlen. Die Sonne hat sich bereits tief über die Dächer der hohen Häuser gesenkt.

Ich stecke gerade mein Portemonnaie weg, da schnappt sich Finn eine weiß-grün getüpfelte Serviette und kritzelt irgendwas drauf. Dann zieht er mich zum Geländer zwischen zwei dichte Hortensienbüsche und drückt mir das zusammengefaltete Papier in die Hand.

»Was ist das?«, will ich wissen.

»Ein Wunsch von mir in einem Wunsch von dir. Vielleicht möchtest du ihn ja in deine Schneekugel legen?« Nervös beißt er sich auf die Unterlippe.

»Okay?!« Was soll das denn bedeuten? Ich falte die Serviette auseinander.

In krakeliger Schrift entziffere ich: *Ich wünsche mir einen wunderbaren Prickelkuss von Tino.* Der Name »Tino« ist durchgestrichen und durch »Finn« ersetzt.

Oh. Mein. Gott. Mit angehaltenem Atem starre ich auf die Serviette, während mir ein fetter Schauer über den Rücken rollt, so als hätte ich gleich auch diesen waghalsigen Base Flight vor mir und müsste mich in den Abgrund stürzen. Langsam schaue ich zu Finn hoch und atme endlich ein. Er lächelt mich an. Seine blauen Augen schimmern im Sonnenlicht wie das karibische Meer.

»Wünsche sollten erfüllt werden«, wispere ich und lege vorsichtig meine Hand in seinen Nacken.

Er nickt. »Stimmt.«

Im nächsten Moment berühren sich unsere Lippen. Sein Mund ist warm und weich und der Kuss löst ein umwerfendes Kribbeln in meinem Bauch aus. Es schwappt wie eine Welle über mich, lässt meine Knie weich und mein Hirn ganz dusselig werden.

So muss es sein, schießt es mir noch durch den Kopf, bevor ich in eine andere Sphäre katapultiert werde und einfach nur diesen galaktischen Moment genieße.

Als wir uns wieder voneinander lösen, weiß ich, dass dieses Mal der richtige Romeo vor mir steht.

»Das war, äh, also, ich meine, wow«, stottere ich umständlich und würde vor Glück am liebsten platzen, »ein echter Prickelkuss.«

»Fand ich auch.« Finn schmunzelt und sieht mich dabei dermaßen intensiv an, dass es mir so heiß wird wie in einer Dampfsauna. »Ich bin so froh, dass du und Tino nicht zusammengekommen seid.«

Und ich erst! *Warum bist du Romeo?,* fällt mir die kitschige Liebeserklärung von Julia ein. *Verleugne deinen Vater und entsage deinem Namen, oder wenn du das nicht willst, so schwöre mir nur ewige Liebe und ich will keine Capulet mehr sein.*

Wir fassen uns an den Händen und verlassen langsam die Aussichtsplattform. Zum Glück sind wir nicht das bekannteste Liebespaar der Weltliteratur, sondern einfach nur Finn und Marie. Denn sonst würde es für uns kein so schönes Happy End geben.

Ella Blix

Der Schein

Alina ist neu auf dem Internat Hoge Zand auf der kleinen Ostseeinsel Griffiun. Eines Nachts sieht Alina aus einem der Turmzimmer ein dunkles Schiff am Horizont, das seltsame Blitze über das angrenzende Naturschutzgebiet schießt. Auf der Suche nach Antworten trifft sie in den Dünen auf Tinka, der sie sich sofort auf unheimliche Weise verbunden fühlt. Das Mädchen mit der seltsamen Ausrüstung weiß viel mehr, als sie wissen dürfte und verschwindet immer wieder spurlos. Als Alina mit Hilfe der Lonelies, ihrer neuen Freundes-Clique, versucht, den Rätseln der kleinen Insel auf die Spur zu kommen, macht sie eine Entdeckung, die alles in Frage stellt, was sie jemals für wahr gehalten hat ...

Kathrin Lange

Die Fabelmacht-Chroniken

Flammende Zeichen

Glaubt Mila an Liebe auf den ersten Blick? Im Zug nach Paris trifft sie einen alten Mann, der ihr diese Frage stellt. Mila ahnt noch nicht, was er längst weiß: Paris wird in ihr eine uralte Fähigkeit wecken. Eine Gabe, mit der sie in ihren Geschichten die Wirklichkeit umschreiben kann. Und tatsächlich, als sie am Bahnhof auf den geheimnisvollen Nicholas trifft, scheint er direkt ihren Geschichten entsprungen. Doch auch Nicholas beherrscht die Gabe der Fabelmacht – und er hat ebenfalls über Mila geschrieben. Ein Kampf der Geschichten um die einzig wahre Liebe entbrennt. Und Mila und Nicholas sind mitten drin.

Arena

Auch als E-Book erhältlich
Als Hörbuch bei Rubikon

416 Seiten • Gebunden
ISBN 978-3-401-60339-1
www.arena-verlag.de

Stefanie Gerstenberger & Marta Martin

Summer Switch

Und plötzlich bin ich du!

Bei der schlanken Felicia und der rastazöpfigen Catta ist es Krieg auf den ersten Blick. Schon am ersten Ferientag am Hotelpool auf Elba geraten die beiden aneinander. Und dann passiert es: Durch einen magischen Switch finden sich die beiden am nächsten Morgen im Körper der jeweils anderen wieder! Die coole Catta liegt im Bett von Felicia, in einem schmalen Körper und mit einem Kleiderschrank voll langweiliger Klamotten. Die brave Hotelierstochter Felicia hingegen erwacht im klapprigen VW-Bus von Cattas Familie ...

Arena

Auch als E-Book erhältlich

376 Seiten • Gebunden
ISBN 978-3-401-60324-7
www.arena-verlag.de